Eismänner

Tomasz Tatum

Eismänner

*Bibliografische Information der Deutschen Nationalbibliothek:
Die Deutsche Nationalbibliothek verzeichnet diese Publikation in
der Deutschen Nationalbibliografie; detaillierte bibliografische
Daten sind im Internet über http://dnb.dnb.de abrufbar.*

© *Copyright USA 2015 T. Tatum (www.tomasztatum.net)*

*Cover Gestaltung:
Designbüro Tina Dompert (www.design-tinadompert.de)
Fotos iStockphoto, Ötzi Rekonstruktion Kennis © Südtiroler
Archäologiemuseum/Augustin Ochsenreiter (www.iceman.it)*

*Herstellung und Verlag: BoD – Books on Demand,
Norderstedt*

ISBN: 978-3-7431-3647-2

Erstes Kapitel

Nun standen sie beide endlich wie angewurzelt da, dort wo Torsten schon die ganze Zeit hin wollte. Nicht dass es überhaupt jemals einen Wunsch von Natascha war, aber jetzt, in diesem Moment, war es plötzlich gar nicht mehr so schlimm für sie, hier im Museum zu stehen. Sie stand ein wenig abseits und biss sich leicht auf die Unterlippe während sie sich über WhatsApp bei Verena, ihrer besten Freundin, meldete, das iPhone fest im Griff. Ein bisschen nervös war sie trotzdem. Nachdenklich versuchte sie irgendwie, brühwarm aber auch möglichst schonend, zu berichten, was sie nur wenige Minuten vorher in einem Taschenladen namens Rifugio erlebt hatte. Oder, genauer ausgedrückt, was sie gerade dort in Erfahrung gebracht hatte.

Ihr Gatte stand in diesem gleichen Augenblick nur ein paar Meter weiter entfernt. Wahrscheinlich war er leicht ergriffen, oder vielleicht doch nur pseudohobbywissenschaftlich interessiert, so genau konnte sie ihn manchmal doch nicht einschätzen, während er immer wieder fasziniert durch die kleine, leicht mit Stirnfett oder Rotz verschmierte Scheibe guckte. Da vor ihm lag Ötzi, tot und wohl sehr steif auf einer schlichten Platte im schummrigen bläulichen Licht, die sensomotorischen Synapsen für alle Ewigkeit schockgefrostet. Torsten ließ seinen Blick immer wieder hastig über die Eisleiche vor ihm schweifen während er seine Position auf der kleinen Stufe vor dem Fenster hartnäckig gegen eine Gruppe von penetrant pubertierenden Girlies verteidigte. Die Mädchen diskutierten ungeduldig und unüberhörbar aufgeregt, ob sie nun gleich Ötzis Schwanz werden sehen können oder doch nicht. Reflexartig, aber auch ein bisschen neugierig geworden durch die lebhafte Diskussion, die um ihn herumtobte, schaute Torsten kurz aber genau hin um sich zu vergewissern, dass es nicht so war.

„Von wegen! Der Kerl ist ja eigentlich komplett beziehungsunfähig wie er da liegt..." schoss ihm der traurige Gedanke beim Anblick spontan durch den Kopf. „Wahrscheinlich hätte man es eigentlich gleich ahnen können. So wie er da lag, hätte es auch durchaus Selbstmord sein können. Er ist wohl ein armes Schwein, hat er alles bestimmt so nicht verdient..."

Ötzi war alles inzwischen ziemlich egal, unter anderem auch ob er sein trauriges Schicksal verdient hatte oder nicht. Er lag einfach da und schwieg frostig, dunkel und wachsig glänzend wie einer dieser glücklosen TK-Fische, die im Supermarkt in Plastik verschweißt im Eisblock feilgeboten werden, in so einem Gefrierfach mit gläsernem Schiebedeckel bei minus achtzehn Grad direkt neben den Spinatwürfeln mit Blubb. Währenddessen plauderten die angereisten Schulklassen aufgewühlt und lautstark durcheinander vor der geriffelten Blechwand seiner kalten Grabkammer im Museum. Ein Mädchen rückte etwas näher heran und schielte über Torstens Schulter.

„He, guck' mal! Ich finde, er sieht irgendwie aus wie unser Mathelehrer!"

Ein zweites Mädchen schob sich an die Scheibe heran um einen Blick zu erhaschen.

„O Mann, ja. Schau mal! Die Zähne sind ja voll ekelig, eh!"

„Stimmt, wie bei Herr Beckmann auch!"

„Guck mal! Den haben sie wohl beim Abholen gefaltet, so wie er da liegt. Dabei ist ihm wohl auch der Schniedel abgefroren!"

„Bei Herrn Beckmann, oder von wem sprichst du gerade?"

Schallendes Gelächter ertönte um Torsten.

„He, ich wette mit euch, da drin könnte man bestimmt auch Pizzas einlagern, oder?"

„Ja toll. Kam aber wohl noch keiner auf die Idee. Der da sieht jedenfalls nicht so aus, eher so als wäre er magersüchtig gewesen oder so was…"

Ein Mädchen rief gellend durch die Gruppe: „Habt ihr das da vorne auf der Tafel gelesen, da steht, dass er

Tätowierungen am Rücken hat? Irgendwie so Barcode-ähnlich oder so..."

„Voll geil, gell! Fehlt nur noch, dass er auch noch so 'nen Steinzeitnagellack in der Tasche dabei hatte?" kam die Antwort.

„Schwarz wäre cool!" stimmte das Mädchen neben Torsten zu.

„Da stand auch noch irgendwo drauf, dass er die gleiche Zahnlücke hat wie Madonna!"

„Vielleicht sind sie miteinander verwandt! Sie ist doch auch irgendwie italienische Abstammung, oder?"

„Ihr seid alle voll krass! Die kommt doch aus Amerika."

„Schon, aber da kommt doch niemand ursprünglich her!"

„Vielleicht ist Ötzi dann auch ein Ami?" meinte eine der Mädchen, die hinter Torsten standen. Alles grölte.

„Du, da hab' ich auch da drüben gelesen, dass ihm ein Rippenpaar fehlt. Aber sag' es bloß nicht weiter, sonst kriegen wir gleich wieder irgendeinen bescheuerten Aufsatz in Reli oder so..."

Dass Torsten und Natascha Wintersenn es überhaupt hierher bis nach Bozen geschafft hatten, grenzte ohnehin schon an ein kleines Wunder. Eigentlich wollte Natascha nämlich nach Mailand. Und nur nach Mailand. Und zwar hauptsächlich, um sich dort eine Handtasche zu kaufen oder, genauer gesagt, um sie sich von Torsten kaufen und anschließend feierlich schenken zu lassen. Natascha betrachtete nämlich diese an und für sich banale Handlung als eine Art symbolische Wiedergutmachung die Torsten ihr verdammt nochmal schuldig war, sowohl für die ewigen Keilereien die er sich mit ihr immer wieder und immer ausgiebiger lieferte als auch dafür, dass sie ihm zuliebe nun schon seit gut vier Jahren in der hessischen Provinz in eine Art sozialer Schockstarre ausharren musste. Anstatt, wie sie es eben sehr gerne gehabt hätte, in Hamburg oder München glücklich zu sein. Düsseldorf wäre ja auch noch als Kompromiss okay gewesen, hatte sie ihm damals noch gesagt, halt ein bisschen *cosmomäßig* sollte es aber schon sein.

Aber nein, ihrem Torsten fiel nichts Besseres ein als sich einen Job in Frankfurt zu beschaffen und gleichzeitig auch noch für sie beide zu beschließen, dass es sich außerhalb, etwas nördlicher gelegen, nämlich im hessischen Bad Nauheim, nicht sehr weit von dem Ort, wo er groß geworden ist, bestimmt genauso gut lebt wie in der wesentlich teueren Großstadt. Immerhin würden Tarifverträge da verhandelt und Eishockey gespielt. Was sollte also daran bitteschön so verkehrt sein? Da sie allerdings nie auch nur tot über dem Zaun hier hätte hängen wollen, stellte sich für Natascha natürlich nicht wirklich die Frage, ob man hier womöglich gut leben könnte.

„Scheiße..." dachte sie nur, als sie eines Tages unter den altehrwürdigen Bäumen in der weitläufigen Parkanlage stand und auf die dort angebrachten verwitterten Blechschilder starrte. Sie erklärten minutös, warum man Enten nicht mit altem Brot beglücken dürfte ohne als höchstkriminell einzustufende Umweltsau an den Pranger gestellt zu werden.

Nein, cosmomäßig war es hier definitiv nicht.

„Kein Wunder, dass sich Elvis Pressluft nach seiner Armeezeit sich hier nie mehr hat blicken lassen. Oder auch dieser elende arabische Scheich, der sich – weiß der Kuckuck warum – einmal hierher verlaufen hat und von dem heute noch die ganzen übriggebliebenen Alten, die es hier nun mal in rauen Mengen gibt, aufgeregt gackern."

„Hör mal gut zu: Mailand ist einfach zu teuer," erwiderte Torsten etwas gequält aber leider nicht sehr überzeugend, als sie eines Abends wieder einmal zusammensaßen und den Versuch unternahmen, gemeinsam ihre Reisepläne zu schmieden. „Außerdem, wenn´s da ganz blöd läuft, klauen sie uns dort womöglich den neuen Wagen oder es kracht einer im Espressorausch rein. Die Kerle sind doch da alle voll durchgeknallt. Was hältst du von Südtirol?"

„Nix!" konterte Natascha barsch und schüttelte verneinend den Kopf. Sie hatte nicht wirklich etwas gegen Südtirol. Nur, bei diesem Thema war sie nicht zu Kompromissen aufgelegt. Also wetterte sie drauf los:

„Du, da machte meine Oma früher immer Urlaub. Sie erzählte uns immer, da gibt es keine Türken, man kann bedenkenlos alles essen und sie sprechen überall deutsch. Und an jedem Frühstückstisch stehen niedliche kleine bunte Abfalleimer aus Plastik. Mit Blümchenaufklebern. Ohne mich."

Sie hielt kurz inne, um ihre Ablehnung zu unterstreichen. „Ich sag' dir nur: Milano. Capito?"

„Na ja, da gibt es inzwischen aber auch bestimmt nette Wellness-Hotels," versuchte Torsten sich zu rechtfertigen während er in Windeseile weiter irgendwelche Internetseiten am Bildschirm im Sauseschritt durchscrollte und dabei den Kursor fast wie in einem virtuellen Slalom zwischen einem Schwall von bunten Pop-Up-Werbeanzeigen navigierte. Natascha hatte immer etwas gegen seine guten Ideen einzuwenden.

Schon aus Prinzip, fand er.

Weil sie sich meistens rasch als Blödsinn entpuppten, fand sie.

„Wette mit dir, Wellness gab's damals bestimmt noch nicht. Davon abgesehen, deine Oma hätte niemals damit etwas anfangen können. Ist bestimmt gar nicht so schlecht da. Und verdient haben wir es uns allemal, uns es einmal richtig gut gehen zu lassen. Voll mit Verwöhnen und so..."

Natascha seufzte nur leicht missvergnügt, sichtlich angenervt von Torstens Sturheit und Kleingeist, den er immer wieder verlässlich unter Beweis stellte. Besonders wenn es um Sachen ging, die auch mal für Natascha so etwas wie eine Herzensangelegenheit darstellten. Wie ausgerechnet heute, zum Beispiel: Den Erwerb einer klitzekleinen Tasche aus Mailand. Um mehr ging es zunächst einmal nicht. Nachvollziehbar war ja ihr Wunsch, und eigentlich aus Liebe geboren, fand sie. Und verdient hatte sie sich sowas ebenso, dachte sie zudem mürrisch, wenn es Torsten denn immer so ausdrücken musste. Man musste nämlich wissen, dass es für ihn irgendwie immer total wichtig war, dass man sich etwas verdient hat oder aber, wenn einmal alles gründlich daneben lief, dass man sowas eben nicht verdient hat. Womöglich meinte er mit diesem Gedanken sich selbst von irgendetwas freizusprechen, vielleicht von der Notwendigkeit über sein eigenes Tun und Handeln weiter nachzudenken oder so?

„Weißt du was? Lasst mich heute damit einfach in Ruhe. Ich habe heute Abend keine Lust auf diese permanenten Auseinandersetzungen. Ich gehe jetzt einfach auf einen Drink zu Verena!" patzte sie dann kurzentschlossen eines Abends nach den inzwischen üblichen und nervigen Diskussionen. Sie stand abrupt auf vom kleinen Sofa im Arbeitszimmer. Nur wenige Augenblicke später konnte Torsten, der weiterhin regungslos vor seinem aufgeklappten Laptop saß und auf den Bildschirm glotzte, hören wie die Haustür hinter ihr ins Schloss fiel und, einige Sekunden danach, wie ihr Auto ansprang und sie rasch die paar Meter aus der Einfahrt rückwärts herausrollte. Die Reifen knisterten leicht als der Wagen über ein handvoll losen Split rollte, der nach dem letzten Winter einfach liegengeblieben war. Dann war es aber wieder absolut still um ihn herum. Er blickte einen Moment lang nachdenklich auf sein blasses Spiegelbild in der schwarzen Fensterscheibe über den Schreibtisch bevor er sich wieder zum Bildschirm drehte und, nachdem er ein paar Sekunden über die jüngste Auseinandersetzung nachgedacht hatte, auf www.bundesliga.de klickte.

Bei Verena in der Wohnung war es an diesem Abend herrlich schön, so angenehm lauschig wie immer. Egal wann Natascha zu Besuch hier erschien, Sarah Vaughan war immer dezent und leise im Hintergrund zu hören und eine regelrechte Armada von strategisch platzierten Kerzen strahlte ein warmes Licht aus um jeden Gast herzlich willkommen zu heißen. Und zwar ohne immer permanent wild zu flackern, wie sie es bei ihr zuhause immer taten, weil sie niemals rechtzeitig daran dachte, die Dochte zu kürzen bevor sie die Kerzen anzündete. Die Kerzen trugen dazu bei, dass der Raum sich in eine friedliche und auch sinnliche Oase verwandelte, die zuverlässig jeden Alltag oder Auseinandersetzung mit Torsten weit entrückt erscheinen ließ. Hier und da waren ein paar schöne Reisemitbringsel aus Asien und Afrika platziert, ein altes Batikbild oder auch ein paar Nilpferde aus dunkelgrünem Stein, die nun als Türstopper dienten. Oder ein erhabener Buddha, der wohlwollend über das Wohnzimmer wachte. Und, was ihr an Abenden wie diesem besonders gut gefiel, dann nämlich, wenn ihr Gatte Torsten sich wieder von seiner anstrengendsten Seite offenbart hatte: Sie konnte sich darauf verlassen, dass immer ein eiskalter Limoncello sowie eine Flasche perfekt gekühlter Weißwein oder Prosecco bei Verena im Kühlschrank bereitlag.

Die beiden Frauen saßen an diesem Abend auf dem Balkon und plauderten stundenlang ruhig miteinander. Alles war still, es rührte sich nichts um sie herum. Der Himmel hoch über ihnen war undurchdringbar blauschwarz und schien so samtig zu sein wie der Vorhang in einem Opernhaus.

„Na ja, hör' mal, meine Liebe. Wenn du mich so fragst, ich würde das alles ein bisschen entspannter sehen an deiner Stelle. Bozen kann nämlich auch ziemlich nett sein, das kann ich dir schon aus eigener Erfahrung sagen…" meinte Verena plötzlich mit einem Gesichtsausdruck, den Natascha vielleicht als bedeutungsschwanger eingeschätzt hätte, wenn die Kerze neben ihr just in diesem Moment nicht gerade erloschen wäre. „Und die Tasche, na ja…"

Verena pausierte kurz während sie die Kerze erneut anzündete. „Die kriegst du da bestimmt auch, kann ich mir sehr gut vorstellen."

„Ja, aber ich wollte eigentlich…" Natascha versuchte nun vergeblich zu kontern. Sie konnte und wollte Mailand nicht einfach so aufgeben. Kampflos und so. Nie und nimmer.

„Und Fabio auch noch dazu!" fügte Verena plötzlich hinzu. Dann schwieg sie unvermittelt aber extrem vielsagend.

Die Kerze brannte wieder ruhig vor ihnen.

Es war um diese Zeit ganz still um die beiden Frauen herum. Kein Frosch quackte, keine einzige Grille zirpte, kein Auto war auf der Strasse unterwegs. Verena saß in ihrem Sessel in eine warme Decke gekuschelt und lächelte selig im sanften Kerzenschein vor sich hin. Dabei konnte Natascha sehr genau wahrnehmen, wie für nur einen kurzen Augenblick lang Verenas Gedanken plötzlich ganz weit weg zu sein schienen, abgeschweift in eine andere Zeit, an einen anderen Ort und mit großer Wahrscheinlichkeit auch in ein anderes Bett.

Dann war sie plötzlich aber wieder da. Sie drehte sich etwas nach rechts im Sessel um Natascha besser im Blick zu haben und begann weiter zu erzählen.

„Dieser Fabio, den ich meine, er hat einen Laden in der Via del Portici. Rifugio heißt das Geschäft, glaube ich…"

Sie pausierte.

„Ja, doch. Da jedenfalls in der Innenstadt, da wo es die ganzen Arkaden gibt…," ergänzte sie leise während sie sich vorbeugte, um die beiden Gläser wieder nachzufüllen. „Glaube mir, Natascha, da wirst du Mailand bestimmt nicht vermissen. Keine Sekunde lang."

„Häh? Ich meine, wie kommst du denn ausgerechnet darauf? Und warum erzählst du mir überhaupt jetzt von diesem Fabio? Und selbst wenn ich auf so eine Idee einsteigen würde, was meinst du was ich dann bitteschön mit Torsten machen soll?" fragte Natascha, leicht tipsy und nun plötzlich etwas unsicherer geworden. Sie fuhr fort:

„Ich meine, den gibt's ja immerhin auch noch. Er wäre ja dabei! Er sollte mir ja schließlich die Tasche kaufen, so war's eigentlich mit ihm abgemacht! Auch wenn er es vielleicht bislang noch nicht so ganz verinnerlicht hat..."

„Mädel," antwortete Verena entschlossen und ohne auch nur einen Moment zu zögern. „Ich würde dir einfach vorschlagen, du überlegst es dir noch mal in aller Ruhe. Besser, du lässt dir lieber `mal die Tasche von Fabio verkaufen. Davon bin ich persönlich überzeugt. Er soll sich ins Zeug legen und er wird es ganz bestimmt auch tun. Und ich bin fest davon überzeugt, es wird dir mehr Spaß machen. Viel mehr! Schick' Torsten doch einfach zu dieser komischen Leiche, da freut er sich und ich glaube, ihr habt beide was davon!"

Zweites Kapitel

Als sie dann doch endlich in den Kurzurlaub nach Bozen aufbrachen, waren Natascha und Torsten schon bereits etwas mehr als vier Jahre miteinander verheiratet. Ein Paar waren sie, mehr oder weniger, wenn man es genau nimmt, allerdings schon vier oder fünf Jahre lang zuvor gewesen. Das mit dem Paarsein war allerdings zeitweise nicht immer ganz so eindeutig einzuschätzen, da Oliver, Nataschas langjähriger und durchaus selbstbewusster Ex, sich nur sehr zögernd von der Bildfläche der Zweisamkeit zu verabschieden bequemte. Solange jedenfalls, bis Torsten sich eines Tages mühselig zu der Einsicht durchrang, dass er nun entweder Natascha heiraten oder Oliver ermorden musste um endlich klare Verhältnisse in seinem Leben zu schaffen. Da beides im ungünstigsten Fall für ihn hätte lebenslänglich bedeuten können, entschied er sich ganz pragmatisch für die Heirat mit Natascha. Im Nachhinein gesehen hatte er dies wohl getan um bei dieser Sackratte namens Oliver ein für allemal klarzustellen, wer von ihnen der richtige Kerl war, wer wirklich ein paar echte *Cahoochies* in der Hose mit sich herum trug und wer nicht. Torsten liebte diesen komischen Begriff, den er vor Jahren im Amerikaurlaub kennengelernt hatte, fast so sehr wie seine eigenen *Cahoochies*. Und, abgesehen von der Tatsache, dass sie richtig Klasse aussah, voll hübsch und sexy und so, heiratete er Natascha wohl auch weil er den Gedanken einfach niemals ertragen hätte, dass Oliver bei seinem letzten Todesseufzer womöglich ahnen würde – und Gefallen an dem Gedanken hätte finden können – dass Torsten, wenn es für ihn ganz blöd laufen sollte, unendlich viele lange Jahre in einer Gefängniszelle würde verbringen müssen. Eine Gemeinschaftszelle womöglich, zusammen gepfercht mit einem Haufen Betrüger, Mörder, Exhibitionisten und sonstigen Triebtätern, die weder Befürworter des strafvollzugsbedingten Zölibats noch ausnahmslos zwangsläufig Heteros sein müssten. Die zusätzliche Befürchtung, dass er womöglich den

Rest seiner Tage oder vielleicht nur fünfzehn Jahre bei guter Führung, was das nun auch immer unter solchen Umständen zu bedeuten vermochte, unter der Fuchtel einer Truppe sadistisch angehauchter Wärter verweilen müsste, die sowohl in ihrem Wesen als auch im Geiste einem Rudel auffällig persperierender Hängebauchschweinchen mit schlecht sitzenden Uniformen glichen, ließ die ansonsten möglicherweise romantische Vorstellung von Totschlag unter Männern im Duell um das Herz einer Frau, egal ob im Affekt geschehen oder eiskalt minutiös geplant, für ihn bei näherer Betrachtung eher ziemlich unattraktiv erscheinen. Nein, so ein trauriges Schicksal hatte er sicherlich nicht verdient. Also entschied er sich darum ganz nüchtern für die Variante „in guten Zeiten und in schlechten..." und Natascha sagte tatsächlich, zu seiner anfänglich ziemlich großen Verwunderung, auf der Stelle zu nachdem er sich eines Tages die nötige Courage mittels einer alkohollastigen Druckbetankung verschaffte und sie geradeaus fragte.

Natascha ihrerseits war tatsächlich begeistert. Sie fand die Lösung nämlich insofern auch ziemlich passend, wenn nicht sogar ausdrücklich genial, weil es ihr die perfekte Gelegenheit bot, trotz der Tatsache, dass sie von Torstens offenbar alkoholbedingter Gefühlsduselei nur mäßig beeindruckt war, die Beziehung zu Oliver möglichst straf- und schmerzfrei beenden zu können. Und, um bei der Gelegenheit, ein neues Leben als anerkannte Ehefrau, Vegetarierin bzw. Pescatarierin und Expertin für sämtliche bekannte und manchmal auch weniger bekannte mondbedingte Empfindungsstörungen ausleben zu können. Letzteres war ihr sehr wichtig: Der Mond regelte nämlich, hiervon war sie felsenfest überzeugt, ohnehin fast alles was um sie herum geschah. Ob es um erhöhte Unfallgefahr oder Kriminalitätsraten ging, ob es sich um Warzenbehandlungen, Menstruationsstörungen oder die optimale Verdauung von Kohlenhydraten drehte, ein Blick in den Mondkalender genügte und man wusste einfach sofort Bescheid. Mit einer cleveren App, die sie kürzlich entdeckt hatte,

Luna+Liebe oder so ähnlich hieß sie, war es inzwischen sogar problemlos zu sehen, wie mit Hilfe des Mondes nützliche und wichtige Informationen über das Leben und das Schicksal im Allgemeinen sich erschließen und sinnvoll interpretieren ließen.

Wann es beispielsweise ratsam wäre, Gelenke mit Olivenöl einreiben. Oder Stecklinge zu setzen. Oder ob es gerade besser ist, Fußbäder zu machen oder Marmelade zu kochen.

Selbst ein eher kompliziertes Thema wie die Verhütung ließe sich unglaublich einfach gestalten, meinte sie einmal gelesen zu haben, wenn man sich nur konsequent genug nach den Mondphasen richtete wie es die Urvölker seit eh und je taten.

Und das war in ihrer bisherigen Beziehung mit Oliver ohnehin ein extrem heikles Thema für sie gewesen. Solange sie nämlich mit ihm zusammen war, war sie permanent gezwungen mit der Furcht zu leben dass, wenn sie einmal schwanger werden sollte, er sie bestimmt und unverzüglich vor die Tür gesetzt hätte. Ironischerweise wäre es dazu noch wohl ihre eigene gewesen, da er zuletzt bei ihr wohnte. Nun aber, sie wusste es zwar nicht so genau oder rational zu begründen, aber sie war sich ganz sicher, sich darauf verlassen zu können, dass es bei Torsten mit dem Thema anders war: Er war entweder gnadenlos steril, wie er immer zu scherzen pflegte, was aber leider nicht medizinisch ausreichend eindeutig verbürgt war, oder aber zumindest hatte er seine ganzen Heerscharen von Spermatozoen offenbar so gut im Griff, dass sie ihm aufs Wort gehorchten. Wahrscheinlich lag es daran, dass er einfach klug genug war, sich ein Minimum an Basisintelligenz zu eigen zu machen um zumindest ansatzweise im Einklang mit dem Mondkalender zu leben. Und wenn es auch nur deswegen war, weil er nun mit ihr verheiratet war und aus der hieraus resultierenden Verbundenheit, die einen bestimmten Grad an Harmonie mit ihr diesbezüglich gewährleistete! Die Möglichkeit stellte sich jedenfalls durchaus bei tieferem Nachsinnieren, wenn man sich nur erlaubte, esoterisch genug angehaucht zu sein. Und immerhin war er ja auch offen für die banalen Botschaften von chinesischen *Fortune Cookies*, was Natascha eigentlich amüsiert ablehnte aber gönnerhaft als Zeichen interpretierte, dass Torsten imstande war, eine übergeordnete Schicksalsfügung zumindest ansatzweise anzuerkennen. Nur, dass eine wirklich wichtige Botschaft auf vorgedruckten kleinen Zettelchen in einem leicht resorbierbaren Kohlenhydratmantel umhüllt gereicht werden konnte, unmittelbar nach dem Genuss von Tsingtao Flaschenbier und Tintenfisch mit sojagetränkter schwarzer Bohnensoße? Da wusste Natascha einfach besser Bescheid: Schicksalsbestimmung musste von Menschen so unbestimmbar, uneinfang- und auch unentrinnbar sein wie das Licht oder die Zeit selbst.

Und zum Thema Schwangerschaft und hieraus resultierende Kinder glaubte Natascha von Anfang an über ihren neuen Gatten bestens Bescheid zu wissen, unter anderem auch dass er zwar Kinder irgendwie schon gut leiden konnte aber dennoch keine eigenen wünschte, und wenn es nur deswegen war, weil er wahrscheinlich Windelnwechseln verabscheue und, noch einleuchtender, weil der Nachwuchs ihm womöglich jederzeit und unmittelbar nach dem Genuss eines Hippgläschens voller Apfelmus mit Karotte in seinen funkelnagelneuen Audi kotzen könnte.

Und was meinte der Mond überhaupt dazu? Was hielt das Schicksal für Sie demnächst parat? Sie schaute auf ihr iPhone und las langsam die heutige Botschaft:

„Im Sommer werden Sie eine neue Vertrautheit in Ihrer Beziehung verspüren, es kommt aber aufregend Neues hinzu. Sie werden viel Mühe aufbringen müssen, die Liebe und die von Ihnen gelebte Realität miteinander in Einklang zu bringen. Persönliche Entwicklung und äußere Änderungen gehen Hand in Hand."

Sie legte das Telefon wieder beiseite und seufzte leise als sie kurz nachdachte: Ach ja, die Arbeit! Mit Blick auf ihre jüngsten Erfahrungen mit Oliver, war es verständlich, dass Natascha ein nachvollziehbares

Bedürfnis besaß, auch noch in ihrem neuen Leben ihren Beruf als Referentin bei der Geschäftsführung der städtischen Kurverwaltung weiterführen zu können. Obwohl sie noch nicht ganz fünf Jahre dabei war, lag nun faktisch die Verantwortung für die gesamte Öffentlichkeitsarbeit inzwischen voll bei ihr. Sie machte sich hierüber allerdings keine Illusionen, wohlwissend dass diese Tätigkeit in ihr ganz bestimmt niemals so etwas wie die ganz große Leidenschaft entfachen würde. Dies lag schon allein daran, dass die moderne Welt von ihr das unmögliche Kunststück erwartete, eine semantische Brücke zu errichten zwischen den durchaus sinnvollen und medizinisch adäquaten Einrichtungen des heutigen Gesundheitswesens und einer Welt die, allem Fortschritt zum Trotz, leider immer noch in den Vorstellungen der meisten Menschen mit Thrombosenstrümpfen, Desinfektionsmitteln, künstlichen Gelenken, Arschraketen und Bettpfannen behaftet waren und nicht immer mühelos, ja reflexartig, Assoziationen zu luxuriösen Einöden der Wellness, Entspannung und

Haute Cuisine hervorriefen. Es war somit ihre Hauptaufgabe, neben dem Ressort Beschwerdemanagement, die Stadt samt ihren vielfältigen Kliniken als einen Ort ins rechte Licht zu rücken, wohin Menschen, die ohnehin wunschlos glücklich sind, zum Verweilen kommen würden, wenn sie einmal in sich das Bedürfnis verspüren sollten, sich vom mondänen Alltagsstress erholen zu müssen. Natascha mochte ihren Job wirklich, aber die Wahrscheinlichkeit, dass halb Hollywood sich nach einer anstrengenden Oscarnacht ausgerechnet hierher in die hessische Provinz verirren könnte, konnte tatsächlich als überschaubar eingestuft werden. Dies war vielmehr ein Ort wo die überwiegend betagten Gäste, dank der Großzügigkeit von Rentenversicherungen und gesetzlichen Krankenkassen, Gelegenheit bekamen sich beim Frühstück mit herrlichem Taunusblick – genau wie in den von Natascha in Auftrag gegebenen bunten Prospekten – gegenseitig kritisch zu mustern um sich dann selbst schlicht als Hüften, Knie und Wirbelsäulen zu erkennen zu geben und in der großen

Genesungsgemeinschaft einzufügen während sie schweigend bei amtlich vorgegebener Tischordnung die portionsgerechte Menge Bienenhonig oder Nutella aus kleinen Einwegplastikschälchen mit Folienbedeckung herauskratzten. Dies war hauptsächlich nützlich als Stärkung für das allseits beliebte Mumienschieben – im Volksmund auch oft noch als Kurschattenjagd bezeichnet. Dennoch fand sie ihre Arbeit voll in Ordnung. Es verlieh ihr doch einen gewissen Stellenwert im Betrieb und sonst auch, und dazu noch ein durchaus zufriedenstellendes Einkommen was ihr wiederum ein ziemlich hohes Grad an Unabhängigkeit beschert hatte. Ihr Beruf war nun einmal ein wesentlicher Teil von ihr und er sollte, wenn die Dinger nach ihrem Willen gingen, auch nicht unter dem neuen Leben mit Torsten leiden. Sie hatte zwar vor der Ehe gelegentlich innegehalten um sich vorzustellen, wie sich das Freisein vielleicht anfühlen würde, wenn sie von dem richtigen Partner so etwas wie Unterstützung und Verständnis erhalten würde. Dabei versuchte sie abzuwägen ob sie nicht sogar eines Tages zugunsten einer Familie vielleicht auf die berufliche Unabhängigkeit ganz verzichten könnte.

Die Antwort lautete: Nein.

Hier sah sie überhaupt keinen Anlass zu Veränderung. Die Antwort war vielleicht knapp aber sie war eindeutig nein. Basta! Die Vorstellung von sich als Hausfrau und Mutter behagte ihr überhaupt nicht und Torsten war, wenn sie ganz ehrlich mit sich selbst war, bestimmt nicht der richtige Mann um so etwas in Erwägung zu ziehen. Ein Kind? Na ja, vielleicht. Aber dann nicht unbedingt mit Mann. Nach ihren bisherigen Erfahrungen ging sie sogar so weit in ihre Vorstellungen, dass sie, wenn sie meinte, der reinen Männlein-Weiblein-Zweisamkeit überdrüssig zu sein, sich genauso gut immer noch dazu entschließen könnte, jederzeit einen Flieger nach Reykjavik zu nehmen um sich dort in einer Klinik mit Wikingersperma künstlich befruchten zu lassen. Ganz klar: Eine echte cosmomäßige Frau braucht nicht unbedingt immer einen Typen um sich.

Diese Option hielt sie sich, wie so Vieles, im Hinterkopf einfach offen als nur eine von unzähligen Möglichkeiten eines Lebens mit oder ohne Torsten und sein Faible für seinen Audi RS4 oder wie das Ding denn auch immer hieß.

Und schließlich wusste sie, dass ihr angetrauter Torsten ja auch nicht gänzlich frei von eigenem Ballast mit ihr im Leben unterwegs war. Im gleichen Großhandel für Sanitär- und Heizungszubehör nämlich, irgendwo am Frankfurter Stadtrand gelegen, in dem er inzwischen den gesamten IT-Bereich verantwortete, arbeitete Carola, seine damalige Freundin aus der Zeit unmittelbar vor Natascha. Torstens Beziehung mit ihr war zwar nicht sehr lange gewesen, dafür aber offenkundig umso prägender und zwar für beide Betroffenen. Natascha war sich zwar ziemlich sicher, dass die beiden nichts Ernstes mehr miteinander hatten, zumindest nicht mit Blick auf Bettgeschichten, gleichzeitig konnte sie aber den Verdacht nicht loswerden, dass Carola es sich vorgenommen hatte, aus Torsten nachträglich eine Art gehirnkastrierten neo-Neanderthaler zu machen, eine Gestalt nach ihren eigenen Vorstellungen geschaffen der es ihr, so vermutete Natascha zähneknirschend und möglicherweise ein Quäntchen gehässig, leichter machte die Trennung von ihm zu akzeptieren in dem sie ihn schrittweise zu einer Art Zombie, aber dennoch zu einem Bruder in ihrem Geiste, verwandelte. Und Torsten, dieser hilflose Trottel, ließ es einfach mit sich geschehen. Carola war zwar schon äußerlich hübsch, das musste Natascha ihr schon zugestehen, und vielleicht irgendwie sogar oberflächlich nett, aber sie war, in Nataschas Augen, in der Seele, in ihrem tiefsten Kern, schlicht unzivilisiert. Sie rauchte wie ein Schlot zum Beispiel. Und sie aß bei jeder Gelegenheit Berge von Fleisch, meist ohne Beilagen und möglichst roh. Natascha konnte es schon schlecht werden, wenn sie auch nur an die Rinderherden dachte, die Carola wohl in ihrem Leben bereits vertilgt hatte.

„Wahrscheinlich ist die doofe Ziege bloß dem Hype um diese Atkins-Diät auf den Leim gegangen…"

räsonierte Natascha dann und wann. „Wen würde es wundern?"

Beim Nachdenken gab ihr dieser Gedanken allerdings auch berechtigten Anlass zur Hoffnung, da eben jener Robert Atkins, der geschäftstüchtige Erfinder und Namensgeber dieser scheußlichen fleischfreudigen, proteinlastigen Diät, offenbar auch nicht wirklich der gesündeste Mensch war als der Teufel sich damals in New York seine Seele unverhofft schnappte. Und es gab dazu noch einiges mehr an Carola auszusetzen: Beispielsweise weigerte sie sich eisern ein eigenes Auto zu fahren. Sie tat so, als würde das ganze Theater im Fernsehen oder in der Zeitung um CO^2, Feinstaubbelastung, Verkehrslärm oder Rußpartikel in der Atmosphäre sie überhaupt nichts angehen, sie käme auch so im Leben blendend vorwärts und voran. Soweit Natascha wusste, besaß diese gnadenlos blöde Zicke noch nicht einmal einen Führerschein! Einfach unvorstellbar! Dafür hatte sie aber so eine dämliche BahnCard im Portemonnaie, mit der sie jedem, und scheinbar bei jeder Gelegenheit, stolz vor der Nase herumwedelte um ihre ach so heilige Verpflichtung gegenüber der Umwelt und ganz speziell der nächsten Generation – die ihr allerdings ansonsten schnurzpiepsegal zu sein schien, da sie keinen Hehl daraus machte, dass sie Kinder ungefähr so gerne mochte wie chronische Bauchschmerzen – ein für allemal zu unterstreichen.

Und, schlimmer noch, sie gab sich so verdammt rational, so sachlich nüchtern, dass sie den Mond noch nicht mal wahrnahm, außer als eine rein astronomische Angelegenheit, einen die Erde stillschweigend- und alleinkreisenden felsigen Himmelskörper ohne jegliche Bedeutung für Leib und Seele. Kein Wasser-, Luft- oder Erdzeichen interessierte sie, es wurden noch nicht mal die Wurzel- oder Blütentage in ihrem Leben in irgendeiner Form wahrgenommen, geschweige denn mitberücksichtigt! Die dumme Kuh würde dem Vollmond nie und nimmer auch nur einen Hauch von Beachtung schenken, selbst wenn er lautstark dröhnend, einer Lawine gleich, die Eingangstreppe vor ihre bluttriefende Fleischerei herunter kullern würde. Die Frau war einfach eine blöde Nuss, eine Schlampe, eine Nullnummer, sie war völlig bescheuert! Natascha wusste schon immer, sie würde Carola nie leiden können oder es auch nur wollen. Die doofe Schnalle war bestimmt immer unausgeglichen und säte allenfalls Zwist. Auch zwischen ihr und Torsten, soviel war ja auch klar.

So wie neulich, als er, seines Zeichens amtlich und ordentlich diplomierter IT-Fachidiot, sich zwischenzeitlich sogar unter Carolas Obhut allmählich zum Experten in Sachen Umwelt und Wasserökonomie heranreifen sah. Ausgerechnet er echauffierte sich darüber, dass Natascha aufgrund der von ihr verantwortungsvoll gelebten überwiegend vegetarischen Ernährungsweise offensichtlich öfter champagnerkorkenähnlichen Stuhlgang produzierte. Diese Feststellung begründete er damit, dass sie regelmäßig, seiner Beurteilung nach, bei jedem Toilettengang wohl mindestens 45 Liter hochwertig reinen Trinkwassers benötigte, um der hartnäckigen Schwimmfähigkeit ihrer Hinterlassenschaften zu trotzen. Dieser Trottel stand eines Tages tatsächlich vor der Klotür und zählte fünf komplette Spülgänge á neun Liter! Und dazu kamen, seinen Berechnungen zu Folge, wahrscheinlich noch Toilettenpapierbahnen von mindestens zehn Metern Länge.

Solche Gemeinheiten, auch wenn sich Natascha innerlich bewusst war, dass sie in Wirklichkeit von dieser miesen Carola heimlich angestiftet wurden, trugen sich nach und nach zusammen. Sie addierten sich solange auf bis Torsten, in Nataschas Augen, keine Alternative mehr hatte als ihr gegenüber eine Art für alle Welt sichtbare Wiedergutmachung zu leisten, zum Beispiel in der Form einer kleinen Handtasche aus Mailand.

Drittes Kapitel

Irgendwann war es dann doch endlich entschieden und sie brachen im Spätsommer auf, um eine Woche Entspannungsurlaub gemeinsam über sich ergehen zu lassen. Die Abreise nach Bozen ging an diesem bestimmten Samstagmorgen erstaunlich zügig und tadellos unkompliziert vonstatten: Die Wohnung war adäquat aufgeräumt, Torstens Festplatten mehrfach gesichert, alle Elektrogeräte waren ausgestöpselt, die Wasserhähne fest zugedreht, alles verriegelt und die Briefkastenleerung an eine neugierige Nachbarin delegiert, die den ganzen Tag lang sowieso sonst nichts zu tun hatte. So würde sie wenigstens im Bilde sein, wer schrieb.

Torsten und Natascha konnten voll entspannt an diesem Samstagmorgen in den Süden losfahren. Dummerweise waren sie nicht die Einzigen, die an diesem Tag eine derartige Planung umzusetzen versuchten. Die Fahrt war nämlich schon überraschend schnell wieder zu Ende, wenn auch nur vorläufig, irgendwo auf der Autobahn, nicht sehr weit hinter einem Ort namens Marktheidenfeld, als sie dort unerwartet zum Stillstand kamen. Die winzigen Autos auf dem Bildschirm der Navi-Anzeige in der Mittelkonsole, auf die Torsten immer wieder nervös schielte, leuchteten in südlicher Richtung alle genauso rot auf wie Weihnachtsmänner mit Schnapsnasen. Die von Torsten bevorzugte unmusikalisch nüchterne Damenstimme des bordeigenen Verkehrsmeldedienstes proklamierte in unregelmäßigen Abständen immer wieder stolz: „16 Kilometer stockender Verkeh-".

Natascha hatte bei der Fahrt anfänglich noch etwas gedöst aber nun saß sie munter auf dem Beifahrersitz und wühlte ungeduldig in ihrer Handtasche. Dann schaute sie sich um.

„Mist. Mein Ladekabel ist wahrscheinlich doch in der Tasche hinten im Kofferraum. Ich dachte, ich hätte es in der Handtasche dabei."

„Wieso brauchst du es denn gerade jetzt?" wollte Torsten wissen während er sein Gesicht im Innenspiegel kritisch musterte. Er hatte sich heute nicht rasiert und überlegte gerade, ob dies vielleicht ein Fehler gewesen war.

„Na ja, weil ich Verena anrufen wollte und jetzt ist der blöde Telefonakku schon wieder leer!" nörgelte sie angenervt und schaute auf ihr iPhone. Sie schob ihren Zeigefinger in leiser Verzweiflung ein paar Mal hin und her über das schwarze Display. Nichts passierte, das Gerät lag dunkel, leblos und stumm in ihrer Hand.

„Aber wir sind doch gerade `mal eine Stunde unterwegs," erwiderte Torsten. Während er dies sagte, verriet seine Stimme einen vernehmbaren Hauch von Unverständnis. Frauen muss man erst einmal verstehen.

„Wieso musst du Schwester Eisenherz denn jetzt überhaupt schon anrufen?" bohrte er ein bisschen nach. Seine Finger umklammerten das Lenkrad so fest als würde er befürchten, sie könnten jeden Moment abheben.

Natascha beschloss, Torstens Gemeinheit gegenüber Verena im Moment zu ignorieren. Er war bestimmt nur eifersüchtig, dass die beiden Frauen sich untereinander so gut verstanden. Oder vielleicht konnte er sich schlecht damit abfinden, dass sie studiert hatte nachdem sie den Beruf als Krankenschwester aufgegeben hatte. Und vielleicht damit bewiesen hatte, dass sie eindeutig mehr auf der Platte hatte als Carola? Natascha antwortete leicht patzig und unüberhörbar kühl:

„Ich habe es ihr halt versprochen, sie auf dem Laufenden zu halten. Ich meine, so ist das nun mal unter uns Frauen. Verstehst du aber wahrscheinlich wieder nicht."

Torsten rollte mit den Augen und hielt sein Lenkrad weiter fest im Griff obwohl sie noch immer fest im Stau steckten.

Dann schob sie nach: „Kannst du ja eigentlich auch gar nicht kapieren. Wahrscheinlich geschlechtsspezifisch…"

„Tja, Süße. Ohne Strom nix los!" erwiderte er daraufhin und zuckte leicht mit den Schultern während er demonstrativ versuchte, nicht zu grinsen. Einen Augenblick lang überzog aber trotzdem ein leicht schadenfrohes Lächeln sein Gesicht. Dann schob er nach:

„Wahrscheinlich auch geschlechtsspezifisch!"

„Du bist echt ein Arsch!" grumpfelte Natascha genervt zurück als sie dies vernahm. Dann machte sie die Handtasche auf ihrem Schoß wieder zu. Sie drehte sich in ihrem Sitz um und warf sie zwischen den beiden Rückenlehnen auf die Rückbank.

„Wenn's denn so wichtig ist, dann ruf´ sie doch über's Autotelefon an," schlug er dann vor und schaute dabei betont gelangweilt aus dem Seitenfenster. „Meins ist ja geladen, ich bin ja für die Fahrt gut vorbereitet. Und Bluetooth haben wir ja auch!"

„Ja, toll! Und du Depp hörst alles schön mit was wir miteinander zu bequatschen haben!" konterte sie widerborstig während sie ungeduldig auf den Knöpfen für die Justierung der Rückenlehne herumdrückte. Es sah so aus, als könne die Fahrt heute doch noch etwas länger dauern. Sie seufzte müde: „Du weißt ganz genau, ich kann das Ding überhaupt nicht leiden!"

Insgeheim gab sie sich selbst gegenüber zu, dass es so gar keine gute Idee gewesen war, das mit dem Telefonat hier und jetzt anzusprechen. Torsten konnte manchmal einfach maximal ätzend sein. Und heute schien er sich Mühe zu geben, dies zu beweisen.

„Ich finde die Freisprecheinrichtung aber richtig genial. Sie war jeden Cent wert…" schoss es sofort von der Fahrerseite selbstbewusst zurück. Damit war Torsten dann heute endlich wieder einmal bei seinem großen Stolz angelangt: das neue Auto in dem sie gerade festsaßen.

„Du, ist mir doch alles schnurzpiepegal. Ich kann's genauso wenig leiden wie die Karre selbst." Natascha war in diesem Moment nicht wirklich versöhnlich aufgelegt und dachte sich nichts dabei, Torsten dies auch spüren zu lassen. Dann fügte sie leicht provokativ, hinzu:

„Ich glaube manchmal, Oliver hatte damals schon Recht: du und dein Audi, das ist nix anderes als die aktuelle Fortsetzung von diesen albernen *Manta-Manni*-Geschichten, die es mal gab! Die werden doch mit schöner Regelmäßigkeit irgendwo im Privatfernsehen recycelt. Weiß nicht, RTL oder so. Womöglich bildest du dir auch ein, es taugt dir sogar noch um Schnitten aufzureißen?"

„He!" knurrte Torsten nun unfreundlich und etwas aufgebrachter zurück bevor er hinzufügte:

„Jetzt aber langsam, Baby. Das habe ich alles nicht verdient, so wie du mit mir umgehst. Vielleicht liege ich da falsch, aber soweit ich mich erinnern kann, fährt dieser Mensch noch immer mit einem alten ausgelutschten Ford Ka in der Gegend rum. Diese Tatsache weist ihn ganz bestimmt nicht gerade als den Reich-Ranicki der modernen mobilen Individualverkehrsphilosophie aus!"

„Ach, komm! Sei doch nicht immer so albern. Er kommt ja nun einmal aus Köln," Natascha versuchte einen Augenblick lang vergeblich zu beschwichtigen.

„Sein Vater arbeitet schon seit Jahr und Tag bei Ford und ich denke, es wird so sein, dass er den Wagen wahrscheinlich ja nur an Oliver weitergegeben hat."

„Tja, ist doch auch klar! Damit der arme Oliver nicht auch noch womöglich sein Auto selbst bezahlen musste! Das wird übrigens auch der Grund gewesen sein, warum er damals bei dir eingezogen ist," ätzte Torsten nun fast vergnüglich weiter und widmete sich demonstrativ dem Studium der vielen roten Autos auf dem Navidisplay. Natascha fragte sich, wie er es eigentlich schaffte, gleichzeitig zu lächeln während sich seine Stirn in Falten legte.

Einen Augenblick später fuhr Torsten dann wieder fort: „Ich glaube nämlich, er ist nur eifersüchtig, wenn er gegen mich wettert."

„Was? Warum zum Teufel sollte Oliver denn eifersüchtig auf dich sein?" fragte Natascha. Sie verspürte langsam nicht mehr die geringste Lust auf dieser dämlichen Auseinandersetzung

„Ganz einfach. Weil du mich mehr liebst als ihn," kam die Antwort wie aus einer Pistole zurückgeschossen. „Sonst hättest du mich ja nicht geheiratet, denke ich."

„O Gott. Jetzt spinnst du aber nun wirklich!"

„Nee, überhaupt nicht! Ich habe mich sogar kürzlich mit Carola genau darüber unterhalten. Vielleicht überrascht es dich zu hören, aber sie sieht die Sache mit Oliver eigentlich genauso wie ich," berichtete Torsten seiner Frau in einem sehr selbstzufriedenen Tonfall.

„Ich glaube nämlich, dass er einen Hau weg hat," schob er nach. „Spätestens seit dem Tag, als sie ihn bei der Polizei gefeuert hatten."

„Er wurde nicht gefeuert!" zischte Natascha genervt zurück. „Er ist ja freiwillig gegangen."

Sie fuhr das Fenster auf der Beifahrerseite runter und studierte den Müll, der den Straßenrand säumte.

„Ach so, dass habe ich ja völlig ausgeblendet," holte Torsten genüßlich zum Kontern aus. „Pass mal auf, Sweetheart! Wer im kapitalen Vollsuff, wie seinerzeit Oliver, mit dem eigenen Wagen mitten in der Nacht und irgendwo mitten in der Walachei in den

Strassengraben steuert, der ist eigentlich schon blöd genug. Wenn er aber, nachdem die eigenen Kollegen von der Wache erschienen sind, rührend darum bemüht, ihm möglichst unauffällig aus seiner misslichen Lage zu helfen und er sich während dessen mangels Peilung ans Steuer des Streifenwagens, mit dem sie erschienen sind, setzt und davonbraust, während die Kollegen damit beschäftigt sind, seinen Wagen aus dem Graben zu befreien, na ja... Ich glaube, dem kann wirklich nicht mehr geholfen werden, oder? Und dass er dann zum krönenden Abschluss auch noch den gemopsten Streifenwagen beim Einparken bei sich zu Hause gegen die Garagenwand fährt, das lässt sich nun mal nicht mehr so einfach wegdiskutieren, auch nicht unter Kollegen. Dabei ist's ziemlich egal wie provinziell die ganze Posse ist oder auch nicht. Damit hat er eigentlich nur unterstrichen, was für ein Loser er ist. Carola schmeißt sich heute noch über die Story auf!"

„Überrascht mich eigentlich überhaupt nicht. Carola ist ja auch wahrscheinlich senil!" giftete

Natascha zurück. Die Geschichte war in der Tat doof und ihre Lust, diese Unterhaltung mit Torsten fortzuführen, schwand gerade rapide dahin. Auch wenn sie sich über Torstens Überheblichkeit ärgerte, das Maß an Idiotie, die Oliver bei dieser Aktion an den Tag gelegt hatte war eben auch beträchtlich und, objektiv betrachtet, somit eigentlich kaum zu verteidigen.

„Vorsicht!" konterte Torsten knurrend mit einem diabolischen Grinsen. „Du weißt ja, schon allein aus deiner Erfahrung in der Klinik, dass Senilität eine dieser tückischen Beschwerden ist, die meistens erst mit fortgeschrittenem Alter schleichend einsetzen. Bedenke aber bitte, bevor du dich zu sehr aus dem Fenster lehnst, dass Carola sogar ein paar Monate jünger ist als du!"

„Okay, dann hat sie vielleicht eher BSE oder sowas. Bei ihrem Fleischkonsum würde mich das überhaupt nicht wundern. Sie ist jedenfalls zu blöde um auch nur einen Eimer Wasser alleine umzuschmeißen und du bewunderst sie noch dafür. Wann kriege ich endlich einen Kaffee? Das dauert mir hier alles viel zu lange."

Sie fuhr das Fenster wieder hoch.

„Hmmm. Wahrscheinlich kann es sich nur noch um Stunden handeln," sagte Torsten und wedelte mit seiner linken Hand in Anspielung auf die Autos, die immer noch überall um sie herumstanden. „Aber ich mache dir einen netten Vorschlag: Was hältst du davon, wenn wir versuchen, wenigstens noch bis hinter Nürnberg zu fahren bevor wir pausieren? Da gibt's ja beispielsweise einen McDonalds…"

Natascha schüttelte vehement den Kopf.

„Vergiss es, Alter. Bloß damit du dann bei diesem McDoof anhalten und genüsslich in einen blutrünstigen Big Mäc mit zwei Lagen toten Fleisch beißen kannst! Nur um dabei womöglich wieder über diese Kannibalin Carola fantasieren zu können? Fahre bitte sofort bei der nächsten Ausfahrt raus!"

Viertes Kapitel

Auf den ersten Blick, als Torsten und Natascha am späten Nachmittag endlich auf dem Parkplatz ankamen, fand Natascha die Hotelanlage, die sich ihnen im milden Sonnenlicht stolz präsentierte, gar nicht so übel. Es war ein wirklich hübsches, mittelgroßes Haus mit dem vielversprechenden Namen Goldener Sonnenhof Talblick, den Torsten bei seinen allabendlichen stundenlangen Recherchen im Internet für sie ausfindig gemacht und gebucht hatte. Die Anlage lag zauberhaft schön vor ihnen auf einem saftigen grünen Berghang mit weit ausladendem Blick über ganz Bozen, das Hotelgebäude selbst erinnerte glücklicherweise weder an ein futuristisches Museum für minimalistische skandinavische Gegenwartsdesignkunst, noch musste man einen fachwerkverzierten alpinen Kuhstall mit angeschlossenem Bettentrakt hinter der Fassade befürchten. Gewundert hatten sie sich lediglich anfangs darüber, dass die zierliche junge Dame im etwas zu großgeratenen weinroten Dirndl, die hinter dem Tresen an der Rezeption freundlich grüßte, ganz offensichtlich eine waschechte Chinesin war. Etwas irritierend für sie beim Betreten des Hotels war auch die lange Reihe von roten Laternen mit goldenen Stofffransen behangen, die die hellen Wände des Gangs säumten, der von der Rezeption geradeaus in Richtung Wellnessbereich führte. Die beiden Türen aus Milchglas am anderen Ende des langen Flurs zierten links und rechts riesige Ying und Yang Zeichen, die auch dann nicht weniger deplatziert wirkten, wenn man den Blick über die mit braun und weiß geflecktem Kuhfell bezogenen Sitzwürfel schweifen ließ, die am Rande der Lobby strategisch günstig positioniert waren.

„Sie werden sehr glücklich sein," versprach die Rezeptionistin vor ihnen betont beschwingt mit einem makellos ins Gesicht gemeißelten Lächeln während sie die Anmeldeformulare hin und her schichtete. Hieran gab es wohl nichts zu zweifeln. Es war ihnen sofort klar, dass die junge Dame hiervon wirklich fest überzeugt war.

„Sie haben nämlich heute Zimmer Nummer achtachzig bekommen!" zwitscherte sie fröhlich während sie flott, gar souverän tippte ohne auch nur einen flüchtigen Blick auf die Tastatur zu benötigen. Ihre aufgeklebten bunten Fingernägel klapperten fürchterlich auf der Plastiktastatur.

„Achtachzig. Das bedeutet viel Glück bei uns zuhause!"

Dann fügte sie hinzu: „Auch in China, meine ich!"

Das Aussprechen der Zahl achtundachtzig bereitete der jungen Frau vor ihnen ganz offenbar größte Mühe.

Fröhlich strahlend hielt sie dann Torsten und Natascha einen Schlüssel ehrerbietig entgegen, so als wäre er eine feierliche Opfergabe, mit einer glänzenden goldenen Kette an einem größeren und leicht unförmigen Holzklotz befestigt. Auf dem Brett war die Nummer 88 aufgemalt, umgeben von einem alpinisch-anmutenden Blumenkranz. Die hierauf dargestellten Gewächse waren zwar nicht wirklich Edelweißblüten, wie man auf den ersten Blick hätte meinen können, aber zumindest waren es offenbar auch keine Lotusblumen.

„Na ja, ich wollte sie eigentlich gerade noch bitten, uns am besten gleich zwei Schlüsselkarten auszustellen," bemerkte Natascha mit gedämpfter Stimme lakonisch zu Torsten als sie zum wiederholten Male um sich schaute und ihre Umgebung etwas genauer inspizierte. Sie blickte nochmals auf das Brett in Torstens Hand.

„Ich glaube, das lassen wir aber lieber. Sonst schleppst du dich womöglich noch zu Tode..."

Auf dem Weg zu ihrem Zimmer nach dem Einchecken durchquerten die beiden einen größeren Raum, direkt an die Rezeption angrenzend, in der sich eine Art Lobby und auch die Hotelbar befand. Auf der breiten Stirnwand des Raums sahen sie einen offenen Kamin mit einem ausgedehnten Sims aus dunklem Naturstein, über dem ein prachtvoller riesiger Hirschkopf mit Geweih und hübschen braunen

Glasaugen überlegen über dem Raum thronte. Etwas weiter unten in ihrem Blickfeld flankierten zwei mit goldenen Drachen drapierten Säulen den Kamin, vielleicht einen Meter hoch und je links und rechts von der Feuerstelle positioniert.

„Sag´ mal, Schatz..." Natascha blieb auf der Stelle plötzlich stehen und drehte sich langsam zu Torsten um. Sie griff nach seinem Unterarm und fragte, inzwischen merklich verunsichert aber doch mit einer trotzdem auffallend gefassten Stimme:

„Kann es vielleicht irgendwie sein, dass wir uns bei dieser Reise in einem Chinarestaurant eingebucht haben?"

Torsten war ebenso perplex und konnte zunächst nichts Schlüssiges auf ihre Frage antworten. Stattdessen zuckte er erst einmal sichtlich ratlos mit den Schultern während er sich weiter umschaute. Soweit er sich erinnern konnte – und er gab sich in diesem Moment zweifellos die allergrößte Mühe genau hierüber nachzudenken – stand für ihn nirgendwo ersichtlich auf der Webseite, dass das

Goldener Sonnenhof Talblick Hotel und Spa, das sich selbstbewusst mit seiner recht komfortablen ****s Klassifizierung um die Gunst des erholungsfreudigen und zahlungskräftigen Urlaubers bewarb, seit Jahresanfang im Besitz einer eingewanderten chinesischen Familie namens Wu war.

In ihrem Zimmer oben angekommen, packten beide wenige Minuten später ihre Taschen auffällig wortkarg aus während sie immer wieder stehen blieben, sich verwundert umsahen und versuchten, jeder auf seine eigene Weise, sich zumindest schrittweise mit ihrer neuen Umgebung anzufreunden. Es war im Zimmer zunächst einmal relativ viel Holz zu sehen, nicht ausdrücklich rustikal gehalten aber doch stellenweise deutlich an einen Alpinstil angelehnt, wie beispielsweise der helle Dielenfußboden. Es gab auch hier und da sogar noch Akzente, die irgendwie das von ihnen erwartete Bild abrundeten, wie die braun gefleckten Kuhfelle beispielsweise, die als Bettvorleger den Raum zierten. Die ebenfalls vorhandenen asiatischen Elemente – hier ein wuchtiger, goldgerahmter Spiegel oder dort dicke, rote Samtübervorhänge mit goldenen Stickereien sowie eine tapezierte Wand, silbrigschimmernd mit rotfarbenen konfuzianischen Motiven aus Samt in die Tapete eingelassen – wirkten aber auf sie in dieser Umgebung ein wenig wie der prahlerische Versuch eines verblichenen und leicht derangierten neureichen barocken Fürsten, seine Weltläufigkeit für die Nachwelt für immer festzuhalten.

Während beide ihre Sachen nachdenklich auspackten und verstauten, hielt Torsten beim Ausräumen seiner Tasche plötzlich eine Sekunde inne und bückte sich neugierig vor der Bettkante.

Dann fing er an zu lachen während er Natascha belustigt zurief:

„He, du glaubst es nicht. Hier ist so eine kleine Blechbox neben meinem Nachtkästchen angebracht. Da ist ein Münzeinwurf mit der Beschriftung *Magic Fingers* drauf! Es steht sogar noch `mal was in Blindenschrift neben dem Einwurf..."

„O, sei bitte vorsichtig! Ist wahrscheinlich so was wie eine Art Zen-inspirierte analoge Steinzeitselbstbefriedigungsmaschine..." rief sie ziemlich amüsiert aus dem Bad zurück und fing ebenfalls an zu lachen. „Gibt es wahrscheinlich bei uns zuhause auch, wird aber dann wohl von der Kasse nicht mitbezahlt, sonst müssten sie Viagra bald auch flächendeckend subventionieren. Ich könnte mir vorstellen, es ist besser du lässt lieber die Finger davon! Wer weiß? Steht bestimmt irgendwo auf der Rückseite drauf, dass das Ding akuten Rückenmarkschwund oder so was Ähnliches verursacht..."

„Hm! Wären sie aber dann nicht heutzutage verpflichtet, auch solche Horroraufkleber sichtbar anzubringen? So wie die Zigarettenhersteller bei den Kippenschachteln auch überall draufmachen müssen?" wollte Torsten dann von ihr wissen. „Du weißt ja, diese Dinger, die so aussehen wie eine Traueranzeige und wo immer in Blockschrift draufsteht: *Rauchen tötet* oder *Rauchen macht impotent* und so..."

„O, wie sollte ich denn ausgerechnet darüber Bescheid wissen?" fragte Natascha als sie wieder aus dem Bad kam und grinsend im Flur stehenblieb.

„Hmm, du bist doch im Gesundheitswesen beschäftigt, dachte ich!" scherzte er zurück. Ein paar Sekunden später rief er noch mal begeistert:

„Boah, cool!"

„Was ist jetzt?" wollte Natascha wissen und schaute erneut aus dem Badezimmer heraus in seine Richtung.

„Ich glaub', ich hab´s nun endlich entziffern können! Die Blindenschrift, meine ich…"

„Häh? Wie kommst du jetzt da drauf?" wollte sie wissen.

„Doch, doch!" fing er laut zu Kichern an. „Ich glaub' ich weiß es! Es steht bestimmt drauf: *Sie werden sehr glücklich sein!*"

Fünftes Kapitel

Ihr Charisma ist umwerfend. Aber wenn Sie nur alleine unterwegs sind, wird es niemand würdigen, stand auf dem Display. Der Mond war heute noch im zweiten Viertel und Venus stand heute im Kalender. Eigentlich bedeutete dies etwas Positives, eine Verschönerung oder ein ersehnter Ausgleich. Sie registrierte nur mäßig interessiert, dass es auch ein günstiger Tag für Gesichts- oder Nagelpflege sowie vitaminreiche Kost war. Natascha hörte auf zu lesen und ließ ihr Telefon mit einem leisen Seufzer wieder in die Handtasche zurückgleiten. Sie beschloss, sich heute nicht länger über die Aussage ihrer ansonsten hochgeschätzten Lunarbefindlichkeits-App nachzudenken.

Das Frühstück an diesem ersten Morgen nach Ihrer Ankunft war leider gar nicht so harmonisch ausgefallen, wie es auf den Bildern auf der Webseite oder auch in dem Faltprospekt des Goldenen

Sonnenhof Talblick Hotel und Spas, das an der Rezeption reichlich zur kostenlosen Mitnahme auslag, einem Gast vielleicht gerne suggeriert wurde.

Natascha weilte auf der Frühstücksterrasse und nippte vielsagend wortlos an ihrem Jasmintee. Dabei hielt sie die zierliche kleine Porzellantasse mit beiden Händen fest und sog den zarten Duft des Tees langsam in sich auf. Auf dem Tisch direkt neben ihr lag die Samstagsausgabe der Tageszeitung mit sämtlichen wichtigen Nachrichten und Meldungen, die es an diesem Tag aus der nahen Dolomitenregion zu berichten gab. Es war wohl deswegen eine ziemlich dünne Zeitung trotz der beigelegten Werbesonderbeilage, in der die aktuelle Bergsteigermode vorgestellt wurde.

Während Natascha ihm gegenüber saß und fast förmlich auszudampfen schien, schwieg Torsten weiterhin gequält und hilflos auf seinem Stuhl. Immer wenn sie von ihrer Tasse oder Zeitung hochblickte und kurz in seine Richtung sah, richtete er sich innerlich auf und meinte eine Hitzewelle zu verspüren, so als würden seine Wangen gleich Feuer fangen und seine Augen wie glühende Kohlen leuchten. Er bemühte sich empathisch zu strahlen in der Hoffnung auf irgendein Zeichen von Verständnis, Vergebung oder wenigstens etwas Mitleid seitens Nataschas.

Sie aber schwieg einfach eisern weiter und blätterte stattdessen seelenruhig weiter zu der Seite mit der vieldeutigen Bezeichnung *Panorama*. Sie las nicht wirklich regelmäßig eine Tageszeitung aber sie schätze dennoch die banale Dramatik sehr, die diese Seite immer beinhaltet. Glücklicherweise schien jede Zeitung auf der ganzen Welt tatsächlich so was wie eine Panoramaseite zu haben, dort wo meist kurz und bündig immer über Lottogewinner und blutrünstige Mörder, standesamtlich relevante Zu- und Abgänge in den verschiedensten europäischen Adelshäusern, giftverseuchte Lebensmittel, Promi-Geburtstage, Geiselnahmen, Erfolge bei der Bullenzucht und Hollywood-Auszeichnungen berichtet wird. Als sie die Seite überflogen hatte, klappte Natascha die Zeitung lautlos zu und legte sie beiseite. Schweigend strich sie sich dann ein paar Haarsträhnen aus dem Gesicht.

„Depp!" zischte es leise aber kaum überhörbar in Torstens Richtung während sie ansonsten geräuschlos aufstand. Als sie dann weg war, um die Ecke verschwunden, wartete Torsten ziemlich unbeholfen, mangels einer besseren Alternative, und überlegte, ob sie beabsichtigte ganz weg zu bleiben oder ob sie eventuell doch nur vorübergehend wegen einer Dringlichkeitssitzung in der öffentlichen Keramikabteilung des Restaurants verschwunden war. Er war sich eine ganze Weile lang dessen nicht sicher und so beschloss er zunächst, einfach am Frühstückstisch sitzen zu bleiben und abzuwarten.

Nachdem allerdings beinah eine Viertelstunde verstrichen war, ohne dass sie wiederkam, beschloss auch er, jetzt aufzustehen und zu gehen. Er begab sich dann wie Natascha vermutlich auch, nur wahrscheinlich etwas langsamer, wieder in Richtung Zimmer.

Selbst auf seinen obligatorischen Espresso, sein Lebenselixier, die kräftige schwarz-süße Schlürfdroge, wie er sie manchmal scherzhaft zu nennen pflegte, verzichtete er an diesem tristen Morgen. Die beiden hinterließen nach dem Aufstehen auf dem Tisch zahlreiche kleine Teller mit einer eklektischen Mischung von Speisen, bestehend aus Resten von Südtiroler Speck, Käse, Dim Sum, Frühlingsrollen, Marmeladen-, Honig- und Quarktöpfchen, süße Pfannkuchen, sowie die ausgelaufenen Bruchstücke eines weichgekochten Eis. Zahllose Krümel der verschiedensten Arten lagen weit und breit über den ganzen weißgedeckten Tisch verstreut. Es war der Abspann einer wahren Frühstücksfusion was sich dort abgespielt hatte, aber leider von ihnen freudlos und schweigend eingenommen worden war.

Die Ursache dieser stimmungsbedingten Eiszeit war in den Ereignissen der vorausgegangenen Nacht zu suchen: Beim Schlafengehen am Abend zuvor waren die beiden sich jedenfalls noch sehr einig gewesen. Sie hatten ganz spontan entschieden, nach den Strapazen der langen Autofahrt nicht nach dem Abendessen noch länger im Restaurant sitzen zu bleiben. Stattdessen beschlossen sie, sich eine Flasche gut gekühlten Weißwein vom Zimmerservice bringen zu lassen. Gemeinsam hatten sie es dann anschließend auf der kleinen Terrasse ihres Zimmers geleert und dabei den Blick auf die beleuchtete Stadt im Tal unter ihnen verträumt genossen. Der alles wissende und beobachtende Mond, in dieser Nacht zwar schon deutlich zunehmend aber noch nicht voll, verhielt sich aus Nataschas Sicht bereits sehr günstig und hüllte alles beinah barmherzig in ein warmes, fast gelbliches, Licht, das die schemenhaften Umrisse der Berge um sie herum im Dunkeln fast mystisch erscheinen ließ.

Torsten registrierte erleichtert, dass seine Frau sich nach den anfänglichen Differenzen bei der Anreise und den mit der Ankunft verbundenen Überraschungen, insbesondere jenen, die durch die unerwartete Kulturfusion im Hotel, aufgrund der deutschen, italienischen und chinesischen Prägung des Hauses bedingt waren, ganz offenbar entspannt hatte.

„Wir werden sehr glücklich sein!" flog ihm der Gedanke blitzartig und schelmisch immer wieder durch den Kopf. Vielleicht hatte diese eisern lächelnde junge Dame im Dirndl beim Einchecken gar nicht so Unrecht? Verdient hätten sie sich ein bisschen Glück allemal, dachte er kurz. Er gab ja schließlich immer sein Bestes.

Und so kam es, dass sie wenige Minuten später, nachdem sie die Terrasse verlassen hatten, ebenfalls gemeinsam im Bad standen und vergnügt zusammen unter der Regendusche turtelten, aus dem angenehm warmes Wasser sanft auf sie herunter perlte. Sie hatten auf einmal das Gefühl, alle Zeit der Welt zu haben. Sie küssten und umarmten sich, raunzten sich ein paar anzügliche Bemerkungen zu, lachten laut miteinander und dann fingen sie wieder von vorne an.

Als Torsten endlich aus dem Bad kam und ins Bett kroch, lag Natascha schon dort, warm eingemummelt, und wartete auf ihm. Sie war, zu seiner anfänglichen Überraschung, nicht mehr ganz nackt, sondern inzwischen eher anregend minimalistisch gekleidet.

Eng an sie herangekuschelt fing er an sie immer wieder am Hals zu küssen während seine linke Hand gleichzeitig wellenartig sanft über ihren Bauch, ihre Hüfte und bis an die Oberschenkel sanft entlang glitt. Die Fingerspitzen prickelten, sie fühlten sich so an als würden sie Funken versprühen, so wie es die Wunderkerzen in den Silvesternächten seiner Jugend getan hatten, als er erstmals anfing die Mädchen ganz anders wahrzunehmen als bislang. Es dauerte nicht sehr lange bevor er ganz sachte mit seiner rechten Hand den Verschluss von Nataschas BH ausfindig machte, lockerte und schließlich öffnete.

Natascha drückte sich dabei etwas fester gegen ihn und genoss es in diesem Augenblick, endlich Torstens ungeteilte Aufmerksamkeit und wohl auch sein ungewohnt heftiges Begehren zu spüren. Sie liebte solche Momente wie diesen, dann wenn er so nah bei ihr war, dass er sich auch wirklich die Zeit nahm, um seine Begierde mit Zärtlichkeit auszuleben.

Ihr Mann war nicht bloß wieder einmal nach Einbruch der Dunkelheit hormonell fehlgeleitet, wie es ihr so häufig vorkam, oder, wie es ihre Freundin Verena mit einem Anflug von schwarzem Humor meistens treffend deutete, schwanzgesteuert. Nein, ihr Torsten war heute Abend an diesem Ort und in diesem Bett spürbar ganz bei ihr.

In diesen wenigen, aber sehr intensiven Augenblicken ihrer Ehe störte plötzlich kein dämliches Auto mehr, keine vermeintlichen oder echten Freunde, kein Computer oder Smartphone trübte ihren Frieden miteinander, es existierte scheinbar im ganzen Universum um sie herum einfach kein einziges unpassendes Kanalsationsanschlussrohr, keine fehlgeleitete Armaturenbestellung, die ihnen das Glück doch noch abspenstig hätte machen können, egal wie lange. Ihr Büro und Schreibtisch in der etwas verstaubten Kurklinikverwaltung und selbst Bad Nauheim mit seinen bescheuerten Enten und unzähligen von Inkontinenz geplagten nostalgischen Rentnern und verkärten Scheichs verschwand allmählich aus ihrem Bewusstsein.

Sie stieß einen langen entspannten Seufzer aus und beschloss, heute Nacht einfach alles mit sich machen zu lassen. Alles was Torsten wollte! Sie spürte, wie er in diesem Moment mit seiner linken Hand fester gegen ihren Rücken drückte, seine Fingerspitzen schienen sich in ihren Rippen und ihrem Schulterblatt erregt festzukrallen während er ihre Brüste verspielt küsste. Sie drückte ihre Wirbelsäule kraft- und lustvoll in die Matratze, so fest als würde sie ihren ganzen Körper durch das Bett und weiter noch, sogar durch den Fußboden bis tief in die Erde hineinpressen, immer fester als sie spürte wie Torstens Zungenspitze, rau und geschmeidig zugleich, über ihren Bauch hinweg einen Bogen in Richtung Süden schlug.

Und dann ratterte es plötzlich dicht und deutlich vernehmbar hinter ihrem Kopf und dem Kissen auf dem er sanft gebettet lag. Eine elend lange Sekunde dauerte es, bis eine Münze, die Torsten in diesem für sie intimsten Augenblick mit seiner freien Hand hineingleiten ließ, sich scheinbar im freien Fall den Weg bahnte durch den Einwurf bis in die tiefsten

Innereien des blechernen Apparates, der sich an der Bettkante, unweit ihres Kopfes befand.

Und dann, just im gleichen Augenblick, hörte und fühlte es sich so an, als würde ein Stockwerk tiefer jemand mit einer Schlagbohrmaschine zu Werke schreiten, das ganze Bett setzte sich, mit einem unsexy pietätlosen, markerschütternden, metallisch klingenden „Klack!" zur Vorankündigung, mit einem fast boshaften Ruck in Bewegung. Das brummende Geräusch, das hierbei entstand, als die *Magic Fingers*-Maschine sich in Bewegung setzte, kam Natascha vor wie eine perfide Gleichstromtorturanwendung aus Doktor Frankensteins Tages- und Horrorklinik für Lebens- und Bandscheibengeschädigte, wie ein Stromschlag, ein Blitz aus der mechanischen Hölle, der imstande war, in weniger als einer halben Millisekunde sämtliche vorhandene Zonen, Regionen, und Teile des Körpers, die irgendwie auch nur im entferntesten Sinn mit dem beschreibenden Begriff „erogen" in Zusammenhang betrachtet oder vielleicht auch nur vermutet werden, schlagartig zu betäuben oder sogar spontan gänzlich absterben zu lassen.

„What the fuck?!" entfuhr es ihr lautstark als sie versuchte, Torsten beiseite zu schieben und schnell von dem Bett aufzuspringen. Die Flucht gelang ihr aber leider nicht auf Anhieb.

So musste Natascha erleben, wie die Matratze unter ihnen heftig zu rütteln begann, ähnlich wie bei den industriellen Anlagen, die sie schon einmal im Fernsehen gesehen hatte, auf denen beispielsweise Kaffeebohnen sortiert und massenhaft hüpfend zum Feuertod in der Rösterei befördert werden. Sie fühlte sich daran erinnert, wie damals auf dem Grundstück, das neben ihrem Elternhaus jahrelang brachlag, gebaut wurde und riesige Spuntenwände von einer noch riesigeren Maschine mit Gewalt und Lärm und Dieselgestank von einem wahrscheinlich mittlerweile debilen und gehörlosen Baggerführer in den Boden getrieben wurden und dabei jedes Glas, das irgendwo in einer Vitrine im Umkreis von 100 Meter Luftlinie stand, zum Tanzen gebracht wurde.

Vielleicht fühlte es sich auch nur so an wie ein gewöhnliches Erdbeben der Stärke 6,8 auf der offenen Richterskala, so wie sie laut Focusmagazin oder Spiegel oder Bunte oder welcher Zeitschrift auch immer, wahrscheinlich tagtäglich im seismologischen Institut von Uppsala, Schweden penibel registriert und von alten, blassen, gelangweilten Männern, die von der Natur mit Forschungsdrang aber mit sonst nichts Wesentliches gesegnet waren, woran eine Frau sich erfreuen würde, auf einer mittlerweile virtuellen Strichliste für die Ewigkeit festgehalten werden?

Wie auch immer, es fühlte sich jedenfalls Scheiße an und führte, dank Torstens idiotischen Einfalls, dazu dass der Gedanke in ihr hochstieg, dass sie sich doch noch plötzlich irgendwann und höchstwahrscheinlich mit der Möglichkeit konfrontiert sehen könnte, dass sie, wenn sich nichts Gravierendes in ihrem Leben in Sachen Männer bald zum Positiven ändern würde, letztendlich der Gefahr ausgesetzt war, frigide zu werden oder gar dazu genötigt werden könnte, auch wenn es schon spät im Leben war, eine Karriere als Klosternonne in Erwägung zu ziehen.

So fing sie wieder an, über Torsten tiefer als gewöhnlich zu sinnieren und fragte sich im schnellen Zeitraffer, ob dieser armselige Amalgamverweigerer, mit dem sie gesetzlich verbandelt war, diese ewigen Gemeinheiten überhaupt nur mit dem Kauf einer lumpigen Tasche aufwiegen könnte. Und in diesem Moment, als ihre Gedanken wieder unvermittelt um die sündhaft schönen Schöpfungen Louis Vittons oder Salvatore Ferragamos kreisten, kam ihr wieder Verena in dem Sinn.

Und genau in diesem Augenblick – war es auf die Verzweiflung zurückzuführen oder doch bloß der Zufall? – erinnerte sie sich plötzlich auch wieder an das abendliche Gespräch mit ihrer besten Freundin und dass es unweit von hier einen kleinen, schnuckeligen Laden namens Rifugio gab, der berstend voll war mit den schönsten Sachen und geleitet wurde von einem Mann, der wohl wirklich diese Beschreibung verdiente – der Gedanke war nicht ganz ohne Ironie in diesem

Augenblick. Ein echter Kerl der, wenn Verenas Schilderung zutraf, scheinbar lächelnd unentwegt Pheromonen aussandte während er hinter seinem Tresen stand, der irgendwo unter den schattigen Arkaden von Bozen versteckt lag.

Sechstes Kapitel

Torsten lag nun hilflos schweigend auf eine Sonnenliege neben dem Pool und verstand die Welt nicht mehr so richtig an diesem Tag. Er richtete sich ganz langsam auf und öffnete dabei seine Augen so gut es ihm in der grellen Sonne überhaupt möglich war. Das Licht war jetzt um die Mittagszeit einfach gleißend und es bereitete ihm im ersten Moment schon mehr als nur ein wenig Mühe, zuzulassen, dass seinen Blick sich allmählich über das Schwimmbecken hinaus vortastete und dann endlich ins Tal dahinter wanderte. Es war dabei nicht so, dass die Aussicht an so einem Spätsommertag irgendetwas an Schönheit zu wünschen übrigließ, es waren schließlich überall um ihn herum viele bunte Blumen zu sehen und das erquickend aquamarinfarbende Blau vom Schwimmbad leuchtete unübersehbar aber freundlich direkt vor ihm, umgeben von einigen vorteilhaft platzierten dunkelgrünen Zypressen sowie ein paar vereinzelten Palmen die hier und da in riesigen Tontöpfen um den Schwimmbeckenbereich standen. Aber er konnte nicht gerade jetzt wirklich ehrlich behaupten, dass ihn irgendwas hiervon interessierte. Noch nicht einmal, ob die Stadt überhaupt noch da unten, vor seinen Füßen sozusagen, im Tal ausgebreitet lag oder ob sie nicht doch möglicherweise über Nacht vom Erdboden verschluckt worden war. All das war Torsten zurzeit ziemlich gleichgültig angesichts Nataschas eher überzogenen, für hn überhaupt nicht ganz nachvollziehbaren Verstimmung.

Heute war alles, was sich um ihn herum abspielte einfach *Worscht*, wie er es manchmal auf saloppe Manier auszudrücken pflegte. Verdient hatte er ihre launische Missachtung jedenfalls nicht.

Fast verstohlen wagte er es dann, durch seine beinah geschlossenen Lider mit den Augen leicht nach rechts zu schielen. Er wollte sich einfach nur nochmals überzeugen, dass seine Natascha – seine hochgradig komplizierte gesetzlich angetraute Gattin – wirklich noch da auf der Liege neben ihm lag. Und weiter konsequent wortlos auszudampfen schien, wie sie es schon den ganzen Vormittag lang tat.

Sie hatte nämlich seit dem Frühstück noch kein einziges Wort, geschweige denn einen richtigen Satz, mit ihm gewechselt außer ihn einmal leise aber offenbar immer noch sehr wütend beim Aufstehen vom Frühstückstisch wenig liebevoll als ein Deppen zu titulieren. Selbst seine Anwesenheit neben ihr, gemütlich gechillt hier auf der roten Sonnenliege neben dem Pool harrend, die er inbrünstig hoffte sie möge ihrerseits als ein Art Liebesbeweis interpretiert werden, schien ihr nach wie vor reichlich egal zu sein.

Er legte seinen Kopf wieder zurück und fing nochmals an angestrengt nachzudenken. Warum war ausgerechnet seine eigene Frau eigentlich immer so zickig, so garstig zu ihm? Er hatte es eigentlich nie und nimmer verdient, so schäbig behandelt zu werden, bejammerte er innerlich sein Unglück. Er lag regungslos da und grübelte nun ein wenig weiter nach. Bei Carola war es jedenfalls ganz anders gewesen, es war alles mit ihr irgendwie nie so furchtbar anstrengend gewesen wie jetzt mit Natascha. Dummerweise ließ sie sich aber überhaupt nicht mehr von ihm `rumkriegen. Irgendwie war sie ihm entglitten. Lag wohl doch an der Ehe mit Natascha, dachte er nach. Frauen waren irgendwie komisch.

Er sinnierte über sich, über Natascha und zwischendurch auch über Sex mit Carola nach, bis er meinte, fühlen zu können wie sein Schädel in der Sonne brummte und seine Frontallappen vor lauter Anstrengung förmlich zu schwellen begannen.

Mit ihm konnte es aber eigentlich nicht so viel zu tun haben, folgerte er letztendlich. Vielleicht war das Problem bei Natascha eher die Sache mit den verschiedenen Köpfen, von denen sie immer sprach? Es war jedenfalls so, dass sie immer wieder den Versuch wagte, zu analysieren mit welchem Kopf irgendwelche Menschen gerade mit ihr in Kommunikation traten oder nur so taten, als würden sie es versuchen. Torsten fand es auch manchmal sogar ziemlich lustig dabei zuzuhören, insbesondere weil er in sich selbst so etwas wie einen latenten Mumienfan in seinem tiefsten Inneren wähnte. Schon alleine die bloße Vorstellung, dass man die verschiedensten Köpfe, ausgestattet mit einer Art immeraktivem und interaktivem Mundwerk, in so was Ähnlichem wie Bio-Hutschachteln aufbewahren und bei Bedarf austauschen und aufsetzen konnte, fand er persönlich äußerst amüsant.

Manchmal befürchtete er jedoch, dass Natascha die Vorstellung hierzu dann und wann etwas zu ernst nehmen könnte. Nicht im wörtlichen Sinne natürlich, da dies wiederum ja bedeutet hätte, dass Nataschas Handeln natürlich hochgradig strafrechtlich relevant gewesen wäre. Dabei wusste er, dass sie, obwohl sie manchmal ordentlich widerspenstig sein konnte – eine waschechte *Bitch* pflegte Carola zum Beispiel ehrfurchtsvoll zu sagen – bestimmt keinem Menschen wirklich etwas antun könnte. Solche Leute wie Stephen King oder Ozzy Osbourne würden in diesem Fall ihre perversen Inspirationen leider anderswo suchen müssen. Aber so ganz verkehrt lag Natascha dennoch mit ihren Einschätzungen der Köpfe oftmals nicht, das musste auch Torsten gelegentlich zugeben.

Es gab sie nämlich tatsächlich, sinnierte Torsten. Die Berufsköpfe, die vielleicht alle aussahen wie Groucho Marx, Dieter Bohlen oder Margaret Thatcher und alles im Kontext ihres Schaffens wortreich nichtssagend zu ergründen versuchten, während, gleich daneben, die Freizeitköpfe, für die das Arbeiten lediglich eine mögliche Methode unter unzähligen war, das Leben soweit finanziell zu wuppen sodass alles andere erträglich blieb. Es gab natürlich überall Unmengen von den Beziehungsköpfen. Wahrscheinlich gab es so viele wie es Männer und Frauen auf der Erde gab oder vielleicht sogar mehr, weil manche von ihnen, na ja, zeitweise mit mehr als nur einem Partner jonglierten. Und zahlreiche Eierköpfe, lauter Unsympathen mit Falten im Nacken und Hornbrillen! Zu guter letzt dachte er noch an die Elternköpfe, die er nicht besonders mochte, weil sie ihren bazillenbeladenen Kotzbrocken von Nachwuchs permanent nobelpreisverdächtige Leistungen zutrauten solange sie noch klein und niedlich mit verschissenen Windeln waren und das einzig ädequate DNA-Gemisch, nämlich ihr eigenes, im Stammbaum vorweisen konnten, aus dem sich die Brut brüllend herauszuschwingen pflegte.

Hinzu kamen auch noch zum Beispiel die Egoköpfe, mit denen es sich vorzüglich streiten ließ und, auf der anderen Seite, die dicken Konformitätsköpfe, die eventuell eine gewisse Ähnlichkeit mit der Kohlschen Altkanzlerbirne vorweisen konnten und mit denen es sich üblicherweise auch hervorragend streiten ließ, wenn auch aus gänzlich umgekehrten Gründen als die Meinungen und Einstellungen und Unarten, die von den unausstehlichen Egobirnen großmäulig vertreten wurden.

Natascha konnte er beim Streit zuhause und besonders während der Woche nach Feierabend schon alleine mit der einfachen Aufforderung auf die Palme bringen, ihre Bürobirne gefälligst im Abklingbecken abstrahlen zu lassen, eine Handlung die deswegen schon impraktikabel gewesen wäre, weil, wie er dann genüsslich und stundenlang lästern konnte, sie sie hätte zuerst abschminken müssen.

Ja, doch. Er war sich eigentlich schon ziemlich sicher, dass Natascha ihn heiß und innig liebte, insbesondere wegen seiner Standhaftigkeit, seiner Geradlinigkeit und seiner starken Charakterzüge. Torsten war sich eigentlich ihre Zuneigung sicher, die hatte er sich schließlich schon längst verdient. Eigentlich. Aber es verunsicherte ihn doch irgendwie, dass sie ihm am heutigen Tag noch kein bisschen Achtsamkeit geschenkt hatte. Ganz im Gegenteil, so wie es momentan aussah, schien sie darauf erpicht zu sein, den eiskalten Bannstrahl des Liebesentzugs auf den ganzen Tag radikal auszudehnen.

Aber warum wohl? Er war ratlos. Was zum Teufel hatte er denn getan, was ihr so arg gegen den Strich ging? Vielleicht hatte sie gar keinen Humor? Keine Fantasie? Oder vielleicht hatte sie ein Problem, nicht mit ihm aber mit Männern und mit Sex überhaupt? Vielleicht war sie ein Beziehungskrüppel, durch diesen nutz- und gehirnlosen Vollidioten namens Oliver für immer körperlich, mental oder seelisch verstört und er, Torsten, hatte es einfach zu spät bemerkt?

Plötzlich kam ihm die BILD-Zeitung in den Sinn. Natürlich kaufte er sie niemals selbst aber sie lag ja immer irgendwo in der Firma herum. Klar, da konnte man schon einmal schnell reinsehen. Was ist schon dabei? Neulich stand zum Beispiel drin, hieran konnte er sich deutlich erinnern, dass Frauen, die kleine französische oder italienische Autos bevorzugt fuhren, das aufregendste Liebesleben, den geilsten Sex überhaupt, tagein und tagaus genossen. Da dachte er kurz nach: Natascha fuhr den ganzen Tag lang begeistert mit einem Mini durch die Weltgeschichte. Es war ja auch ein kleiner Flitzer. Aber war der Mini nun englisch oder nicht mehr? War er vielleicht doch eher schon bayrisch? Beides klang nicht wirklich vielversprechend, wenn man die Optionen im Lichte der in diesem Artikel präsentierten Gegebenheiten betrachtete. Was waren schon vergilbte Teetassen und Nieselregen, Blähungen durch süßes Kraut und Kaltschale, wie er Bier zu nennen pflegte, im Vergleich zu einem mit prickelnder Erotik geprägten französischen Lebensgefühl?

„Na ja, nix kann man mehr von dem glauben, was heutzutage in der Zeitung steht," resümierte er abschließend für sich und beschloss, später darüber nachzugrübeln, ob dies denn wirklich stimmen könnte.

Zurück im Hier und Jetzt am Pool fasste er in diesem gleichen Augenblick noch einen wichtigen Entschluss, der Natascha ganz bestimmt ihm gegenüber wieder gnädig stimmen würde:

„He! Weißt du was? Wir gehen heute noch zusammen eine Tasche kaufen! Was meinst du?" sagte er während er sich wiederaufrichtete und nach rechts schaute.

„Schatz?"

Die rote Liege neben Torsten war aber inzwischen leer.

Siebtes Kapitel

Natascha legte den flauschigen weißen Bademantel ab, zupfte sich ihren Bikini hier und da ein klein bisschen zurecht und machte es sich dann wieder bequem auf der Liege im Wellnessbereich des Goldenen Sonnenhof Talblick Hotel und Spa, das sich, wie sie nun inzwischen wusste, seit Jahresbeginn im Besitz der Familie Wu befand. Sie war angenehm überrascht. Es war kuschelig warm um sie herum, aber nicht zu heiß, und von irgendwo her kam das beruhigende Geräusch von leise plätscherndem Wasser aus irgendeinem kleinen mit künstlichen Lotusblüten bestückten Springbrunnen. Eine Lüftungsanlage summte auch vor sich hin mit einem sonoren aber keineswegs aufdringlichen Ton, der vielleicht sogar etwas Ähnlichkeit besaß mit der wohltuenden Geräuschkulisse, die ein Baby im Mutterleib umgibt. Hier drinnen im Spa konnte sie sich wohl und geborgen fühlen, einfach einmal weg sein von dem Geschehen draußen am Schwimmbadrand und vor allem, weit weg von Torsten.

Schonung ist Bedingung für Verschönerung, überlegte sie kurz. Der Mond hatte ihr heute eindeutig Verschönerung in Aussicht gestellt. Hier war sie goldrichtig.

Sie schaute sich kurz um und nahm dann einen Moment später ein dünnes Infoheft in die Hand, in dem sämtliche Angebote im hiesigen Wellnesstempel dem Gast vorgestellt und beschrieben wurden. Es lag an einem kleinen Tisch direkt neben der Liege aus, die Natascha ausgesucht hatte um sich niederzulassen. Bald lag sie komfortabel ausgestreckt und las fasziniert in einem Kurzartikel über die aus der chinesischen Shang-Kultur überlieferten Ahnen- und Dämonenmedizin:

„Dämonen, sichtbar und unsichtbar, sind immer und überall und nutzen die Schwächen der Menschen um anzugreifen. Geschützt ist der Mensch nur, wenn die von der eigenen Person ausgehenden Schutzgeister und Dämonen stark genug sind oder wenn man imstande ist, solche Wesen zu seinem eigenen Beistand zu gewinnen, deren Position in der metaphysischen Hierarchie höher ist als die der Angreifer. Nur dann ist man vor den entsprechenden Bedrohungen geschützt oder im Krankheitsfall für den Gegenangriff gewappnet."

Sie blätterte, nun neugierig geworden, ein paar Seiten weiter im Heft während sie über diese Informationen kurz nachdachte. Heubäder und Kraxenöfen gab es hier wohl auch. Und Qi Gong dazu.

Es kam ihr unvermittelt der Gedanke an die fröhlich grinsende Dirndlträgerin am Vorabend: „Sie werden sehr glücklich sein!"

„Und ob!" sagte sie leise zu sich selbst. In ihren Ohren klang ihre eigene Stimme, zu ihrer Überraschung, unglaublich klar und sehr bestimmt.

Natascha war zwar etwas überrascht wie schnell der restliche Vormittag an ihr vorüber rauschte aber sie war auch nicht wirklich traurig darüber als sie realisierte, dass die Zeit im Nu verflogen war. Der Tag hatte ihr immerhin bereits jetzt schon ein paar sehr wertvolle Erkenntnisse geliefert.

Sie hielt auf ihrer Liege nochmals inne und zog kurz Resumé über den bisherigen Tagesverlauf: Sie war schon heute Früh um halb Acht aufgestanden und auf Zehenspitzen in die Aufhübschzone, wie sie das Badezimmer nannte, fast geschlichen mit der Erwartung oder zumindest der stillen aber letztendlich irrationalen Hoffnung, Torsten nicht zu wecken damit sie ihn so doch wenigstens eine Weile lang noch aus dem Weg gehen könnte. Dies klappte aber dann leider nicht ganz so gut wie sie sich es zunächst vorgestellt hatte und so kam es, dass sie daraufhin dazu genötigt wurde, eine ordentliche Zahl an Schweigeminuten mit Torsten verbringen zu müssen, zuerst am Frühstückstisch und anschließend auf einer Liege im Außenbereich, wohin sie geflüchtet war und wohin er ihr ganz einfach und ohne zu fragen, offenbar nur von seinem schlechten Gewissen geleitet, wortlos gefolgt war.

Ihre gelungene Flucht in den Wellnessbereich eine kurze Zeit später empfand sie darum als eine wohltuende Erholung, insbesondere als sie ganz überraschend erfuhr, dass die an diesem Ort vertretene chinesische Heil- und Gesundheitsphilosophie in einigen wichtigen oder gar elementaren Aspekten mit ihren eigenen Überzeugungen fast nahtlos übereinzustimmen schien. Hierbei dachte sie hauptsächlich an die für sie aufregend neuen Erkenntnisse zum Thema Dämonenmedizin. Wenn sie das schiefe Bild ihres ganzen bisherigen Lebens – und erst recht im unmittelbaren Zusammenhang mit Torstens verkorkster Existenz – durch diese scharfe Linse betrachtete, ergänzt durch die Erfahrungen und Erleuchtungen der fernöstlichen Weisheit, ergaben plötzlich die ganzen Sorgen und Nöte ihres Daseins für sie einen schlüssigen und nachvollziehbaren Gesamteindruck.

Diese Erkenntnis wühlte sie im ersten Augenblick wiederum so sehr auf, dass sie sofort beschloss, Verena anzurufen um ihre Freundin gleich über ihre bisherigen Erlebnisse und die dazu neugewonnenen Einsichten zu berichten.

Sie nahm ihr Telefon in die Hand und wählte.

Als Verena abnahm, musste Natascha erst einmal feststellen, dass diese ziemlich schlecht gelaunt war. Alles was sie auf Nataschas ersten Schwall von Informationen und Erkenntnissen erwiderte war:

„Du, rede einfach weiter, wenn du willst. Ich hab' aber gerade meine Tage."

Natascha war von dieser Nachricht unbeeindruckt. Verena würde heute eben Prioritäten setzen müssen.

„He, na und? Was ist denn schon ein vergeblicher Eisprung unter vielen oder der ganze andere Firlefanz, wenn es hier um das ganze Glück auf der Welt geht? Um Nirvana und so?"

„Häh?" Verena stutzte und dachte laut nach. „Höre mal, ich kann dir nicht wirklich sagen, ob deine Dämonen etwas mit meinem Eisprung oder Torstens springenden Eiern oder Nirvana oder was auch immer zu tun haben..."

Sie hielt eine Sekunde inne bevor sie fortfuhr: „Nirvana ist doch so 'ne Band gewesen, oder? Egal..."

Dann redete sie weiter: „Hör zu, Bella: Ich sag' dir nur, mir tut heute alles weh und ich bin richtig scheiße drauf. Ich hab' einfach verdammt schlecht geschlafen."

„Ich auch!" antwortete Natascha etwas aufgebracht, wenn nicht sogar jetzt ein wenig angesäuert. „Aber ich habe geträumt. Trotzdem. Nämlich von Carola. Jetzt musst du 'mal zuhören, OK?"

„Von Carola?" fragte Verena, plötzlich doch etwas neugierig geworden. „Ach du Scheiße, du hast von Carola geträumt?"

„Ja, eben!" fuhr Natascha fort. Endlich fühlte sie sich wieder verstanden.

„Habe ich! Ich habe wirklich von ihr geträumt. Ich bin gestern Nacht im Schlaf in ihr Bewusstsein eingetreten. Du weißt ja, das geht doch..."

„Hast mir ja schon einmal gesagt..." gab Verena mit müder Stimme zu.

„Ja, so isses!" fuhr Natascha aufgeregt fort bevor Verena womöglich wieder nur an Bauchweh zu denken beginnen konnte. „Jedenfalls ist alles heute viel klarer. Jetzt weiß ich es ganz bestimmt: Sie hasst mich. Und lustigerweise hasst sie Oliver auch!"

„Na ja," erwiderte Verena leise, scheinbar nicht so wirklich ganz überzeugt von dem, was sie gerade hörte. „Dass sie womöglich in dir vielleicht nicht gerade eine Sendbotin des Glücks und der guten Laune sieht, könnte man ja fast verstehen. Weiber sind einfach manchmal so, ist ja klar. Aber warum ausgerechnet Oliver? Was soll sie denn gegen ihn haben, außer dass Torsten ihn nicht riechen kann und sie allenfalls Sympathie bekundet. Ich könnte mir auch vorstellen, dass du vielleicht da einfach was durcheinanderbringst? Träume können auch ziemlich unlogisch sein…"

„Nein. Ich weiß es jetzt einfach!" sagte Natascha und fingerte gedankenverloren an ihrem Bikinioberteil herum während sie telefonierte. „Ich bin mir sicher. Sie kann ihn überhaupt nicht leiden! Ganz bestimmt. Ich weiß es!"

„OK, mag ja sein," gab Verena etwas nachdenklicher zu. „Aber es ist doch im Prinzip egal, oder? Das sollte dich doch nicht mehr jucken als wenn in China ein Fahrrad umfällt. Außerdem, vergiss nicht, dass auch behauptet wird, die Träume der Nacht verflüchtigen sich im Morgenlicht. Wenn ich dich schon an der Strippe habe, sage mir doch lieber, ob du schon was mit Fabio in die Wege geleitet hast."

„Nee," gab Natascha nach ein paar Sekunden Schweigen, die sie benötigte um gedanklich den Bogen von Carola und Oliver zu Fabio zu spannen, zurück. „Wir sind ja erst gestern hier angekommen. Weiß auch momentan noch gar nicht, ehrlich gesagt, ob ich das denn überhaupt will. Warum sollte ich es denn so eilig haben?"

Verena sagte hierauf nichts und lachte stattdessen leise ins Telefon. Dann wechselte sie nach einer kurzen Pause das Thema.

„Du, ich habe auch was zu erzählen. Ich hab' ein neues Projekt und…"

„Häh? Ein neues Projekt?" Natascha unterbrach sie, etwas irritiert durch den plötzlichen Kurswechsel im Gespräch. „Du? Und noch ein neues Projekt?"

„Klar. Nur so eine ziemlich crazy Idee, aber…" Verena fing an, ihre Idee zu erklären. „Ich weiss. Aber kennst du diese doofe Sendung, so ein medialer Idiotenmagnet, so eine Art Realityshow, die hieß mal *Mein Mann kann*, oder so ähnlich?"

Natascha konnte sich nicht wirklich erinnern, das einmal selbst gesehen zu haben. Aber es gab sowas bestimmt, da war sie sich hundertprozentig sicher. Trash kennt ja bekanntlich keinerlei Grenzen.

„Nun, für's Fernsehen tauge ich ja nicht wirklich, das weißt du ja auch schon!" fuhr Verena nun aufgeregt fort „Aber stelle dir einmal kurz vor, es gäbe so eine Art interaktive Realzeitpartnerbewertung! Für moderne, aufgeklärte Frauen! So `ne App fürs Handy oder iPad oder so was. Weißt ja, was ich meine: könnte ja mann-o-meter.de oder macker-tacker.com oder so ähnlich heißen! Muss ich noch gucken, was für ein Domainname dafür frei wäre. Hoffentlich habe ich Glück..."

„Oh Mann, das ist jetzt doch nicht wirklich dein Ernst?" Nataschas Stimme war in diesem Moment eine deutliche Mischung aus Halbstöhnen mit einem amüsierten Seufzer zu entnehmen. Und während sie auf der Liege lag und mit Verena plauderte, beobachtete sie gleichzeitig aus dem Augenwinkel, wie auf der gegenüberliegenden Seite der Halle eine vierköpfige Familie, allesamt auffällig korpulent, sich gerade walrossähnlich in einem Whirlpool niederzulassen versuchte. Wahrscheinlich würde der Wasserpegel so durch die Verdrängung ansteigen, dass das Becken halbleer sein würde wenn sie alle drin sitzen, dachte sie gehässig.

„Wieso?" bohrte Verena nach. „Sag' ehrlich, würdest du so was nicht herunterladen? Es darf natürlich nicht ein Vermögen kosten, das ist schon klar. Frauen überlegen sich immer, ob sie für irgendetwas Geld ausgeben sollen! Aber es wäre doch eine ganz amüsante Geschichte, oder?"

„Ja, wahrscheinlich hast du schon Recht," gab Natascha zu. Dann fügte sie hinzu:

„Hat doch was, deine Idee. Klingt irgendwie schon auch ein bisschen schräg. Angenehm schräg, sogar…"

„Sage ich doch," schloss Verena nun das Telefonat zufrieden ab. Sie klang nun wesentlich entspannter als ein paar Minuten zuvor.

„Glaub's mir einfach, Mädel! Es heißt ja nicht umsonst: Gehirnbesitzer ist nicht gleich Gehirnnutzer! Jetzt schlage ich aber vor, wir hören das Quatschen auf. Du gönnst dir jetzt was und gehst was Schönes zu Mittag essen. Und danach kümmerst du dich am besten um deine fabelhafte Tasche. Und, wer weiß, vielleicht auch um Fabio? Ciao, Amore!"

Natascha schmunzelte als sie nach dem Verabschieden das kleine rote Telefonsymbol berührte, um die Verbindung zu beenden. Dann stand sie langsam auf und zog sich den Bademantel über. Sie nahm ihre Sachen über den Arm und ging.

„Everything's gonna be alright!" summte sie leise aber irgendwie beflügelt vor sich hin als sie dann den Ausgang des Wellnessbereichs ansteuerte.

Im heftigen Strudel des Whirlpoolbeckens blubberte die ganze Familie Suppenfleisch schweigend wie Komasäufer aber offenbar sehr entspannt vor sich hin als Natascha mit einem charmanten Lächeln im Gesicht links an ihnen vorbei schlenderte. Nur die Mutter der Truppe schien sie kurz zu bemerken als sie das Becken passierte. Sie wirkten alle sehr zufrieden, vielleicht sogar richtig glücklich, dachte Natascha als sie an dem Whirlpool vorbeiging und die angelaufene Glastür vorsichtig hinter sich wieder zufallen ließ.

Achtes Kapitel

Auf der Restaurantterrasse beim Mittagessen trafen sich Torsten und Natascha dann wieder.

Natascha hatte gerade ihren Platz eingenommen als Torsten aus einer der zahlreichen Glastüren entlang der weitläufigen Terrasse, die alle weit offenstanden, förmlich herausgeschossen kam. Plötzlich war er da vor ihr mit einem großen Teller Antipasti in der Hand und setzte sich mit einem selbstzufriedenen Grinsen aber ohne auch nur irgendeine an sie gerichtete Begrüßung an den Tisch, dort wo ihr Name auf ein kleines Kärtchen handschriftlich und schwungvoll gekritzelt stand. Unter dem Namen selbst war noch eine Reihe von drei winzigen chinesischen Zeichen, die wahrscheinlich kein normalsterblicher Europäer zu entziffern je in der Lage gewesen wäre. Gehalten wurde diese Tischreservierungskarte von einem kleinen, dicken vergoldeten Buddha, der sie fast delikat auf seinem Schoß balancierte.

„Du, das schmeckt alles echt genial!" strahlte Torsten als er einen der Stühle beiseiteschob und sich dann setzte. „Hab' schon meinen dritten Teller geholt! Einfach mega, sag' ich dir!"

Ein Kellner kam von irgendwo herbei gehuscht und erkundigte sich schon fast ein bisschen überschwänglich bei Natascha, welches Wasser sie denn zu ihrem Mittagessen bevorzugen würde.

Bevor Natascha überhaupt ein einziges Wort an ihn richten konnte, fing Torsten wieder an zu brabbeln.

„Wo warst du? Hab' dich vorhin gar nicht mehr gesehen…"

Er wartete auch nicht bis sie auf seine Frage etwas antwortete, sondern fuhr gleich ohne zu zögern fort. Er war auch scheinbar gerne bereit, das Gespräch alleine zu führen.

„Ich war vorhin drüben im ersten Stock, im Fitnessraum. Echt gut da oben, ganz neu. Da hast du auch einen Blick auf alles, über die ganze Stadt, die

Berge und auch den Poolbereich, während du trainierst."

Er schob sich eine dicke rote Traube in den Mund. Der Kellner kehrte unterdessen wieder mit der gewünschten Flasche Mineralwasser zurück, Acqa Minerale Medium und nur leicht perlend, und mit einem kleinen Unterteller, auf dem einige Zitronenscheiben ausgebreitet lagen. Er legte eine davon mit einer verchromten Miniaturzange, die so aussah als hätte er sie bei einem Zahnarzttermin gemopst, vorsichtig in Nataschas Glas und goss das Wasser feierlich darüber.

„Einmal Medium, die Dame…" bestätigte er mit einem durchaus professionellen Kellnerlächeln. „Wenig Blubb!"

Torsten spuckte derweil ein paar Traubenkerne in seine rechte Handfläche und kippte diese achtlos auf seinen Teller während er abwartete, bis der Kellner, der ihn hierbei mit einem möglichst teilnahmslosen Blick fast durchbohrte und somit seine bodenlose Verachtung signalisierte, fertig war. Als er nun endlich wieder weg war, nahm Torsten den Faden seiner Erzählung wieder unbeirrt auf:

„War wirklich nicht schlecht vorhin. Bin auf dem Crosstrainer dreimal zwölf Minuten gelaufen. Eine längere Laufzeit ging nicht bei der Einstellung, hab's probiert. Ich bin aber dafür alle drei Trainings auf Stufe 16 gelaufen, da sind laut Anzeige fast 600 Kalorien draufgegangen. Hab' mich echt gut gefühlt danach!"

Natascha erwiderte erst einmal nichts und leerte stattdessen ihr Glas in einem Zug. Das Wasser fand sie sehr erfrischend. Sie zog die Flasche aus dem Kühlbehälter auf dem Tisch heraus und füllte ihr Glas gleich noch einmal.

„Ich habe mal irgendwo gelesen, dass ein Bier etwa 75 Kalorien hat. Da stand dummerweise aber nicht drin, ob das in Bayern oder in Köln berechnet ist, obwohl da bestimmt ein ordentlicher Unterschied besteht. Bestimmt gibt es ein Unterschied. Egal, 600 Kalorien wären ziemlich viele Biere und auf jeden Fall deutlich mehr als ich je trinken würde."

„Er ist einfach so und nicht anders," die traurige Einsicht kam in Nataschas Gedankenwelt langsam hoch, gekoppelt mit einem Hauch von Resignation als sie mit mehr als nur ein wenig Mühe ihr Bestes gab um Torstens Geplapper auszublenden und einen Blick in die Speisekarte zu werfen. Sie wollte einfach Ruhe, sie wollte eigentlich nur lesen, was es hier und heute zu essen gab.

Dabei rannten ihre Gedanken sofort mit ihr davon: „Torsten ist nun mal ein Sportlertyp, wenn inzwischen auch nur noch hobbymäßig und dazu von der eher kompromisslosen Schönwettersorte. Fußball, Tennis, Laufen, Radfahren und früher sogar ein bisschen Boxtraining. Seine Vorstellung von Sport, seine Grundeinstellung war von Anfang an immer Leistung, immer der Erste sein oder der Schnellste. Es ging ums Gewinnen, eben. Selbst der Gang mit ihr zum Standesamt war seinerzeit ein quälender Wettbewerb mit Oliver vorausgegangen! Sportler wollen nun `mal siegen, dass weiß man eigentlich und das bedeutet gleichzeitig und unausweichlich, dass sie sich immer an erster Stelle befinden wollen, ja müssen! Es geht ihnen ganz gnadenlos um das ich, so wie bei einem Kleinkind. Ich habe verdammt nochmal gewonnen! Ich, ich, ich! Zusammengefasst ist es das und nix anders, was bei diesen Menschen auf der Festplatte eingebrannt ist. Da müsste eine Frau eigentlich voll blöd sein, wenn sie plötzlich und ernsthaft erwartet, dass der Kerl mit ihr oder gar im Alltag anders tickt…"

Torsten rüttelte unterdessen immer wieder an die Schwelle ihres Bewusstseins beim gutgemeinten Versuch, auf seine banale, fast einfältige, Weise hilfreich zu sein.

„Jo, Schatz! Du brauchst die Karte gar nicht zu lesen. Hier gibt's nämlich mittags ein Buffet, es steht alles da drin herum!"

Natascha schaute von der Speisekarte hoch und schielte interessiert in Torstens Richtung. Fasziniert schaute sie zu, wie er vergeblich versuchte, so elegant wie nur möglich, ein paar Schalenstückchen von einer Garnele aus dem Mund zu pulen. Dabei flog ihr die Erinnerung an die Dämonenlehre zu, das Heft was sie gerade am heutigen Vormittag in der Hand gehalten hatte, in dem es ausdrücklich festgehalten wurde, man benötige lediglich den wohlwollenden Beistand von Wesen, deren Position in der metaphysischen Hierarchie höher ist als die der Angreifer, um in dieser ungerechten Welt voller Hindernisse, Gefahren und Tücken blendend zurecht zu kommen.

Während Natascha beobachtete, wie ihr Ehemann weiterhin eher unbeholfen eine kleine gefühlte Ewigkeit lang mit den lästigen Überresten der Schalentierleiche zwischen seinen Backenzähnen kämpfte, keimte in ihr irgendwie unverhofft aber doch spürbar die berechtigte Zuversicht auf, dass die vielen bösen Geister, die in ihrem Leben immer so viel Unruhe und Unfrieden verursacht hatten, womöglich gar nicht so übermächtig waren wie sie immer befürchtet hatte.

Neuntes Kapitel

Carolas Stimme wirkte plötzlich leicht gereizt am Telefon. „Ich weiss es irgendwie nicht. Ich glaube, ich halte irgendwie nix davon. Mein Gefühl sagt mir, Versöhnungssex ist doch nur Scheiße. Ist doch alles für die Füße, oder? Es ist wie, wenn du versuchst, na ja, Löcher in der Wand mit Tapete zu überkleben..."

„Was genau soll daran so schlecht sein?" Torsten bohrte ungeduldig noch etwas nach. Sein Telefonat mit Carola lief heute überhaupt nicht wie er es sich anfangs vorgestellt hatte. „Ich meine, was soll's? So lang jeder seinen Spaß hat, dann tut's doch letztendlich niemandem weh und man hat wieder was voneinander!"

„Nee, vergiss es! Es ist einfach falsch. Ich bin anderer Meinung. Ich glaube nämlich nicht, dass du sie wirklich liebst, im tiefsten Inneren. Wenigstens nicht so wie du es vielleicht meinst..." schoss Carola zurück.

Nach einer kurzen Pause fuhr sie dann m t deutlich ruhigerer Stimme wieder fort:

„Das willst du alles dann doch nur noch, weil dir auf die Schnelle nix Gescheiteres einfällt, gell? Aber ich denke, die Wahrheit, wie es wirklich um euch steht, weißt du ja sowieso schon lange: sie ist nun `mal nicht die Frau deines Lebens! Verstehst? Weißt was ich meine? Die, die so wirklich ohne wenn und aber zu dir passt. So wie der Deckel auf den Topf. Sie isses nun mal nicht!"

„Häh!? Was heißt das denn jetzt auf einmal? Was meinst du denn jetzt, wer das denn wohl sein sollte?"

Ein spürbar giftiges Gemisch, bestehend aus Frustration und Verunsicherung machte sich bei ihm langsam bemerkbar und fing nun an, leise wie ein Schatten aber siedend heiß in Torstens Magengrube hoch zu kriechen. Anstelle von Empathie, anstatt wenigstens ein Minimum an Verständnis für seine unglückliche und sehr prekäre Lage zu zeigen, was er zwar nicht wirklich ernsthaft erwartet aber dennoch gerne bekommen hätte, sprudelte aus Carola nur ein kleines aber durchaus ergiebiges Rinnsal Bitterkeit, so zäh und langsam fließend und genauso schwarz und volatil wie Rohöl oder die Pestilenz. Irgendwie widersprach Carolas Standpunkt heute seinen innersten Überzeugungen, egal wie vage sie ihm auch manchmal vorkamen. Und nicht nur weil er wusste, dass Scheidungen meistens sehr hässlich und zeitaufwendig und schmerzlich und teuer sein konnten. Das war's aber nicht, was ihn störte. Es war etwas ganz Anderes, etwas viel Wichtigeres noch: Er glaubte nämlich nicht, dass er sich bei Natascha so ganz und gar vergriffen hatte. Irgendwo meinte er schon zu wissen, zumindest die meiste Zeit, dass er sie letztendlich doch aufrichtig liebte. Meistens, jedenfalls. Nur dummerweise nicht immer, aber das konnte man niemanden so richtig erklären. Er wusste selbst nicht warum es sich manchmal so anfühlte.

Carola schon gar nicht.

„Oh Gott! Bist du denn nur noch deppert? Stehst du nur noch auf die Leitung `rum? Die bin natürlich immer noch ich, das hast du mir ja selbst schon oft genug gesagt!" zischte es jetzt erbost aus ihr. Carola verspürte heute offenbar nicht die Bohne Interesse, sanft mit Torstens eher labilem Seelenleben umzugehen. Sie redete unentwegt weiter während er nach wie vor zuhörte und selbst schwieg.

„Dumm nur, dass du dies nicht immer dann begriffen hast, genau dann, wenn ich es von dir am meisten gebraucht oder gewünscht hätte! Deiner Angetrauten zuliebe trittst du permanent auf der Stelle und du freust dich vielleicht sogar noch, dass die damit verbundene Anstrengung dich sozusagen schlank hält. Dabei merkst du gar nicht, dass ich dir zwischenzeitlich schon meilenweit im Voraus bin."

„Ich weiß gar nicht, warum zum Teufel ich überhaupt noch über so was mit dir spreche!" entfuhr es ihm dann endlich. Er war jetzt zornig, völlig überfordert, total genervt, und er konnte einfach nicht begreifen, warum er immer wieder so wenig Kontrolle über den Verlauf der Konversation zu haben schien, wenn er sich immer wieder mit Carola über Natascha und seine Ehe austauschte. Voller Vertrauen, wie er natürlich meinte. Er wickelte immer wieder nervös den kleinen Papierstreifen, den er heute Früh aus dem Plätzchen hervorgekramt hatte, um den kleinen Finger. Darauf stand: *Du stehst kurz davor, etwas Neues zu unternehmen!*

Carolas Stimme strömte wieder sachlich nüchtern aus dem Telefon.

„Erstens, weil du im Grunde genommen mich immer noch mich liebst. Du hast es einfach nicht verkraftet, dass ich stärker bin als du. Und zweitens, weil du immer noch nicht stark genug bist, um eine eigene Meinung zu haben und sie gegen Nataschas Widerstand zu vertreten. Darum wirst du immer auf meine Hilfe angewiesen sein. Ausgerechnet auf meine!"

„Hör `mal, manchmal hast du echt den diskreten Charme einer Rüsselkrätze!" stellte Torsten verbittert fest. Als er diesen Satz aussprach, klang seine Stimme dabei quälend dünn und verbraucht, als hätte er die ganze Nacht gesoffen und geraucht. Die Tatsache verratend, dass er ziemlich hilflos dastand.

Er schloss die Augen und stellte sich Caro a vor, wie sie aussehen würde, wenn sie genau in diesem Augenblick vor ihm stehen würde. Vor seinem geistigen Auge war sie eine Furie, ein Bild von ungebändigter, aufbrausender Schönheit. Und vor allem nackt.

„Und wann versöhnen wir beiden uns wieder?" wollte er plötzlich vor ihr wissen.

Während Torsten nach dem Telefonat mt Carola gefühlt stundenlang auf der Dachterrasse vor dem Fitnessraum auf einer Liege stationär, schmollend und schweigend harrte, weil er seiner Überzeugung nach Carolas Abfuhr nicht verdient hatte, verweigerte er eisern jeden Gedanken an Nahrung, Trinken oder Bewegung. Von ihm völlig unbemerkt, weilte Natascha zur gleichen Zeit gerade einmal hundert oder vielleicht maximal zweihundert Meter Luftlinie von ihm entfernt. Er versuchte, Ordnung in seine Gedankenwelt zu bringen: Essen und Trinken, oder auch nicht, das konnte er irgendwie noch selbst weitestgehend bestimmen aber bei der Atmung, stellte er mürrisch fest, da musste er zwangsläufig schon einen Kompromiss eingehen. Es war, wie er resigniert meinte, ähnlich wie mit den Frauen in seinem Kopf und in seinem Leben: er hatte die Kontrolle über sie nicht wirklich, also beschloss er es einfach zuzulassen, dass er von ihnen mitgetragen wurde.

Natascha saß also just in diesem Moment, wie erwähnt, nur unweit entfernt, auf ein paar Steinstufen, die leicht schief mit Bruchstücken aus hellem Marmor geschaffen waren und aus dem leicht verwunschenen Garten zu einer kleinen Terrasse mit Blick über den Poolbereich hinaufführten. Die kaum noch vorhandene Akkuladung ihres iPhones machte ihr wieder einmal Sorgen, da das Telefonat, dass sie gerade führte, jeden Moment abrupt abzureißen drohte.

„He, weißt du Mausi, ich finde, du machst dir viel zu viele Gedanken," stellte Oliver fest und seufzte hörbar ins Telefon, vielleicht nur um klarzustellen, dass er Gespräche über Torsten grundsätzlich lästig fand.

„Ich meine, na ja, er war doch nie anders! Selbst wenn ihr gerade miteinander vögelt, ist er bestimmt nicht bei dir..."

Natascha zuckte innerlich zusammen als er diesen Satz sagte, konnte ihm aber auch nicht sofort glaubhaft widersprechen.

„Ich meine, ich kenn´ ihn doch," Olivers Redefluss ging unbeirrt weiter. „Der ist wahrscheinlich einfach kopfmäßig immer irgendwo anders. Bei eurem Internetprovider oder vielleicht dabei, irgendwelche Rollen oder Positionen, die er sich am PC angeguckt hat, im Hinterkopf auszuprobieren, keine Ahnung. Oder er ist wieder dabei, die Firma zu retten oder vielleicht sogar gedanklich bei Carola? Who knows?"

„Oder in der Münzwäscherei..." antwortete Natascha mit einem leisen aber auffällig spöttisch klingenden Lachen als sie unwillkürlich an die *Magic Fingers* dachte.

„Häh? Was meinst du damit?" fragte Oliver, plötzlich leicht verdattert und etwas verunsichert, da er gerade gar nichts verstand.

„Ach, komm. Vergiss es!" fügte Natascha hastig hinzu und kicherte noch ein paar Mal leise. „Wirst du sowie nicht verstehen können. Hab´nix gesagt. Lösch' es einfach, okay?"

Das Gespräch mit ihrem Ex war bislang nicht wirklich erbauend verlaufen, eigentlich ähnelte der Verlauf bislang gefühlsmäßig eher einem Zahnarztbesuch, aber Natascha entschied sich bewusst, diese unangenehme Tatsache jetzt einfach zu verdrängen. Sie war sich schon durchaus im Klaren, irgendwo in ihrem tiefsten Kern, dass der Wunsch nach einem freundlichen, offenen und unverfangenen Gespräch mit Oliver sowieso so unerreichbar war wie jene lang vergessenen Utopien, denen ihre Nachbarn, nur ein Stockwerk über ihr und Torsten lebend, im fernen Bad Nauheim während ihrer jungen Jahre als Gründungsmitglieder der bislang einzigen Wetterauer Aktionskommune für Freie Liebe vergeblich nachjagten. Heutzutage, nachdem sie die Zeugen Jehovas für sich entdeckt und ihre frivole, anarchische Nacktheit gegen braune Polyesteranzüge und Aktentaschen voller Wachtürme eingetauscht hatten, regten sie sich wahrscheinlich schon über Werbung für Unterwäsche oder Duschgel auf.

So war die Welt da draußen nun mal. Hart aber ungerecht. Seelendiesel tanken fühlte sich jedenfalls anders an, das war einfach die knallharte Wahrheit, die Natascha an diesem Nachmittag fest in ihren Klauen hielt.

„Komm, euer *Trouble* ist doch eh´ komplett auf Carolas Mist gewachsen," stellte Oliver fest und fing wieder das Sinnieren an. „So wie ich es einschätze, hetzt sie ihn permanent auf. Die macht ständig einen überall auf intellektuell und Weltverbesserin und er ist so bescheuert und fällt jedes Mal von Neuem grandios ´drauf rein. Er ist doch wie ein kleiner Junge manchmal. Wie wenn er im Laden steht mit ein bisschen Kleingeld in der Hand und muss sich zwischen einem Magazin über Motorsport und einem mit

Möpsen drin entscheiden. Er ist dann doch einfach verloren. Lost, verstehst du?"

"Du, ich glaube das ist wahrscheinlich nur Männersichtweise. Er würde sicher dasselbe über dich sagen, denke ich..." gab Natascha zurück. „Und übrigens, er würde dann auch noch einen draufsetzen und tönen, du müsstest dir das Geld sogar zuerst von Papa geben lassen."

„He, der ist einfach ein Scheißkerl, siehst ja wohl selbst ein. Oder?" giftete Oliver los, nun wieder zutiefst beleidigt. „Tut so als wäre er heiliger als der verdammte Papst, bloß weil er ein bisschen mehr Kohle verdient als ich. Ich arbeite auch ganz schön hart für mein Geld! Ehrlich, ich kann mir bis heute nicht erklären, was zum Teufel du in ihm gesehen hast als du ihn gepackt und zum Standesamt geschleppt hast."

„Ich habe ihn nicht hingeschleppt!" antwortete Natascha nun patzig. Eigentlich hatte sie sich nur etwas Mitgefühl, einfach ein wenig Empathie, von Oliver erhofft als sie ihn anrief. Es ging ihr einfach bescheiden. Sie hatte ihm gar nicht erzählt, dass es mit

Torsten heute etwas, subtil ausgedrückt, suboptimal lief. Oliver hat es aber wohl trotzdem gemerkt. Vielleicht war das ihr Grund, ihn überhaupt anzurufen: Vielleicht wollte sie einfach fünf Minuten lang verstanden werden. Dass Oliver über ihren Gatten lästern würde, war ihr eigentlich von vorneherein schon klar und an den meisten Tagen war es ihr auch eher ziemlich egal – die Kerle haben nun einmal keine wirklich gute Grundlage miteinander, das wusste sie und kam trotzdem meistens blendend damit klar. Es war eine Art kalter Krieg was die beiden sogar auf eine bestimmte Weise miteinander verband, wie bei den Amis und den Russen damals, ein gegenseitiges „sich in Schach halten" durch Abschreckung. So wie mit den Sprengköpfen damals. Nur heute waren es Torstens lächerlicher Machokopf und Olivers zynischer Luftnummernkopf, die jeweils zu platzen drohten, wenn sie sich zu nah kamen.

Diesmal hatte er sie aber verletzt. Sie merkte, wie sie sich plötzlich doch darüber ärgerte, dass sie Oliver die Chance geboten hat, seine diversen psychosomatischen Schleudertraumen als Menschenverstand in der reinsten Form zu verpacken und an sie zurückzureichen. Und wie sie sich geärgert hatte! Wenn sie es sich genau überlegte, dann hatte er sie eigentlich gerade voll von hinten runtergeputzt. Voll mies, die Nummer!

„Oliver, dieses beklagenswerte Arschgesicht!" schlug ihr der Gedanke ein paar Mal durch die Urlaubsbirne, wie ein geistiger Querschläger. Er hatte ihr soeben im Gespräch klargemacht, dass er sie für ziemlich debil hielt, weil sie sich das Problem Torsten, seiner werten Meinung nach, selbstverschuldet zugelegt hatte.

Sie holte jetzt tief Luft. Das war zuviel! Jetzt würde sie Oliver endlich einmal in die Schranken weisen, verbal sozusagen eins aufs Fressbrett hauen. Verdammt noch mal, sie musste sich nicht alles von ihm gefallen lassen. So wie er sich die Dinge im Leben vorstellte, so einfach war es wiederum auch nicht.

„Du, hör mir jetzt `mal gut zu, du Arsch! So brauchst du überhaupt nicht mit mir zu reden. Finde ich persönlich nur noch anmaßend und respektlos! Eigentlich bist du ein armes Schwein, nicht die coole Sau die du dir einbildest zu sein! Da kommst du mir gerade…"

Aber Oliver antwortete nicht auf ihren erregten Redeschwall. Natascha schaute irritiert auf das iPhone, das nun mausetot in ihrer rechten Hand lag, das Display so schwarz wie eine mond- und sternenlose Nacht. Der Akku hatte sich nun endgültig verabschiedet.

Später, am gleichen Abend, nachdem sie sich dann doch noch aufgerafft und zum gemeinsam Dinner eingefunden hatten, ließen sich Torsten und Natascha erneut eine Flasche guten Weißwein aufs Zimmer bringen, so wie sie es schon am Abend zuvor auch praktiziert hatten. Sie leerten sie gemeinsam unter dem Sternenhimmel, während sie miteinander über dies und das plauderten. Lange lümmelten sie nebeneinander auf zwei Liegen, zunehmend besser gelaunt nach dem anstrengenden Tag, und genossen die Abendwärme auf der kleinen Terrasse ihres Zimmers. Bevor sie dann zusammen ins Bad verschwanden, hielt Natascha im Zimmer nochmals kurz inne und nahm ein paar Münzen in die Hand. Es war Torstens Kleingeld, das er, wie immer, am Tisch abgelegt hatte als er seine Hose auszog. Sie ging dann wortlos, fast schleichend konspirativ, nochmals zur Tür und schritt auf die dunkle Terrasse hinaus. Dort angekommen, zögerte sie nur noch einen winzig kleinen Moment lang bevor sie mit ihrer rechten Hand weit ausholte und die Geldstückchen so weit weg warf, wie sie nur konnte.

Irgendwo in der Dunkelheit vor der Terrasse, nicht sehr weit von dort, wo sie gerade stand, hörte sie dann völlig unerwartet Wasser plätschern und, fast im gleichen Augenblick, wie ein paar Enten, die vermutlich am Rande eines kleinen Teiches hinter dem Haus geschlafen hatten, plötzlich unruhig wurden und ziemlich aufgeregt zu quaken begannen. Dann war es draußen wieder still.

Zehntes Kapitel

Am nächsten Morgen – es war der Montag – als sie gemeinsam beim Frühstück saßen, war die Stimmung deutlich besser und gelöster als am Vortag. Selbst der hochbetagte Herr Wu, der hinter dem Tresen keine ersichtliche Aufgabe erfüllte, aber dies so verschwiegen und so würdevoll tat, dass seine schiere Anwesenheit und möglicherweise seine Existenz mit dem Schicksal und der Seele des Hauses aufs Innigste verbunden zu sein schienen, wirkte heute sehr zufrieden mit sich, seinen Gästen und der Welt im Allgemeinen. Natascha registrierte dies und bewunderte seine offenkundige Sensibilität. Sie vermutete leicht ehrfürchtig, dass dies mit einem tiefen Verständnis für die Regeln der herrschenden Qi-Dynamik zu tun hatte, da sie sich gerade am Vortag bei diesem Thema im Welnessbereich des Hotels kurz eingelesen hatte.

In Wirklichkeit interessierte sich Herr Wu kein bisschen für die Bedeutung von Feuer, Erde, Wasser, Holz, Metall oder sonstiger Elemente der Chinesischen Traditionsmedizin. Er dürfte höchstens vermutet haben, falls er überhaupt etwas registriert hatte, dass ein paar Gäste, nämlich die junge Dame die an Tisch neun nebst Ehemann saß, am Vortag wohl einen ausgesprochenen *Bad-Hair-Day* durchzustehen hatte.

Jedenfalls waren die Frühlingsröllchen vom Buffet schnell und restlos vertilgt, das Spiegelei mit Speck ebenso so wie drei Scheiben Ananas, ein Pfirsich und, für Torsten, eine große Schale Joghurt mit frischen Himbeeren, dessen Aroma Natascha irgendwie entfernt an Earl-Grey-Tee oder vielleicht nur an so eine amerikanische Handseife mit Bergamottaroma erinnerte.

Natascha trank wieder eine ganze Kanne Jasmintee und verzichtete auf die erneute Lektüre der lokalen Zeitung von vorgestern während Torsten kontinuierlich über das Balkongeländer ins Tal schaute und dabei unablässig Kaffee mit viel Milch und Zucker in sich hineinfließen ließ.

„He, Sweetie! Schön war's gestern Nacht mit dir!" sagte er mit gedämpfter Stimme während er hörbar an der Tasse schlürfte, die er dicht vor seine Nase hielt. Feine Dampfwölkchen schienen vor seinem Gesicht aufzusteigen und ließen die dunklen Gläser seiner nagelneuen Ray-Bans, die er hier im Urlaub bereits schon morgens trug, leicht anlaufen.

„Weißt du was? Es steht eigentlich heute noch nix an..." murmelte er über den Tassenrand in Nataschas Richtung, aber ohne sie beim sprechen direkt anzuschauen. „Ich bin zwar jetzt immer noch hundemüde, aber was hältst du davon, wenn wir einfach nachher in die Stadt runterfahren? Da könnten wir ja heute mal einen Anlauf in Sachen Tasche machen..."

Natascha schaute überrascht hoch, setzte sich etwas nach vorne auf ihrem Stuhl und lehnte sich leicht über die Tischkante in Torstens Richtung. Auch wenn an diesem Morgen zunächst einmal alles wieder soweit in Ordnung war mit ihm, verspürte sie nichtsdestoweniger den spontanen Impuls, massiv auf die Bremse treten zu müssen. Irgendetwas in ihr zuckte bei Torstens Vorschlag leicht zusammen, da war irgendeine Unruhe, eine innere Stimme die sich unüberhörbar erhob, nicht direkt klagend aber doch mahnend, dass sie Torstens Anwesenheit beim Projekt Taschenkauf womöglich nicht brauchen konnte. Oder zumindest noch nicht. Die Sache mit Fabio beschäftigte sie nach wie vor, auch wenn sie sich noch nicht so ganz im Klaren war, warum.

Vielleicht hing es auch mit der Tatsache zusammen, dass die etwas vage Mitteilung ihrer *Luna+Liebe* App heute Morgen für sie eher irritierend war: „Vorsicht! Der Mars parkt heute in ihrem Sternzeichen…"

Natascha wusste instinktiv, dass dies bedeutete, Tatkraft würde heute gefragt sein. Und es war ein Blütentag: Neben Brotbacken war an diesem Tag vor allem Lüften angesagt. Das Zimmer oder aber die Seele…

„Weißt du was, Schatz?" setzte sie mit fröhlicher Stimme an. „Ich mache dir einen Gegenvorschlag: Du wolltest doch zu diesem toten Eismenschen. Ötzi, oder? Ist der nicht auch Downtown irgendwo abgelegt?"

Torsten nickte wortlos während er die nun leere Tasse wieder auf den Unterteller stellte.

„Was hältst du davon, wenn wir einfach nachher hinfahren und du schaust dich erst einmal nach diesem *Museo Archeologico* um. Ich gehe einfach in der Zeit ein bisschen Shoppen und, wenn ich was Passendes finden sollte, dann können wir ja immer noch gemeinsam hingehen, um es zu kaufen."

Sie lehnte sich in ihrem Stuhl zurück und wartete. Sie wusste, dass er den Vorschlag sicherlich hervorragend finden würde. Torsten hasste nämlich Shopping-Exkursionen jeglicher Art, wenn sie nicht ausdrücklich in Media Märkte oder irgendeinem namhaften Baumarktladen stattfanden.

„Ich meine, wir können ja zusammen hingehen, wenn du es wirklich möchtest, weißt du? Aber diese olle Eisleiche interessiert mich wirklich nicht die Bohne, gell!"

Am gleichen Nachmittag standen Torsten und Natascha dann tatsächlich vor dem Eingang des Museums und waren beide zunächst sichtlich überrascht, dass es von einer unglaublich langen Schlange von wartenden Menschen umzingelt zu sein schien, die so geduldig und gutgelaunt wirkten, dass man meinen konnte, es handele sich um ein langgezogenes Volksfest. Ganz vorne, am Kopfende der Schlange stand ein Mädchen, vielleicht gerade einmal zwanzig Jahre alt, lediglich ausgestattet mit einem charmanten italienischen Lächeln und einem sehr offiziell wirkenden Ausweis, der ihr um den Hals hing und lebhaft vor dem Busen herumbaumelte. Ihre Aufgabe an diesem Tag war es offenbar, zu verhindern, dass alle Besucher womöglich auf die Idee kamen, sich gleichzeitig Zugang zu verschaffen.

„Eine gute Stunde auf jeden Fall!" antwortete sie ziemlich routiniert als Torsten sich bei ihr erkundigte, wie lange denn die Wartezeit voraussichtlich sein würde. Die Frage hatte sie sich heute vermutlich schon zweitausend Mal anhören müssen.

„Komm, stelle dich einfach hinten an," sagte Natascha und schubste Torsten sanft in Richtung Schlangenende. „Wer weiß, ob's das nächste Mal anders ist? Jetzt sind wir nun mal da, jetzt gehst du auch rein. Ich komme nachher wieder!"

Dann ließ sie ihn auf der Stelle einfach stehen. Keine Diskussion mehr: Sie drehte sich einfach um und lief zielstrebig los. Wenn sie sich wirklich auf Verenas Erzählungen verlassen konnte, schossen ihr die Gedanken durch den Kopf, dann musste ja die Via del Portici eigentlich hier ganz in der Nähe liegen. Auf ihrem iPhone war schon eine Nachricht von ihrer Freundin.

Wirst du heute Fabio sehen? war der einzige Satz, der auf dem Display stand.

Nur wenige Minuten später stand Natascha dann endlich vor einem kleinen Laden, dessen Namen – Rifugio – in einem schlichten aber hübsch aussehenden Schriftzug über dem Eingang stand. Aufgeregt blieb sie einen Augenblick lang stehen, überlegend ob sie nun Verena informieren sollte, dass sie es endlich hierhergeschafft hatte. Sie entschied sich aber spontan dagegen und setzte sich wieder in Bewegung.

Als sie die Eingangstür öffnete und über die Schwelle in den Verkaufsraum eintrat, fiel ihr als Erstes sofort auf, wie wahnsinnig gut es hier drinnen duftete. Es roch zwar nach Leder, wie sie es ja gar nicht anders erwartet hätte, aber sie empfand das diesmal als ausgesprochen angenehm und gediegen, fast erdig, und überhaupt nicht wie sie es von damals in den vielen Billigläden auf Mallorca oder im Tunesienurlaub in Erinnerung hatte. Es duftete hier nach richtig gepflegtem Leder, in einer Weise, die in ihr Bilder hervorrief, die ihr eher edle englische Sattel als Sandalen oder Gürteln in den Sinn kommen ließen, und Empfindungen, die in Nataschas Vorstellungen und Erinnerungen unglaublich tief begraben und fest verankert lagen.

Es lief ganz leise Musik im Hintergrund, ein verspieltes Klassikstück, das die Seele auf Anhieb wie ein kleines Bächlein umspülte. Das Licht in dem Laden war angenehm warm und stimmig, nicht grell aber auch keineswegs düster. Sie merkte, hier konnte man sich ohne nachzudenken sofort wohlfühlen. Sie konnte Verenas Begeisterung für diesen Laden bereits jetzt schon nachvollziehen, ohne überhaupt ihren sagenhaften Fabio zu Gesicht bekommen zu haben.

Und dann sah sie ihn doch! Ganz hinten im Laden stehend.

Natascha bog deswegen erst einmal kurzentschlossen nach links ab und schlenderte langsam die Wand entlang, wie eine Katze, die das Morgenlicht scheut. Dabei versuchte sie so zu tun, als würde sie nur lässig desinteressiert die dort ausgestellten Waren begutachten. In Wirklichkeit hielt sie aber dabei stets diesen Mann hinter dem Glastresen im Augenwinkel fest und hoffte inbrünstig, aber wahrscheinlich vergeblich, dass er ihrer Anwesenheit keinerlei Beachtung schenken würde.

Die beiden waren mutterseelenallein im Laden.

Er sah schon verdammt gut aus, musste sie sich eingestehen während sie eine der Taschen in die Hand nahm und sie immer wieder drehte und so tat, als mustere sie sie gründlich. Sie machte sie auf, schaute flüchtig hinein und strich mit ihrem Handrücken über das Innenfutter. Sie schloss sie wieder und ließ ihre Fingerspitzen an den edlen Nähten entlang gleiten. Dabei schaute sie immer wieder möglichst unauffällig in seine Richtung: Fabio wirkte irgendwie freundlich auf sie und sogar gelöst, er war nicht zu groß aber auch keinesfalls zu klein, er war zwar casual aber doch sehr gut angezogen. Er hatte zwar wenig Haare auf dem Kopf, kurz geschnitten aber nicht wie so viele Männer, die meinten es Kojak oder Yul Brenner gleichtun zu müssen um möglichst ultramaskulin zu demonstrieren, dass sie sich eine Glatze leisten konnten während sie gleichzeitig jegliche Ausgaben für Rasierschaum gegen den inzwischen allgegenwärtigen Dreitagebart scheuten.

Eine kleine Ewigkeit lang schien er sich wortlos mit irgendeiner banalen Arbeit neben der Kasse zu beschäftigen und, zumindest soweit Natascha es beurteilen konnte, sie nicht weiter zu beachten. Er ließ sie einfach in Ruhe gewähren und hatte, bis auf ein freundliches *buon giorno*, dass er ihr zugerufen hatte als sie eintrat, noch keinen Versuch gemacht, sie anzusprechen.

Dann aber trat er endlich hinter dem Tresen hervor und kam direkt auf sie zu.

Und in genau jenem Augenblick, in dem er ihr tatsächlich gegenüberstand, regte sich plötzlich ein gewaltiger Widerstand in Nataschas Brustkorb, ein Aufbegehren gegen Verenas sanftes Schubsen. In diesem Moment war ihr schlagartig klar, dass sie unter gar keinen Umständen irgendeine aufgewärmte Geschichte ihrer Freundin durchleben wollte. Sie hatte nicht die geringste Lust auf Recyclingkost, sie war eine attraktive, selbstbewusste, erwachsene Frau und würde sich niemals, von niemand – auch nicht ihrer besten Freundin – dazu verleiten lassen, zu einem abgeleckten Eis zu greifen. Sie wurde, jetzt wo sie nun endlich hier stand, mit einem Mal von dem Gefühl überrollt, dass Verena das vielleicht gerne gehabt hätte, damit sie beide eine weitere gemeinsame Erfahrung hätten und somit mit Gesprächsstoff bis ans Ende der Zeit versorgt wären. Sie schaute sich den Mann jetzt sehr genau an, fast Auge in Auge, und meinte plötzlich, seinen Blick tatsächlich lesen zu können. Sie musste sich selbst eingestehen, dass sie ihn in der Tat anziehend fand, sehr sogar. Sie traute ihm sofort und ohne Weiteres zu, womöglich der beste Lover auf dem ganzen Planeten zu sein. Irgendetwas musste er ja schließlich haben, dass Verena überhaupt nicht mehr aus dem Schwärmen herauskam! Aber auch wenn sie Verena als ihr beste und innigste Freundin von ganzem Herzen schätzte und vielleicht sogar so sehr wie eine eigene Schwester liebte, beschloss sie hier und auf der Stelle, dass sie ihr niemals Stoff über Fabio liefern könnte oder würde. Sie musste sich aber auch selbst, ganz für sich, im Klaren sein, dass er ein Abenteuer nicht wert war. Sie musste nur fest daran glauben, dann könnte ihr nichts passieren.

Nataschas Herz pochte höllisch laut, sie meinte fast, das Rauschen ihres Blutes in den Ohren hören zu können vor lauter Aufregung.

„Bloß nicht nervös sein, bloß nicht von ihm einlullen lassen! Auf keinen Fall!" versuchte sie sich in Gedanken zu stärken während sie ihm gegenüberstand. Ihr war es fast peinlich, aber sie glaubte plötzlich, kein vernünftiges Wort herausbringen zu können. Sie würde niemals auch nur ansatzweise artikulieren können, nach welcher Tasche sie eigentlich suchte oder warum sie diesen wunderbaren Laden überhaupt heute betreten hat. Und sie befürchtete innerlich, sie würde es niemals schaffen, ihn von sich selbst fernzuhalten, wenn er sie anfassen würde.

Aber er tat nichts von dem was sie so plötzlich gefürchtet hatte. Ganz im Gegenteil: Sie erkannte recht schnell, dass er etwas Positives ausstrahlte, dass er sogar einen Sinn für Humor und Verständnis zu besitzen schien, wie es sich schnell herausstellte, nachdem sie dann doch endlich miteinander zu plaudern begannen.

Es war anfänglich netter und unverfänglicher Smalltalk den sie austauschten: Schönes Wetter heute, woher sie denn komme, ob sie schon öfters hier gewesen sei, wie es dazu kam, dass sie hierauf – auf Bozen und auch schließlich seinen Laden – aufmerksam geworden sei.

Und dann irgendwann, nach einigen Minuten des Herantastens, fühlte Natascha sich doch für die entscheidende Auseinandersetzung stark genug. Sie wollte es jetzt und hier auf der Stelle wissen. Sie brauchte einen totalen Befreiungsschlag. Sie war sich ihre Sache plötzlich todsicher: Fabio konnte in keinster Weise, wie er hier vor ihr stand, authentisch sein und sie würde es sich selbst, und mit ein bisschen Glück, vor allem auch ihm, es hier und jetzt beweisen!

„Meine Freundin Verena hat mir den Laden ans Herz gelegt. Sie sagte mir, ich solle unbedingt hierherkommen, zu Ihnen. Sie erinnern sich doch sicherlich an sie, oder?"

Der Mann stutzte kurz, schien etwas nachzudenken. Irgendetwas schien nicht zu stimmen.

„Das dauert mir aber jetzt ein bisschen zu lange..." dachte Natascha während sie vor ihm stand und wartete. Es waren zwar nur Sekunden oder vielleicht sogar nur ein paar Bruchteile davon, aber sie fühlten sich an wie Stunden. Sie wusste: Er würde sie jetzt leugnen.

Das virtuose Cellospiel von Yo Yo Ma untermalte während dessen sein gefühlt endlos andauerndes Schweigen. Dann sprach er doch:

„Es tut mir wirklich sehr leid, aber ich würde sie anlügen müssen, wenn ich auf Ihre Frage mit ja antworten würde," gab er schließlich zu. Er tat nur so, als würde die Frage ihn etwas in Verlegenheit bringen, meinte Natascha. Er lächelte fast ein wenig verschämt während er hier vor ihr stand und langsam den Kopf leicht hin und her schüttelte.

„Wann war sie hier?" wollte er wissen.

„Unglaublich! Ich habe es doch geahnt!" blitzte ihr ein Gedanke durch den Kopf. Es zog sich etwas Undefinierbares in ihr zusammen, so wie wenn man unverhofft in eine saftigsaure Zitrone beisst.

Natascha fühlte förmlich, wie eine Art Rage, eine kalte, distanzierte, aber auch triumphale Wut, in ihr hochzukochen begann. Sie hatte verdammt noch mal Recht gehabt! Ihre Gedanken rasten ihr mit Lichtgeschwindigkeit davon:

„So, der gute Mann kann sich also gar nicht mehr erinnern! Aha! So ein elender Scheißkerl, so ein Frauenaufreißer, so einer der sich noch nicht einmal die Namen seiner Eroberungen merken kann oder will!"

Sie spürte, wie sie sekundenschnell innerlich immer mehr Oberwasser gewann und wie in ihr der Wunsch jetzt ruchbar wurde, die Genugtuung leibhaftig zu spüren – für sich selbst, aber auch für Verena und alle missachteten und geringgeschätzten Frauen dieser Welt – wie sie, Natascha, es hier und heute schaffen würde, einen dieser miesen, armseligen Schweine zur

Strecke zu bringen, ihn dazu zu zwingen, sich doch zu erinnern.

„Aber ich denke, sie müssten sich ja ganz sicher an sie erinnern," sagte sie mit ihrem süffisantesten Lächeln, das sie hervorzaubern konnte. „Sie war ja schließlich nicht nur einmal hier bei Ihnen! Sie hat mir immer wieder gerne und ausgiebig über ihren guten Freund Fabio berichtet…"

Und jetzt setzte sie zum kleinen Dolchstoß an:

„…und ich denke, Sie müssten doch auch Verena noch mindestens genauso gut in Erinnerung haben, oder irre ich mich da?"

Der Verkäufer vor ihr stutzte nochmals kurz. Eigentlich meinte sie, bis zu diesem Augenblick noch einen Hauch von etwas wie Mitleid spüren zu können, wenn nicht sogar eine gewisse Sympathie für ihn, trotz der Unzulänglichkeit die er mit seinem Verhalten gerade an den Tag legte. Unter völlig anderen Umständen hätte sie sich durchaus vorstellen können, so einen wie ihn mit Haut und Haar auf der Stelle zu vernaschen. Irgendein Widerspruch schwebte im

Raum und ließ sich nicht vertreiben. Er wirkte total anders auf sie als er offensichtlich war. Aber sie wusste, sie würde sich nicht mit etwas Gebrauchtem abgeben oder sich auf einen Mann völlig ohne Rückrat, geschweige denn Charakter, einlassen, einen Mann der ohne Erinnerungsvermögen durch die Welt stapfte und nicht einen Anflug von Anstand und Mumm besaß, wenn es um seine Beziehung mit einer ihrer Freundinnen ging. Sie dachte an Verena. Nein! Wenn sie sich schon eines Tages auf ein Abenteuer einlassen würde, dann nur mit einem echten Juwel und nicht mit einem faden Stein, der von jemand anderem aufgerieben, ausgelutscht und ausgespuckt worden war. Er war zwar toll, so wie er da vor ihr stand, aber offenbar war er letztendlich doch wie fast alle Männer es wohl sind, wenn sie ihre Chance wittern, gegenüber einer Frau zu punkten: Ohne jeglichen Skrupel, ein Schwein eben! Sie hatte es gleich geahnt!

Aber dann geschah etwas völlig Unerwartetes, etwas, das Natascha von einer Sekunde auf die andere den Boden unter den Füßen komplett wegzog, ihre

Vorsätze, ihre Gewissheiten zerschmetterte. Sie fiel aus allen Wolken als sie seine Erwiderung vernahm. Sie war sich so sicher, sie war auf alles gefasst, was kommen konnte, nur auf eins nicht.

„Aber ich bin doch gar nicht Fabio! Wie kommen Sie denn darauf?" protestierte er plötzlich in einem verwirrten – oder doch hörbar beleidigten? – Tonfall.

„Sagen Sie es mir, bitte. Wie kommen Sie denn überhaupt darauf, dass ich Fabio sein soll? Ich heiße doch Stefano!"

Wenig später standen Natascha und Stefano dann gemeinsam an dem Glastresen neben der Ladenkasse während er ihr die Geschichte erzählte, wie es dazu kam, dass er den Laden von Fabio übernahm.

Fabio musste in der Tat ein ziemlich dreister Frauenheld gewesen sein und hatte, unter anderem, eine ziemlich wilde und offenbar länger andauernde Serie von Intermezzos mit einer jüngeren Frau, die, insofern Stefano es richtig verstanden hatte, scheinbar aus Holland oder vielleicht Luxemburg stammte. So ganz genau wusste es Stefano wohl auch nicht. Jedenfalls endete diese Geschichte eines Tages sehr abrupt, nämlich als deren verständlicherweise aufgebrachter Ehemann unverhofft und sichtlich überreizt in den Laden stürmte und Fabio, etwas undiplomatisch vielleicht, verriet, was er von der ganzen Sache zwischen seiner Gattin und ihm hielt. Der Mann war bei diesem Auftritt nicht nur sehr laut, sondern er war auch ziemlich sauer und hatte leider Hände, die angeblich fast so groß waren wie Kloschüsseln. Seine Art, die Angelegenheit ins Lot zu bringen, bestand darin, dass er Fabio zum Abschluss dieser Begegnung ein paar Zähne ausschlug und die reelle Notwendigkeit einer Nasenbeinprothese für den an diesem Tag eher glücklosen Ladenbesitzer traurige Realität werden ließ. Fabio war am Ende nicht nur körperlich sichtlich ladiert, sondern auch zutiefst gekränkt, verzichtete aber letztendlich auf eine polizeiliche Anzeige gegen den beleidigten Gemahl und verzog sich stattdessen kurz danach.

Stefano lachte leicht amüsiert während er seine Erzählung zu Ende brachte:

„Aber machen Sie sich bloß keine großen Sorgen um ihn! Er fällt immer wieder auf die Füße, er ist wie eine Katze. Er wird seine Nische bestimmt wiederfinden, er kennt sich zum Beispiel ja auch bestens mit Schuhen aus, insbesondere für zarte Damenfüße. Und mit der Kundschaft tut er sich ja auch nicht schwer, das wissen wir ja bereits! Ich habe gehört, er wird nach Verona gehen um dort bald wieder einen neuen Laden aufzumachen."

„O, das ist ja auch eine charmante Variante. Aber warum ausgerechnet Verona?" wollte Natascha von ihm wissen.

„Na ja, dort wohnt seine ehrwürdige Mama. Er wird ja dann wahrscheinlich vorerst einmal bei ihr wohnen müssen!" verriet Stefano. Er schien bei der Vorstellung sehr belustigt zu sein.

Dann nahm er wortlos zwei kleine vorbeheizten Tassen in die Hand und widmete seine ganze

Aufmerksamkeit kurz der Bedienung einer kleinen Kaffeemaschine.

„Doch, Verena war wirklich in ihn verknallt, denke ich schon…" sagte Natascha als sie ein paar Minuten später an dem Espresso nippte, den Stefano für sie zubereitet hatte. Der Kaffee war heiß und sehr aromatisch.

„Hmm. Mit ihm hält es aber doch keine Frau länger aus. Wenn sie ihn vermisst oder gar geliebt hat, dann wahrscheinlich nur, weil sie schon ahnte, dass sie ihn niemals behalten konnte," antwortete Stefano trocken. „Dann gibt's zwar immer wieder Fun aber natürlich fast kein Risiko."

Natascha leerte die kleine Tasse und stellte sie wieder auf den Unterteller. Sie schob sie etwas weg.

„Aber warum überhaupt so ein Mann wie Fabio? Sagen sie mir ehrlich: Hat sie denn keinen richtigen Mann in ihrem Leben?" wollte Stefano dann von ihr wissen.

„Na ja, nicht mehr. Sogar schon ziemlich lange nicht mehr…" gab Natascha unverblümt zu. „Es gab tatsächlich einmal einen Mann, das weiß ich, der verehrte sie leidenschaftlich und er brachte auch so ziemlich alles mit, was eine Frau sich eigentlich wünschen würde. Aber sie beklagte sich immer bei mir, dass sie für ihn keine Leidenschaft verspürte obwohl er ihr eigentlich ganz guttat. Irgendwann ließ sie ihn dann doch einfach laufen. Sie schickte ihn zwar nicht ausdrücklich weg, das nicht. Aber es kam nichts von ihr, da hörte auch er auf zu geben. Und dann, eines Tages, kam er einfach gar nicht mehr. Keine Anrufe, keine Post, keine Blumen mehr. Er war einfach weg, aus Ihrem Leben komplett verschwunden."

„War er denn nicht in Ordnung?" Stefano war jetzt neugierig.

„Doch, sehr sogar! Glaube ich jedenfalls." sagte Natascha. „Aber sie selbst hat's entweder nicht erkannt oder vielleicht damals nicht wirklich gewollt. Sie ließ ihn jedenfalls laufen. Sie trauert bis heute immer noch irgendwie darüber, aber sie sagt..."

Natascha unterbrach ihre Erzählung. So, als ob sie überlegte, ob das was sie sagen wollte stimmte.

„Na ja, ich glaube sie sagt es manchmal nur um sich selbst zu beruhigen, aber sie behauptet immer wieder mir gegenüber, er passte nicht so ganz in ihren Lebensplan..."

„Lebensplan?" unterbrach Stefano und lachte leise aber sichtlich amüsiert vor sich hin. „Das klingt ja wirklich lustig, finde ich. Was ist denn das überhaupt? Kann man das Leben denn wirklich planen?"

Natascha kramte in den hintersten Winkeln und Windungen ihres Gehirns in der Bemühung, eine adäquate Erklärung dafür aufzuspüren. Wie hatte Verena es begründet? Hatte sie es überhaupt erklärt? Ging es denn hauptsächlich um den Job? Oder um Heirat? Vielleicht um Kinder, ja oder nein? Womöglich ging es schon um einiges mehr als Hausbau oder Karibikurlaube?

Aber bevor sie eine passende, eine wirklich zufriedenstellende Antwort für sich parat gelegt hatte, fuhr Stefano kurz fort:

„Eigentlich heißt es: das Leben ist das, was passiert während man mit dem Planen beschäftigt ist. John

Lennon sagte dies und er hatte damals Recht. Glaube ich zumindest..."

Natascha ließ daraufhin den Gedanken über Lebensplanung einfach fallen und versuchte, den Faden ihres Gesprächs wiederaufzunehmen:

„...und heute träumt sie ständig von Männern, die alle irgendwie so sind wie Fabio. Es sind Männer, die zwar die Leidenschaft in ihr kurzzeitig und auch kräftig wecken konnten aber nie und nimmer bereit sind, etwas Wertvolles, etwas Substantielles, von sich selbst zu geben. Die Kerle sind dann alle irgendwie wie der eigene Schatten, so kommt es mir vor. Den kann man ja bekanntlicherweise nicht loswerden aber umarmen kann man ihn auch niemals."

„Das ist ein wirklich schöner Vergleich!" gab Stefano anerkennend zu und nickte sanft mit dem Kopf. „Ich kenne die Dame zwar nicht, aber mich würde es nicht sonderlich wundern, wenn sie einen beliebigen Mann zwar interessant finden kann aber deswegen noch lange nicht attraktiv. Oder wenn sie sogar Angst verspüren könnte, dass das Gesamtpaket

– alles was einen bestimmten Mann in ihren Augen ausmacht – vielleicht von ihren Freunden oder der Familie nicht geschätzt werde, weil das, was er ausstrahlt, zu nah, zu intim ist als dass sie es öffentlich rechtfertigen könnte. Falls sie meint, dass eine Notwendigkeit hierzu überhaupt bestehen sollte, verstehen Sie? Vielleicht hat sie in ihrem tiefsten Inneren sogar Angst vor der Sorte von Männern, die Verantwortung tragen können, für sich und ihre Partnerin, und die auch jederzeit bereit sind, es zu tun? Auch mit ihr zusammen. Vielleicht muss diese Frau erst einmal lernen, genauso verbindlich zu sein in Gedanken und Handeln, wie der Mann von dem sie es ganz selbstverständlich und auch zu Recht verlangt. Oder vielleicht ist sie einfach noch nicht ganz fertig mit sich selbst? Kann ja auch sein."

Beide schwiegen kurz nachdenklich.

„Tja, es fällt mir aber schwer zu glauben," seufzte Natascha leise, als sie nach der kurzen Pause wieder zu sprechen begann. „Ich meine, Verena ist sogar ein paar Jahre älter als ich, sie sieht echt super aus und sie ist so wahnsinnig klug. Glauben Sie es mir. Sie ist so erfahren im Leben!"

„Mag ja alles sein," Stefano klang sehr nachdenklich während er redete und er schien sich an keinem großen Widerspruch zu stören, der in Nataschas Ausführungen vielleicht verborgen lag. „Es gibt sie ja überall, diese Art von Menschen, die unglaublich einsam sind aber es niemals zugeben würden, selbst nicht den besten Freunden gegenüber. Was macht denn Ihre Freundin, wenn Sie nicht da sind? Wissen Sie es ganz bestimmt? Vielleicht ist sie stundenlang im Netz nach ihrem Traummann suchend unterwegs. Oder sie verliert sich stattdessen in irgendwelchen Büchern, die in aller Munde sind, weil sie uns suggerieren, Kollektivtabus infrage zu stellen während sie gleichzeitig Beton in das bürgerliche Fundament unseres Bewusstseins kippen. Es sind alles Seifenblasen, die unzählige Wünsche wecken, die aber auch kein echter Mensch mehr erfüllen kann. Und wenn es so wäre wie ich gerade beschrieben habe, dann wäre sie wirklich sehr einsam."

Ein kurzes, einvernehmliches Schweigen füllte nun den kleinen Laden unter den Arkaden.

„Jedenfalls täte sie mir sehr leid, wenn es so wäre, wie Sie es mir geschildert haben," fügte Stefano dann noch ruhig hinzu. „Menschen wie Fabio sind zwar amüsant, das muss ich schon zugeben. Aber sie sind auch nur eine Fata Morgana. Man erreicht sie nie wirklich."

Natascha stand im Rifugio und dachte kurz über Verena nach. Plötzlich tat ihrer Freundin auch ihr unendlich leid. Das Leben da draußen war wirklich so verdammt ungerecht: Verena hing einem Bild von erotischer Vollkommenheit nach, dass sie sich nach Kräften ausmalte und versuchte, mit Leben zu füllen, dass es aber in der Realität überhaupt nicht gab. Der Mann, der offenbar ihren Sehnsüchten Leben einhauchte, war inzwischen ein schwanzgesteuerter, fehlgeleiteter Gebissträger mit einer leicht schiefen Nase, der nun bei Mutti zuhause wohnen musste. Eigentlich hatte er, ihrer Meinung nach, nicht wirklich

Eier, auch wenn Verena dieses Detail möglicherweise anders in Erinnerung hatte.

Aber es war so schwer zu begreifen. Verena war trotzdem irgendwie so eine coole Sau! D e coolste überhaupt. Sie war so unabhängig, sie hatte ein bisschen Geld, sie hatte die genialsten Freunde, die es immer verstanden, es sich immer und überall gut gehen zu lassen – darunter waren Schauspieler, Moderatoren, Wahrsager, Immobilienhaie, ehrbare Kaufleute und auch solche, die es nicht wirklich waren. Verena war überall dabei, sie wusste über alles bestens Bescheid. Sie war im Bilde, wer sich gegenseitig Tittenvergrösserungen und Tätowierungen zu Weihnachten oder Ostern oder zum Geburtstag bescherte, um für mindestens ein weiteres Jahr echten oder vorgetäuschten Gefallen aneinander zu finden, wer gerade mit wem fröhlich durch welche Betten zog und wer womöglich nicht das Geringste hiervon ahnte. Verena verfügte über ein fein austariertes Netzwerk und besaß nun mal Einblicke, Vertrautheit und einen

Zugang zu Menschen. In der Politik würde man so was wohl respektvoll als Stallgeruch bezeichnen.

Natascha unterdrückte ein süffisantes Schmunzeln bei diesem Vergleich. So wusste Verena auch beispielsweise wessen Reitpferd, das friedlich draußen auf der Koppel bei Friedrichsdorf graste, mit kaum verhüllter Ironie in Anspielung auf die ziemlich vermögende und hoch angesehene Besitzerin, in bestimmten Kreisen der Szene hinter vorgehaltener Hand aber allgemein belustigt, Dildo genannt wird. Sie wusste einfach über allem Bescheid.

Doch, Verena war einfach cool und sie war voll lässig! Sie war es gewesen, zum Beispiel, die 2012, nur ein paar Tage vor Weihnachten, eine rauschende Ende-der-Welt-Fete schmiss. Während der Rest der Welt über den angeblich nahenden Weltuntergang grübelte, philosophierte oder teilweise sogar stritt, sagte sie ganz lässig aber entschlossen:

„…wenn es denn wirklich so ist, wie es die Mayas damals berechnet haben, dann müssen wir wenigstens am nächsten Tag nicht abspülen!"

Und weil Sie so vorausschauend ist, hatte sie trotzdem klugerweise genügend Champagner und Rollmöpse für den nächsten Morgen bereitstellen lassen, falls der ein oder andere Gast den Tag nicht in einer durch Trinkexzesse bedingten stabilen Seitenlage verbringen wollte oder musste.

Aber, und das sah Natascha in diesem Augenblick nun auch so, es war durchaus möglich, dass Verena zwischen den ganzen aufregenden Events wahrscheinlich doch meistens eine sehr einsame Frau war, manchmal vielleicht sogar die einsamste Frau auf der ganzen Welt.

Bislang hatte Natascha es sich aber immer nur erlaubt, an ihrem eigenen Urteilsvermögen eher selbst zu zweifeln. Für Sie war jede Rückmeldung von außen immer enorm wichtig gewesen, und Verenas Meinung zählte einfach viel, viel mehr als alles andere, egal worum es gerade ging! Aber jetzt, in diesem Augenblick, während sie hier im schönen Bozen in einem kleinen Taschenladen stand, in den Verena sie sogar mit extrem viel Mühe und Engagement hineingelotst hatte, wurde ihr mit einem Mal klar, dass Verenas Meinung für sie zwar immer noch wichtig sein konnte und dass es vielleicht auch immer so sein würde – aber dass die gefühlte hundertprozentige Treffsicherheit, die Unfehlbarkeit, die Natascha ihr immer bedenkenlos zuschrieb, mit einem unbarmherzigen Aufwasch plötzlich weg war.

Aber was genau würde sie jetzt ihrer Freundin über das Rifugio und Fabio berichten? Natascha durchforstete ihr eigenes Ultrakurzzeitgedächtnis und stolperte kurz über einen Gedanken, den sie vor nicht allzu langer Zeit gelesen hatte, nämlich dass das Erinnern auch eine Form des Vergessens sein kann, um Neuanfänge zu ermöglichen.

Nachdem Natascha kurz darauf wieder am *Museo Archeologico* angekommen war, fand sie Torsten zwar noch in der elend langen Warteschlange stehend aber immerhin befand er sich inzwischen direkt vor dem Eingang.

Da sie jetzt hier vor ihm auftauchte und dazu auch noch ganz offensichtlich über irgendetwas nachdenklich, wenn nicht sogar traurig gestimmt zu sein schien – wahrscheinlich, so Torstens Vermutung, weil sie erfolglos von ihrem Ausflug zurückgekehrt war und jetzt ohne Tasche dastand – beschloss er kurzerhand, nachdem er die Situation geradezu empathisch, scharfsinnig und unfehlbar analysiert hatte, dass seine Frau zum Trost nun doch mit ihm hineingehen sollte. Er löste bei der betagten Dame am Schalter gleich zwei Eintrittskarten, beflügelt durch die unverhofft ihm zuteilwerdende Zweisamkeit bei der bevorstehenden Eismumienschau.

Während er dann, umgeben von einer schier unglaublichen Anzahl von laut lärmenden Schülern und Schülerinnen aus aller Welt, fasziniert auf den mausetoten Ötzi starrte, nahm Natascha, die gerade etwas abseitsstand und mit dem ganzen Trubel eigentlich gar nichts anfangen konnte oder wollte, ihr iPhone in die Hand und fing an, flink auf dem

Touchscreen tastend, ihren Bericht an Verena zu verfassen:

„Schade, Mädel :-(Tut mir echt leid: Dein Fabio ist inzwischen vergeben," tippte sie kurz und bündig. „Er lebt jetzt wohl mit einer Frau in Verona."

Still in sich gekehrt überlegte sie einen kurzen Moment noch, dann drückte Natascha auf das Symbol zum senden.

Elftes Kapitel

Am Dienstagmorgen saß Natascha entspannt im Schatten eines prachtvollen gelben Sonnenschirms auf der gemütlichen Terrasse des Restaurants und nippte entspannt an ihrem Jasmintee, in diesem Augenblick mit sich selbst und augenblicklich mit der Welt im Allgemeinen ziemlich zufrieden. Sie hatte soeben beschlossen den Jasmintee für die Dauer ihres Aufenthalts in diesem Hotel allmorgendlich zu ritualisieren. Bei ihrem Torsten hatte sich dagegen ein ganz anderes Urlaubsritual zügig eingestellt, dass ihr bereits aus anderen Reisen bestens vertraut war: Er war inzwischen schon zum vierten oder vielleicht sogar zum fünften Mal wieder losgeschoben, um das Buffet genauer im Augenschein zu nehmen.

Diesmal aber blieb er schon auffällig lange weg, fiel Natascha auf, als sie mit der Tasse in der Hand den Blick immer wieder in die grünstrotzende Ferne und weit über die Stadt hinaus schweifen ließ. Wahrscheinlich war er gerade zu der Überzeugung gelangt, solange zuschauen zu müssen bis der freundlich schweigsame Koch das vermutlich wohlverdiente urlaubsobligatorische Spiegelei mit reichlich Frühstückspeck für ihn zubereitet hatte und mit einem nichtssagenden Lächeln aus der kleinen Pfanne, genervt aber gekonnt auf den vorbeheizten Teller gleiten ließ? Oder er ist vielleicht einfach nur ganz spontan, der Peristaltik huldigend, in die öffentliche Porzellanabteilung gewandert? Das könnte dann dauern, nahm sie an, da dieses stille Örtchen sicherlich strategisch unauffindbar, tief in den Katakomben des Untergeschoßes, wie wohl in den meisten Hotels üblich, irgendwo hinter der Kleinkindbetreuung platziert sein würde. Womöglich hatte er das Essen vom Vorabend doch nicht ganz so gut vertragen wie er noch anschließend behauptet hatte? Es war ihr aber eigentlich hier auf der sonnigen Restaurantterrasse letztendlich egal, wo er gerade war oder wie lange er wegblieb, beschloss sie dann und machte es sich wieder ein bisschen bequemer auf ihrem Stuhl. Dabei begann sie kurz über die heutige Botschaft der *Luna+Liebe* App auf ihrem Smartphone zu sinnieren. Dort war nämlich heute Morgen eine rätselhafte Prophezeihung zu lesen:

Eine lästige Rivalin manövriert sich ins Aus!

„Ja, hö!" dachte sie plötzlich leicht beunruhigt, da sie bestens im Bilde war, dass mit dem Erscheinen Saturns eine bevorstehende Vollendung angekündigt war. „Aber wer sollte das denn nun sein? Carola?"

Der Tee duftete herrlich vor sich hin. Natascha sog das zarte Aroma in sich auf und betrachtete wieder wohlwollend die Landschaft auf der gegenüberliegenden Seite des Tals, komfortabel in ihrem Stuhl zurückgelehnt und so entspannt wie schon lange nicht mehr, als würde sie in einer weit entfernten tropischen Lagune liegend, eine Kaskade weichen warmen Wasser sanft über sich fließen lassen. Die Stadt Bozen lag da friedlich, fast verschlafen, unter ihr und ein Kaleidoskop von bunt zusammengewürfelten

Dächern leuchtete fast fröhlich in dem sanften Lichtschein und der klaren Luft des angehenden Tags. Plötzlich aber blieb ihr Blick eine Sekunde lang unwillkürlich hängen, dort ganz in der Nähe der Stelle wo man den Fluss durch die Stadt fließen sehen konnte, kühl und rauschend schnell und frisch, unter der Brücke durch, dort wo sie sich beide gestern nach Torstens ausgiebiger Tiefkühlleichenschau anschließend noch ein leckeres Eis und einen Cappuccino gegönnt hatten, bevor sie dann ins Hotel zurückgefahren waren. Dort wo das *Museo Archeologico* wohl auch zu finden war. Und unweit davon, nur ein paar Ecken weiter in dem Wirrwarr von Häusern, befand sich das quirlige Via del Portici mit seinen unzähligen kleinen Läden und einer davon, beinah konspirativ unter den prächtigen Arkaden versteckt, war ein schöner kleiner Laden namens Rifugio. Eine Oase, mit Musik, Licht und einem betörenden Lederduft gesegnet. Ein Laden, geführt von einem unglaublich anziehenden Mann namens Stefano, der wahrscheinlich gerade jetzt, während sie vergnügt von der Terrasse herunterschaute, die Tür aufschloss, sich umsah und auf neue Kundschaft warten würde.

Oder vielleicht wartete er nicht nur auf Kundschaft? War es denkbar, dass er womöglich heimlich auf sie wartete und hoffte? Vielleicht gab es eine Art Welle zwischen ihnen, eine unausgesprochene Verbindung? Eine flüchtige Hoffnung, die noch viel zu vage war zum greifen, aber doch schon ein heimliches aber aufregendes Versprechen enthielt? Vielleicht spürte er sie auch, dieser Vibe, genauso wie sie sie gerade zu spüren meinte? Womöglich hatte er die kleine Espressotasse, aus der sie noch gestern genüsslich getrunken hatte, vielleicht gar nicht abgespült? Vielleicht konnte er sie noch gar nicht abspülen? Vielleicht konnte er sich gar nicht dazu durchringen, da es bislang das einzige Beweisstück war, das ihn jetzt, heute Morgen, nach dem Betreten des Rifugio an ihren gestrigen Besuch erinnern würde?

Natascha wurde es ganz heiß. Sie schüttelte sich leicht und strich sich kurz über die eigene Wange, fast so als müsste sie sich sofort vergewissern, dass sie nicht träumte während sie hier saß, und war völlig überrascht, wie warm ihre Fingerspitzen sich bei der Berührung anfühlten obwohl sie die Teetasse nicht mehr in den Händen gehalten hatte.

Dann, mit einem Mal, zuckte sie eine kurze Schrecksekunde lang zusammen als sie unverhofft aus ihren Wohlfühlgedanken herausgerissen wurde und entdeckte, dass eine freundlich grinsende aber äußerst höflich schweigende junge Chinesin, mit grünem Dirndl bekleidet, auf der Terrasse dicht neben ihr stand. Die junge Frau – sie erkannte sofort, dass es dasselbe Mädchen war, das Dienst an der Rezeption getan hatte als sie und Torsten am Wochenende im Hotel angekommen waren – hielt einen bunten Plastikkugelschreiber und ein Blatt Papier, eine Art ausgedruckte Liste, in den Händen.

„Entschuldigen sehr!" sagte sie jetzt als sie erleichtert wahrnahm, dass Natascha ihre

Anwesenheit nun endlich bemerkt hatte. Sie klang zunächst noch etwas unsicher während sie sich leicht in Nataschas Richtung vorbeugte und dabei unentwegt lächelte.

„Der Herr Wintersenn nicht da?"

Natascha wurde mit dieser Frage endgültig und abrupt aus ihrem Tagtraum entrissen. Sie schaute sich kurz um und stellte fest, jetzt nun auch selbst mehr als nur ein wenig überrascht, dass ihr Torsten nach wie vor noch nicht zu ihr zurückgekehrt war.

„Sie müssen Herr Wintersenn unbedingt sagen, sie müssen fahren! Bald!" informierte die Rezeptionistin Natascha jetzt mit sachlicher aber nun hörbar aufgebrachte Stimme und zeigte ungeduldig mit der Spitze ihres Stifts auf das Papier.

„Unbedingt!" ertönte es eindringlich aus ihrem Munde. „Sie haben für heute *Action-Package* gebucht. Sie müssen bald weg, der Fahrer..."

Die junge Frau drehte sich etwas weg von Natascha und deutete nun forsch in grober Richtung Rezeption, ihre Hand vor- und zurückbewegend, so als würde sie mit dem Kugelschreiber im Vorfeld eines Leichtathletikwettbewerbs, speerwurfartige Übungen simulieren. Natascha nahm an, sie tue dies um zu signalisieren, dass sie einen Ort noch weiter hinter der Anmeldung meinte.

„…der Fahrer wartet draußen auf sie."

Natascha drehte sich in ihrem Sitz und holte tief Luft.

„Moment! Was heißt hier eigentlich Äkschen-Päckage?" wollte sie nun irritiert wissen. Ihre Stimme klang bei dieser Frage schon mehr als beherzt, eher unwirsch, und die englische Aussprache war nun stressbedingt plötzlich sehr stark deutschakzentiert.

Sie richtete sich kerzengerade auf in ihrem Stuhl so dass sie beinah auf gleiche Augenhöhe war, wie die junge Chinesin.

„Klären sie mich bitte hier und jetzt auf: Was genau hat mein Mann bei Ihnen denn gebucht?" wollte sie jetzt von der Rezeptionistin wissen. Ihre Stimme klang dabei sehr fordernd, wenn nicht sogar ein wenig bedrohlich.

„Ich kann nicht gut erklären, das kann aber bestimmt Fahrer, denke ich..." erwiderte die junge Chinesin knapp, als sie sich zügig auf der Stelle umdrehte, um zur Rezeption zurückzukehren. „Er wartet nämlich auf Sie. Da draußen, vor Haus. Aber machen Sie keine Sorge. Ich glaube, Sie werden heute bestimmt sehr glücklich sein!"

Keine 30 Minuten danach saßen nun Torsten und Natascha nebeneinander, immer noch nicht wirklich im Bilde, was als Nächstes mit ihnen geschehen sollte, als einzige Passagiere in einem hochmodernen, vollklimatisierten Kleinbus japanischer Bauart Dieser fuhr scheinbar unentwegt nur in eine Richtung, nämlich bergauf, bandscheibenunfreundlich holpernd, während er in unregelmäßigen Abständen bergziegenähnlich der Schwerkraft trotzte und sich flott durch diverse todesverdächtige Haarnadelkurven den Weg nach oben bahnte. Die Beiden schaukelten mit jeder Kurve in ihren Sitzen hin und her, mal mehr oder weniger, von der Fliehkraft sozusagen fremdbestimmt, und versuchten lieber nicht daran zu denken, wie unglaublich viele Höhenmeter der Wagen in kürzester Zeit verlieren würde, wenn der Fahrer sich bei der Wegführung verschätzen würde oder einfach kurzzeitig das bislang von ihm eher perfekt beherrschte Zwischenspiel bei Gas- und Bremspedalen vielleicht einmal falsch takten würde, aufgrund eines entgegenkommenden Traktors samt Anhänger, voll beladen mit süßduftendem Fallobst.

Der Fahrer war zwar offenbar ein sehr freundlicher Mann, dessen ziemlich imposantes Namensschild ihn seinen Gästen gegenüber als Maurizio auswies. Torsten und Natascha waren sich beide im Prinzip schnell einig, dass er zweifelsohne ein durchaus netter Geselle war, aber leider hatten sie auch ebenso schnell feststellen müssen, dass dieser Mann kein einziges Wort Deutsch oder Englisch beherrschte. Und, um in der inzwischen globalisierten Urlaubswelt von Südtirol zurecht zu kommen genügte ihm ein einziges, universell anwendbares Wort, um sich mit seinen Gästen prima zu verständigen:

„Pronto!"

Als sie dann bald danach ziemlich weit oben ankamen, an einer offenbar gottverlassenen Stelle, wo die Strasse vor einem grünbewachsenen Felsvorsprung in einer kleinen Kehre ihr Ende fand, machte sich erst einmal auf der Rückbank des Kleinbusses, bei Torsten und Natascha, betretenes Schweigen breit. Und keine gefühlte Millisekunde nachdem Torsten unklugerweise die Seitenschiebetür des Busses mit einem dumpfen Knall zugeworfen hatte, drückte Maurizio wieder wie ein Irrer auf die Tube und gab Gas. Der Kleinbus düste laut röhrend davon, so als würde er von einer Wolke wütender Hornissen talwärts gejagt werden.

Erst als der Wagen weg war und wieder Ruhe allmählich um sie einkehrte, dämmerte es dem Ehepaar Wintersenn langsam, dass sie sich keinesfalls ganz alleine hier oben befanden.

„Grüß Gott, die Herrschaften!" ertönte die herzhafte Begrüßung einer rauen Baritonstimme von irgendwo hinter ihnen. Überrascht drehten sie sich beide flott um.

„Guten Tag! Ich nehme an, ihr seid wahrscheinlich die beiden Gäste vom Sonnenhof Talblick, oder?" erkundigte sich einer von zwei Männern, die, wie sie jetzt sahen, direkt auf sie zukamen. Während sie weiterliefen, erklärte der Mann:

„Wir wollten eigentlich schon wieder abhauen, weil wir dachten, ihr kommt gar nicht mehr. Gianni hier..."

Der eine Mann unterbrach sich selbst kurz und deutete auf seinen Kumpanen, der zu seiner Rechten ebenfalls auf Torsten und Natascha zuschritt mit einem derart lässigen Gang, wie man ihn sich eigentlich nur beim Besuch eines Lucky-Luke-Filmfestivals abgucken und einstudieren kann.

„Als ihr nicht gekommen seid, hat sich Gianni unten bei der Rezeption erkundigt. Die Lady am Telefon hat uns dann verraten, dass ihr euch verspätet habt und noch unterwegs seid. Da habt ihr noch ganz großes Glück gehabt, gell?"

„Wieso denn Glück?" stammelte Torsten, noch etwas unsicher. „Was meinen Sie? Und, ähm, wer seid ihr denn überhaupt? Was habt ihr mit uns vor?"

Sein Blick wechselte nervös hin und her zwischen den beiden Männern und Natascha.

„Ziemlich blöde Frage, wenn du mich fragst" antwortete der ältere von den beiden Männern daraufhin mit deutlich hörbar mürrischem Unterton. Dabei blieb er auf der Stelle stehen. „Wir sind doch eure Piloten. Aber, okay, in Ordnung. Verstehe! Damit wir uns so richtig kennenlernen: ich heiße Gustavo. Gustavo Vulturo."

Torsten war wie vom Donner gerührt als er dies hörte. Er erwiderte zunächst nichts was als eine kohärente Äußerung aufgefasst werden konnte, reichte dabei aber nichtsdestoweniger aus der Schockstarre heraus die rechte Hand zum Gruß.

„Na, na! Die Dame zuerst!" grinste Gustavo breit und schelmisch, während er um Torsten herumgriff und Natascha seine breite Hand gab. Er beugte sich dabei leicht ehrerbietig bei der Begrüßung und, als er damit fertig war, schüttelte er anschließend betont kräftig auch Torstens Hand.

„Gianni hier ist mein Kumpel," erklärte Gustavo fröhlich und klopfte eben jenem Gianni fest auf die Schulter, während dieser ebenfalls dabei war, Torsten und Natascha die Hände zur Begrüßung zu schütteln. „Wir bringen euch wieder runter ins Tal. Da holt euch Maurizio dann nachher ab."

„Halt!" blubberte es nun völlig aufgeregt aus Natascha heraus. „Wartet! Ihr seid Piloten? Womit fliegen wir? Mit einem Hubi, oder womit?"

„Was heißt denn hier *womit fliegen wir*?" zischte die verständnislose Gegenfrage spontan aus Giannis Mund. Er schaute in etwa so, wie ein angepisster Teletubbie es vermutlich tun kann. Seine Stimme war augenblicklich mit einer wahrnehmbaren leichten Verachtung deutlich gefärbt. Es war sofort klar, dass er sich durch Nataschas Frage etwas geringgeschätzt fühlte.

„Mit einem Gleitschirm, was denn sonst? Was glauben Sie denn eigentlich? Sie haben ja nun mal einen Gleitschirmtandemflug gebucht!"

Natascha drehte sich auf der Stelle um.

„Bist du denn noch normal in der Birne?" fuhr sie dabei ihren Mann sichtlich aufgebracht und total angesäuert an. Torsten war sofort klar, dass er wahrscheinlich jetzt verloren hatte. Wenn er Pech hatte, würde sie sich jetzt sekundenschnell in Rage reden.

„Bist du denn eigentlich behämmert und voll bescheuert? Hast du mich allen Ernstes zum Gleitschirmfliegen angemeldet? Kannst du dir überhaupt vorstellen..."

Torsten schloss die Augen während sein ganzes Gesicht weiß anzulaufen schien. Ein Ausdruck der Hilflosigkeit machte sich bei ihm breit. Dabei war es für Gustavo und Gianni in diesem Augenblick bestimmt nicht ganz eindeutig ersichtlich, ob er gerade abbaute, weil er dabei war, den Anschiß seines Lebens zu kassieren oder weil er sich selbst wegen des bevorstehenden Gleitschirmfluges in die Hosen machte.

Wie auch immer, es war für sie unschwer zu erkennen, dass er gerade dabei war, in den Augen seiner Gattin, zum Arsch zu mutieren.

Wenige Minuten später aber, nachdem Natascha sich unerwartet schnell etwas beruhigt hatte, oder treffender ausgedrückt: Sich mit der bestehenden Situation zwar nicht wirklich angefreundet, aber mindestens doch abgefunden hatte, waren die verfügbaren Alternativen schnell zwischen ihnen ausdiskutiert. Die Piloten klärten die Beiden erstaunlich geduldig auf, dass es etwas abseits der Strasse, auf der sie soeben hochgefahren waren, eine Seilbahn gab, mit der, wenn Torsten und Natascha ganz schnell wären und ein wenig Glück hätten, sie eventuell wieder talwärts fahren konnten.

Oder aber vielleicht auch nicht. Sie fuhr leider nicht immer.

„Macht nix. Ich glaube, ich hasse Seilbahnen noch deutlich mehr als Gleitschirme!" gab Natascha dann kleinlaut in der Runde zu, die sich hoch oben auf dem Berg zusammengefunden hatte. „Wenigstens ist beim

Gleitschirm ein Pilot dabei. Das Wetter ist auch soweit gut und es dauert bestimmt nicht so furchtbar lange, oder? Ist das so? Ihr müsst es mir sagen! Ganz ehrlich…"

Gustavo und Gianni nickten beide beruhigend und strahlten einmütig. Torsten überlegte gerade in diesem Moment, ob er sich nicht einfach auf der Stelle übergeben sollte.

„Okay, sagt es mir also. Was muss ich denn bei so einem Tandemflug wissen oder tun?" wollte Natascha plötzlich von ihnen wissen. Sie holte tief Luft „Wenn ich schon da runter muss, dann mache ich das jetzt mit euch. Jetzt gleich. Ich habe keine Lust, hier noch stundenlang rumzustehen und noch lange zu überlegen. Und ich steige definitiv auch nicht in irgendeine Seilbahn!"

Ihre Augen verengten sich zu scharf fokussierenden Schlitzen, wie bei einer Raubkatze, die ihre noch ahnungslose Beute fokussiert, während sie Gustavo von Kopf bis Fuß peinlich genau musterte.

„Sie da! Wir beide fliegen doch zusammen, oder?" fragte sie ihn in einem beinah barschen Tonfall, der ganz eindeutig von ihm keine abweichenden Antworten erlauben würde.

„Ja, okay. Passt! Können wir so machen…" bestätigte Gustavo murmelnd und nickte abermals mit dem Kopf. Dann deutete er zur Seite bevor er sich auf den Weg zum Felsvorsprung machte.

„Dort drüben liegen Kombis und die Ausrüstung, die ihr anziehen müsst. Sucht euch jeder eine Kombi und einen Helm aus, zieht die Sachen einfach drüber und kommt dann zu uns nach vorne. Die Hellen sind eher für die Damen größenmäßig. Gianni und ich machen noch ein paar Vorbereitungen, dann nehmen wir uns ein paar Minuten, zeigen euch kurz, was ihr machen müsst damit alles gut klappt und wir alle Spaß haben. Ein paar Meter müsst ihr noch mitlaufen, fünf oder zehn vielleicht. Maximal. Sonst müsst ihr eigentlich nicht viel tun. Ihr werdet sehen, es ist alles gar nicht so schlimm. Macht sogar richtig Laune, glaubt's uns."

Als nun Aufgaben verteilt wurden, begann die Schockstarre sich endlich zu lösen. Torsten und Natascha gaben Gustavo zu verstehen, dass sie schon einmal seine ersten wohltuend minimalistischen Instruktionen korrekt registriert und verinnerlicht hatten und gingen langsam, wenn auch noch sehr in sich gekehrt, hinüber zu zwei randvoll mit Ausrüstung gefüllten Alu-Blechkisten, die neben einem kleinen Häuschen am Rande des Parkplatzes standen. Während sich jeder von ihnen anschließend eine Kombi rauswühlte und sie damit begannen, die Dinger überzuziehen, sprach Torsten endlich wieder.

„Du, hör mal, Schatz! Dieses Action-Paket auf der Internetseite hatte ja alles Mögliche drin," versuchte er, sich ein wenig hilflos bei ihr zu rechtfertigen. „Woher hätte ich verdammt nochmal wissen sollen, dass sie uns dann ausgerechnet hierfür anmelden würden? Ich hab's komplett vergessen, dass das Paket mit drin war. Deswegen habe ich auch nicht mehr nachgefragt..."

„Verstehe. Wahrscheinlich gab's auch noch Bungee-Jumping als Option zu wählen, oder? Vielleicht von der Brücke, über die wir neulich auf dem Weg nach Bozen gefahren sind. Die da an der Grenze. Die war ja nur schlappe hundertzweiundneunzig Meter hoch. Genau richtig, um sich mit einem Gummiband ins Glück zu schießen…" bemerkte Natascha sarkastisch aber in verhältnismäßig ruhigem Tonfall. „Sage mir lieber, wie ich das blöde Ding hier über meine Stiefel kriegen soll…"

„Vielleicht solltest du dir einfach die Schuhe vorher ausziehen?" schlug er mit resignierter Stimme vor. Nach ein paar Sekunden Ruhe sprach er wieder:

„Hast du vorhin gehört, der Typ, der mit dem ausgerechnet du fliegen wirst, der heißt doch tatsächlich Vulturo. Das heißt doch bestimmt Geier auf Italienisch, oder?"

„Ist mir, ehrlich gesagt, im Moment reichlich egal," antwortete Natascha kurz und fummelte zunächst vergeblich an ihren Schuhen. „Die können wenigstens fliegen. Ich habe beschlossen, dass ich heute noch in den Spa will. Seit wir mit diesem psychopathischen Fahrer den Berg hinaufgerauscht sind, weiss ich hundertprozentig, dass ich mir heute ganz viel Entspannung verdient habe."

„Und ich habe es nicht verdient, so vorwurfsvoll von dir angemacht zu werden. Wir wollten doch ein bisschen Spaß und Abenteuer haben! Warum hast du dir ausgerechnet den da ausgesucht? Hör' mal! Der Kerl ist doch steinalt. Der kriegt doch womöglich noch einen Herzkasper auf dem Weg nach unten. Guck ihn doch an, der sieht aus wie ein ungemachtes Bett! Und weiß wie die Wand ist er auch…" Torsten begann loszuwettern, wohl aber nur um seine eigene Unsicherheit zu kaschieren. Dann fuhr er aufgeregt fort:

„Der Andere da, dieser Gianni oder Johnny oder wie er auch immer heißt, der ist ja wenigstens irgendwie sportlich. Ein richtiger Kerl. Der wäre bestimmt auch gerne mit dir runtergeflogen!"

„He, erstens: Gustavo ist nicht weiß wie die Wand. Er sieht zwar ziemlich verbraucht aber trotzdem normal aus, finde ich jedenfalls. Zweitens: ich will ja nur mit ihm runterfliegen, nicht unterwegs knutschen. Also mach' dir da schon 'mal keinen großen Kopf drüber," antwortete Natascha genervt. Dann fuhr sie fort:

„Ich hab's mir nämlich genau überlegt. Ich bin da einfach anders als du. Schlauer, viel vorausschauender wahrscheinlich. Aber das sind wir Frauen sowieso. Dieser alte Mann da, der hat eine Hypothek. Er hat zuhause eine liebenswürdige Frau warten, die für ihn bestimmt jeden Abend einen riesen Topf voller Pasta kocht. Ein bisschen dick mit rosafarbenen Bäckchen und einer Betonschnecke auf den Kopf, einem Stall voller Enkelkinder um sich herum und, last but not least, einer ganz dicken Lebensversicherung, die leider noch nicht fertig eingezahlt ist. Ich bin überzeugt, dieser Gustavo hat bestimmt noch viel mehr Angst vor dem Sterben als ich. Darum bin ich überzeugt, dass er ein guter Pilot ist! Und darum werde ich jetzt mit ihm fliegen gehen. Ich habe keine andere Wahl. Du kannst ja machen was du willst, aber ich lasse mich definitiv nicht alleine mit dir in einer ferngesteuerten Seilbahn einsperren!"

Dann stand sie resolut auf und begann, heftig am Reißverschluss auf und ab zu zerren. Er fraß sich sofort fest an einer Stoffkante im Inneren der Kombi und ließ sich keinen Millimeter mehr bewegen, weder vor noch zurück.

„Bist du denn endlich soweit?" wollte sie dann von Torsten wissen. „Die beiden stehen sich bestimmt schon die Beine in den Bauch und fiebern, dass wir endlich in die Gänge kommen."

Dann schaffte sie es, den Reißverschluss zu schließen. Natascha drehte sich um und lief langsam vor zu der Lichtung vor einem Felsvorsprung an dem Gustavo und Gianni bereits standen und miteinander plaudernd auf sie warteten.

Als Torsten und Natascha es endlich geschafft hatten mit dem Anpassen der Kombis und Helme fertig zu werden, lauschten sie aufmerksam den unglaublich vielen Erklärungen zu den zahllosen

Schnallen und Karabiner-Clips, die überall an ihnen herumbaumelten und die wohl auch für so ein Unterfangen alle überlebenswichtig zu sein schienen. Nachdem sie anschließend die hauptsächlich von Gianni murmelnd vorgetragene Einweisung möglichst achtsam verfolgt hatten, sollte es bald losgehen. Natascha stellte fest, dass die seltsame Ruhe, die sie bislang gefühlt hatte nachdem sie sich damit abgefunden hatte, dass sie wohl fliegen würde, langsam zu verebben begann, angesichts der fragwürdig erscheinenden Tatsache, dass es nun von ihr erwartet wurde, sich demnächst von einer ziemlich hohen alpinen Klippe lebendig und, ihrer Meinung nach, etwas lemmingartig, in die Tiefe zu stürzen.

Sie war sich bislang todsicher bei ihrer Einschätzung dieses Gustavos gewesen. Nun aber, in dem Augenblick wo alles wirklich ernst zu werden drohte, brauchte sie einfach etwas mehr Gewissheit. Zur Beruhigung eben.

Und Natascha war entschlossen, absolut nichts dem Zufall zu überlassen. Sie würde nicht rumdaddeln und dabei die ihr vor dem Absprung noch verbleibende Zeit vergeuden. Sie wusste ganz genau, wie sie an diese für sie wesentlichen Informationen herankommen würde, die für ihren Seelenfrieden in dieser Situation erforderlich waren. Die schädelinterne Stimme ihres Frauenkopfkinos versicherte ihr:

„Menschen wollen immer reden, sich mitteilen. Sprich doch einfach mit ihm. Er wird alles erklären, er ist ein verständiger Knabe…"

Sie zögerte noch einen Moment nachdem er sie abflugbereit gemacht hatte.

„Ich denke, das findet Ihre Frau bestimmt grandios, was Sie hier so machen, oder?" fragte sie Gustavo in einer eher flapsigen Manier während sie versuchte, die ersten zarten Anflüge der aufkeimenden eigenen Nervosität möglichst vor ihm zu verbergen. Schließlich war sie ja eine Menschenkennerin und gleichzeitig empathisch: Sie wusste, man konnte sich nicht einfach direkt erkundigen, ob der Mann an dem sie festgekettet war, vielleicht doch manisch-depressiv, suizidgefährdet oder Ähnliches war. Sowas zierte sich einfach nicht. Es gibt ja schließlich viele Wege zur Wahrheit.

„Nee!" kam Gustavos Antwort einsilbig schroff und etwas kurz angebunden von hinter ihr. Natascha erschrak. Sie versuchte sich vorzustellen, ob seine Miene sich auch genau so verdüstert hatte wie sein Tonfall. Oder konnte es sein, dass sie sich das alles gerade nur eingebildet hatte? Bevor sie sich jedoch die passende Frage selbst formulieren, geschweige denn beantworten konnte, fuhr Gustavo dann doch murmelnd fort.

„Hab ja gar keine Frau, keine Familie. Nix. Kein Geld. Kein Haus. Gibt eigentlich niemand, der mich vermissen würde, wenn der Sensenmann mich da unten oder sonstwo erwarten sollte. Bin ja den ganzen Tag nur für mich hier oben selbst verantwortlich. Ewig schon. Ich mach' halt nur das, was mir Spaß macht. Und nur solange ich es will, alles andere interessiert ja sowieso keine Sau auf dieser Welt. Wen kümmert es schon, was ich mache oder wie's mir geht? Was danach kommt ist ja eh' alles egal…"

Dann, ausgestattet mit diesen Informationen, die sich nicht ganz hundertprozentig mit den Annahmen deckten, die sich Natascha eigentlich bei der Abwägung aller Alternativen zur wesentlichen Grundlage ihrer Entscheidung ausgedacht hatte, nickte er und sie begannen beide zu laufen. Sie war so verblüfft, dass sie gar nicht anders konnte als mitzulaufen. Nach ein paar Schritten hoben sie schon ab.

Dass es beim Absprung einen immensen Adrenalinschub geben würde, ahnte Natascha natürlich schon vorher. Dass sie das Abenteuer auch letztendlich überleben würde, und wahrscheinlich ohne größeren Blessuren dabei beklagen zu müssen, davon ging sie aufgrund nüchterner statistischer Gegebenheiten aus. Für sie war es eine Art Wahrscheinlichkeitsrechnung, wie jede solvente deutsche Kranken- oder Rentenkasse sie täglich vornimmt. Nichtsdestoweniger beschloss sie in diesem Augenblick, ihre Augen erst dann wieder aufzumachen, wenn sie das sichere Gefühl hatte, irgendetwas mondän Motorisiertes würde sie jetzt sanft in Richtung Wellnesstempel befördern. Bis dahin würde sie hilflos mit einem potentiellen Psychopathen oder Suizidanwärter unter einem hoffentlich vollständig geöffneten regenbogenfarbigen Gleitschirm hängen und inbrünstig hoffen und beten, dass die vom letzten Vollmond, der gefühlt viel zu lange zurücklag, gespendeten positiven Energien ausreichen würden, um diesen Ausflug in den Wahnsinn heil zu überstehen.

Von wegen *Sie werden sehr glücklich sein!* Ging es ihr durch den Kopf. Ihr Leben – ihr eigenes, so kurz und es war offenbar gleich schon vorbei! – schien soeben in einem cineastischen Zeitraffer gnadenlos schnell an ihr vorbeizurauschen. Sie hatte ja gar keine richtige Gelegenheit, still und leise verzweifelnd, Zuschauerin ihres eigenen Unglücks zu werden. Sogar das Bild der dirndlbekleideten strahlenden chinesischen Zukunftsoptimistin projizierte sich voll 3D-mäßig in jeden Winkel ihres ganzen Weltuntergangsschädels während Sie dank Gustavo und der Schwerkraft im Allgemeinen wahrscheinlich mit Affengeschwindigkeit talwärts stürzte. Diese Vision wurde jedoch unerwartet und sehr abrupt abgelöst durch Gedanken an Verena, wobei Natascha sich hierbei wunderte, dass sie lediglich Zeit hatte, sich daran zu erinnern, wie ihre beste Freundin sich einmal darüber bei ihr beklagt hatte, dass die von ihr bevorzugten glatzköpfigen Lovers sämtliche Kopfkissen im Nu durchschwitzen, da war dann immer Waschsalon angesagt, selbst wenn es nicht zum Beischlaf kam. Sie wollte doch nach Mailand, nicht Bozen! Dort wäre ihr das nicht passiert. Wie lange fielen sie denn schon? Da war wiederum plötzlich Oliver präsent, ihr Ex. Dieser bekloppte Trottel von Oliver, er war auf einmal da und füllte ihren Kopf restlos aus, so wie er es immer tat. Er ließ sie noch nicht mal in Ruhe, wenn sie gerade dabei war, hilflos in den Tod zu stürzen. Er war ein echtes Arschloch, durch und durch, das wusste sie, das musste sie einsehen, aber er war auch immer geradeaus. Sie wusste wenigstens was sie an ihm hatte und was nicht. Vor allem, was nicht! Ja, er hatte sie oft enttäuscht, das musste sie immer wieder einsehen, aber getäuscht hatte er sie niemals. Und dann auch noch Torsten! Wie lange würde sie denn noch fallen müssen? Wie lange würde sie noch leiden müssen? Würde der Aufprall wehtun oder wäre schon alles vorbei bevor die Synapsen Gelegenheit bekamen, es dem Hippocampus mitteilen zu können? Ihr Torsten, der sie überhaupt in den Tod getrieben hatte mit seinen dämlichen Ideen. Äkschen-Päckage, mein Gott! Was hatte er sich denn eigentlich dabei gedacht? Dass sie beim Äkschen-Päckage Ringelsocken stricken würden bei Kerzenschein? Am Arsch die Räuber! Wie blöd konnte man nur sein? Sie beschloss auf der Stelle, dass sie als rastloses Gespenst zurückkehren würde und es ihm heimzahlen, sie würde ihn in den Wahnsinn spuken, sie würde…

„Auf die Füße achten, wie wir oben besprochen haben!" entnahm sie der Stimme, die aus ihrem Nacken kam.

Und damit waren sie und Gustavo plötzlich am Boden. Natascha stellte fest, verblüfft und angenehm überrascht, dass sie die erstaunlich sanfte Landung tatsächlich überlebt hatte!

Als Natascha und Gustavo sich gerade noch zum Abheben bereitmachten, hoch oben auf dem Bergvorsprung, da standen nur wenige Meter weiter von ihnen entfernt Torsten und Gianni. Auch sie machten sich gerade zum Fliegen fertig. Torsten stand mehr oder minder vor Furcht paralysiert da, an Gianni festgeklettet, festgetackert, festgeklebt oder festgeklammert – oder eigentlich alles gleichzeitig! – und sah mit morbider Faszination zu, wie seine Frau und Gustavo elegant abhoben und nur wenige Sekunden danach sanft mit dem Schirm über die steilen grünen Wände des Tals zu schweben begannen.

„Boah! Ist bestimmt ein obergeiler Job, den ganzen Tag so was zu machen wie ihr hier oben. Oder?" fragte er Gianni, bemüht, möglich lässig zu klingen, während dieser die letzten Verbindungen nochmals auf korrekte Schließung und Festigkeit überprüfte. Er wählte den gleichen Tonfall, glaubte er, womit man Ski- oder Tennislehrer vermutlich imponieren kann.

„Ja, ist schon ganz gut, macht Spaß aber es erfordert eine Menge Konzentration. Aber was meinst'n genau, mit obergeil und so? So was sagen wir hier eigentlich gar nicht…" wollte Gianni von ihm wissen. Trotz der Frage schien er nicht viel Interesse an einer Unterhaltung zu hegen. Seine Stimmlage klang zu unbeteiligt, zu routiniert. Als würde er nur plappern, damit keine Nervosität aufkam.

„Na ja, für so einen wie Gustavo, so einen alten Haudegen, muss das alles doch das reinste Herzblut sein!" versuchte Torsten zu erklären. „Und dann auch noch mit den Mädels an einem festgeschnallt im Tandem durch die Gegend zu sausen, das stelle ich mir auch ziemlich spannend vor! Das ist schon alles der pure Wahnsinn, was ihr hier macht. Oder?"

Gianni verzog das Gesicht etwas.

„Jo, Gustavo ist schon ein guter Kerl. Das schon. Aber ehrlich, ich glaub' es ist bei ihm inzwischen mehr Therapie als Herzblut in Spiel. Den hat's schon ganz schön gebeutelt in seinem Leben…"

Torsten beschloss, am besten ab sofort zu schweigen, einfach das Maul zu halten. Er war nichtsdestoweniger schon ein wenig enttäuscht, dass er von Gianni keinerlei Stellungnahme zu seiner Anmerkung bekam, wie es denn so sei, mit hübschen Mädels den ganzen Tag lang zusammen geschnallt im Tandem unterwegs zu sein. Er hatte schon die wildesten Geschichten gehört, insbesondere von einem ehemaligen Arbeitskollegen aus Frankfurt, der einmal in seinem früheren Leben während der Studienzeit als Fallschirmlehrer auf einem obskuren Flugplatz im Allgäu ein paar Saisons gearbeitet hatte.

Plötzlich sprach Gianni aber doch:

„Das mit den Mädchen ist gar nicht so wild, ist aber in Ordnung. Die passen wenigstens auf, machen das, was sie sollen. Sie wollen Spaß haben und gleichzeitig überleben…"

„Das meinte ich doch!" Torsten fing an, sich doch wieder für ein Gespräch zu interessieren. „Die wollen doch auch alle Spaß haben…"

„Quatsch! So nicht!" konterte Gianni und verzog das Gesicht. „Alles nur Geschäft hier, da bin ich mir mit meinem Freund schon lange einig."

„Dein Freund?" hakte Torsten verunsichert nach. „Einen Bekannten, meinst du. Oder?"

„Nee, mein Freund. Hab' ich damals auch mal beim Tandemsprung kennengelernt. Er ist aber nicht so der Freak, kümmert sich um die Sachen wie Steuer und Buchhaltung, die lästigen Sachen halt. Kocht auch und so. Er ist mehr so der bodenständige Typ von uns beiden. Außer wenn wir in Key West sind…"

Er sprach Key West so aus, als hieße es Kivest, und lachte dabei herzhaft.

Torsten gab sich Mühe zu verstehen, was er gerade vernommen hatte, während sie beide, auf Gedeih und Verderb zusammengehalftert wie zwei verschwitzte Häftlinge bei der Strafarbeit in Mississippi, ein paar zaghafte Schritte in Richtung Felsvorsprung machten.

Er hatte plötzlich das ungute Gefühl, für sich noch keine wirklich adäquate Überlebensstrategie ausgeheckt zu haben.

Diese Überlegung war jedoch zwischenzeitlich reichlich überflüssig. Torsten hätte ja auch nicht ahnen können, dass sein Tandempartner Gianni nichts zum Thema Frauen sagen konnte oder wollte, weil er nun einmal schwul war und dass es ihm somit reichlich egal war, ob er mit irgendwelchen reizenden Mädels zusammengeheftet den ganzen Sommer lang sein Geld verdiente. Und selbst wenn er dies doch vorher gewusst hätte, wäre Torsten ohnehin zum Nachdenken keine Zeit mehr übriggeblieben, da er, nur wenige Sekunden später, mit sich selbst und mit dem nackten Überleben ausreichend beschäftigt zu sein schien.

Zumindest hörte es sich vermutlich so an für alle Menschen und die überall grasenden Pferde und Rindviecher, die sich gerade im Tal in der Nähe aufhielten, da er sich auf dem ganzen Weg nach unten ununterbrochen die Seele aus dem Leib schrie.

Zwölftes Kapitel

Am späten Nachmittag, nachdem sie beide ihren unverhofften Tandemflug heil überstanden hatten, verschwand Natascha ohne zu zaudern in den Wellnessbereich des Hotels. Sie ließ sich dort an der Bar von einem Bartender, der Mao tse Tung nicht nur modetechnisch verblüffend ähnelte, einen ordentlichen Drink mixen. Eine pimped-up Version ihres aktuellen Lieblingscocktails wünschte sie sich, einen sogenannten Glücksbringer. Natascha lächelte selig in sich hinein als die daran dachte, dass diese Getränkewahl vermutlich einen Sturm der Begeisterung bei der dirndlbekleideten chinesischen Dame an der Rezeption ausgelöst hätte. Sie ließ ihn sich aber heute mit doppelten Gin und Cranberrysaft sowie mit reichlich Eiswürfeln mixen. Nachdem sie ihn ausgetrunken hatte, was heute druckbetankungsähnlich deutlich rascher als gewöhnlich geschah, ließ sie sich ohne jegliche weitere

Verzögerung im hauseigenen Whirlpool nieder. Die wohltuende Wärme genießend, fasste sie spontan den Entschluss, zwar zunächst nur prophylaktisch aber vor allem schnell und für den Moment höchst verbindlich, dass sie sich nie wieder von dieser Stelle wegbewegen würde und schon gar nicht aufgrund irgendeines idiotischen Einfalls seitens ihres Ehemanns.

Es dauerte allerdings leider nicht sehr lange, bevor kein anderer als eben jener Torsten mit suchendem Blick auch die Halle betrat und, ohne sie um ihr Einverständnis zu bitten, sich mit einem lauten Stöhnen zu ihr hinein plumpsen ließ. Diese Handlung ging ihr heute empfindlich gegen den Zeiger, weil die Frage nach ihrer Einwilligung, genau genommen zwar nicht zwingend erforderlich aber doch irgendwie nett gewesen wäre. Es hätte nichts und niemandem geschadet, wenn er wenigstens nach dem heutigen Erlebnis diese klitzekleine Höflichkeit ihr gegenüber an den Tag gelegt hätte. Natascha sagte demonstrativ nichts, erweiterte aber aufgrund Torstens offenkundigem Mangel an Einfühlungsvermögen spontan ihren kürzlich gefaßten Entschluss, in dem sie zusätzlich noch schwor, mit niemandem, insbesondere nicht mit ihrem Gatten, auch nur ein Wort zu reden.

Vielleicht lag es an dem prächtigen Wetter draußen oder doch nur an der Uhrzeit, aber noch waren die beiden ganz alleine im Wellnessbereich. Sie lungerten eine ganze Weile lang wortlos in ihrem runden Becken herum, das warme Blubbern des Wassers einfach auskostend, so als würden sie sich stillschweigend und freiwillig zu einer Minestrone verköcheln lassen, wenn es dafür nur schlicht und ergreifend die Gewährleistung gäbe, der Ganzkörpererholung dienlich zu sein. So wie die Familie Suppenfleisch es neulich auch getan hatte als Natascha auf der Liege lag und chillte.

„O, Mann! Das war vorhin so was von geil!" entfuhr es Torsten dann plötzlich.

Natascha öffnete langsam die Augen und ihre Miene verfinsterte sich kurzzeitig, da sie genau wusste, dass sie jetzt schon ihren heiligen Schwur brechen musste, um Torsten auf den harten Boden der Tatsachen zurück zu holen.

„Was hast du denn eigentlich gerade getrunken?" wollte sie wissen. Sie schaute ihn nicht an, während sie weitersprach:

„Falls du es eventuell gerade vergessen hast, du hast den ganzen Weg nach unten ja voll bescheuert geschrien, so als wärst du Tarzan bei der Balz und als hätte dir jemand beim Binden des Lendenschurzes das Kirschkernsäckchen eingeklemmt!"

Während sie sprach, und bevor Torsten eine passende Antwort formulieren konnte, fiel ihr ein Gespräch mit Verena ein, in dem sie sich die Unstimmigkeiten bei der Geschichte der Schöpfung vorgenommen hatte. Und zwar genau an der Stelle, an der in der Bibel felsenfest behauptet wird, dass Gott höchstselbst die Weiber durch Rippenentnahme schuf. Wenn es vorher genügend Alkoholisches zu trinken gegeben hatte, dann war Verenas Empörung hierüber zwar theatralisch aber nicht gespielt. Sie argumentierte nämlich, dies sei alles eine dreiste Fälschung von Tatsachen:

„Diese Story hatte mit Rippen und so überhaupt nichts zu tun. Hier ging es eindeutig um Hirnentnahme beim Mann. Und zugunsten der Frau. Muss ich ja nicht noch hinzufügen, oder? Übrig blieb nämlich leider nur ein kümmerlicher erbsenähnlicher Rest, der Hypothalamus. Die Ecke hat mit Denken überhaupt nix zu tun. Ist doch logisch, oder? Das Teil regelt ja nur ein paar ganz elementare Dinge, sonst ist..."

Natascha hielt dabei kurz inne und dachte in diesem Augenblick nochmals über Verena nach. Es war komisch. Ihre Freundin hatte sich auf die gestrige WhatsApp Nachricht über Fabio gar nicht mehr bei ihr gemeldet.

„Hab' mir vorhin nur eine Kaltschale gegönnt," platzte Torsten dann unverhofft doch noch in ihre Gedankenwelt hinein.

„Sehr vernünftig!" erwiderte Natascha, weit zurückgelehnt und die Augen noch fest geschlossen. „Wenn du nämlich ein Bier getrunken hast, dann mußt du bestimmt bald pieseln gehen. Dann habe ich die Wanne wieder für mich alleine. Jetzt will ich meine Ruhe. Danke!"

Dann beschloß sie wieder zu schweigen.

„Hättest du wohl gerne!"

„Was hätte ich denn gerne? Meine Ruhe?" fragte sie mit einem hörbaren Seufzer. Ihre Stimme klang ein bisschen so, als hätte sie gerade eben den letzten Abendzug aus dem Sauerland verpaßt.

„Nee, dass ich hier wieder raus muß, zum Pinkeln oder so," nölte Torsten, leicht angefressen, dass in diesem Moment sein Heldentum, das sich nun gerade in seinen Augen zunehmend steigerte, von seiner eigenen Frau offenbar verkannt wurde.

„Du wolltest offenbar Äkschen. Die hast du ja auch bekommen. Jetzt bin ich dran. Und ich will meine Ruhe. Capito?" Natascha hatte jetzt wirklich nicht mehr die geringste Lust zu diskutieren. Dann fügte sie hinzu:

„Du bist doch Computerfachmann, oder? Bei dir geht es doch auch nur immer um Einser und Nullen.

Strom oder kein Strom. An oder aus. Und jetzt ist bei mir gerade aus. Ruhezustand. Ich *hibernate* jetzt, wie dein Laptop es manchmal auch tut."

Torsten versuchte, es sich ein bisschen bequemer zu machen und setzte sich dabei etwas weiter weg von Natascha. Er wischte sich ein paar Tropfen Spritzwasser aus den Augen während er wieder sprach:

„Du bist ja heute schon den ganzen Tag maximal ätzend zu mir. Vielleicht brauche ich doch nochmal was Ordentliches zu trinken. Anders hält man sowas den ganzen Tag lang ja gar nicht aus!"

„Warte mal!" konterte Natascha, nun leicht erbost über das Unvermögen ihres Mannes, irgendwie mit ihr zu sympathisieren. „Ich bin doch dir zuliebe heute von einem Berggipfel gesprungen, festgezurrt an einem Frührenter mit klinisch relevanten neodepressiven Allüren!"

„Den Kerl hast du dir selbst ausgesucht" patzte Torsten zurück. „Ausserdem wolltest du eh´ nur runter!"

„Weil du Idiot uns mit deiner Dämlichkeit dazu genötigt hast! Wie hätten wir denn sonst runterkommen sollen?"

„Ich wusste ja nicht, dass wir springen sollten. Ich wollte ja nur, dass wir was Gemeinsames machen und dabei unseren Spaß haben!"

„Zusammen? Spaß?" Nataschas Sinn für Humor schmolz gerade rapide dahin. „Wäre ich womöglich gegen eine Felswand geklatscht oder unten im Tal kurz vor der Landung an den Stromleitungen hängengeblieben und dabei mit diesem Gustavo Geier restlos frittiert worden, wo zum Kuckuck wärst du denn dabei gewesen? Schöne Gemeinsamkeit. Ganz tolle Aussichten, super."

„Ich wollte doch nur, dass wir zusammen Spaß haben!" versuchte Torsten sich nochmals zu rechtfertigen. Vergeblich.

„Verstehe. Vielleicht fragst du mich aber das nächste Mal, ob ich Lust habe, dem Sensemann zu trotzen bevor ich zu dir ins Auto steige, okay? Ich habe keine wirklichen Ambitionen, in einer dieser schick ausgepolsterten Holzkisten vom Trauerinstitut Hermann nach Hause überführt zu werden. Um anschließend einen passiven Beitrag gegen Hungersnot auf der Welt zu leisten, indem ich als Düngemittel diene oder, unter einer hübschen Platane kompostierend, den Boden für die Nachwelt anreichere."

„Jetzt übertreibst du aber ganz schön!" warf Torsten ein. „Ich meine ja, so schlimm war es alles doch gar nicht..."

„Paß´ auf..." erläuterte Natascha in aller Ruhe ihren Standpunkt während sie geduldig ihren gespreizten Fingern inspizierte. Sie stellte fest, daß die Fingerspitzen gerade anfingen, schrumpelig zu werden. Sie würde nicht mehr lange im Whirlpool bleiben wollen und Torsten schaffte es gerade, ihr diese wunderbar erholsame Zeit zu vermiesen.

Das durfte nicht ungesühnt bleiben.

„Ich wette mit dir, jeder aufrichtige Bestattungsunternehmer würde dir ohne Weiteres bestätigen, dass ihr Geschäft eigentlich nur dann richtig prächtig läuft, wenn die Menschen irgendeinen Blödsinn anstellen. Ansonsten steigt die Lebenserwartung doch permanent, das weißt du doch selbst! Wenn du es mir nicht glaubst, dann frag´ doch diese Schnapsdrossel Hermann, wenn er dir wieder einmal mit seinem Leichenwagen entgegenkommt! Aber pass´ auf, dass er nicht schon vorher auf Betriebstemperatur ist und dich über den Haufen fährt und somit noch unverhofft ein Geschäft für sich selbst einfädelt…"

„Jetzt spinnst du aber vollkommen!" empörte sich Torsten und unternahm einen Versuch, sich zu wehren:

„Bist ja echt voll gehässig! Lasst doch wenigstens den Mann in Ruhe!"

„Wieso? Du bist doch derjenige, der mir berichtet hat, dass er dir damals im zarten Alter vor zwölf Jahren, zusammen mit deinem Kumpel Schorsch, den ersten Vollsuff deines Lebens eingebrockt hat! Mit einer Flasche Saurem Fritz, so'n Fusel aus dem Aldimarkt am Marktplatz damals, hast du erzählt…"

„Stimmt schon, aber..." stammelte Torsten verlegen. Er hatte Natascha wohl wirklich einmal die Episode als Jugendsünde gebeichtet. Einen Augenblick lang überlegte er, ob dies vielleicht nicht doch ein Fehler gewesen ist.

„Nix aber!" fuhr sie bestimmt fort. „Seitdem hat sich bei diesem Mann ganz bestimmt nicht die Bohne geändert, außer dass ihm die Haare und vielleicht auch die Zähne ausgefallen sind und dass der Aldimarkt am Marktplatz wahrscheinlich auch inzwischen geschlossen wurde."

„Ja, da war zwar nicht soviel los wie heute aber es war auch trotzdem eine coole Zeit," Torsten versuchte sachte, Natascha bei ihren Ausführungen ins Leere laufen zu lassen in der Hoffnung, es würde sich alles schnell relativieren und sie würde anfangen, etwas versöhnlicher zu werden.

„Nicht so viel los wie heute, sagst du?" hakte Natascha ein. Sie nahm Fahrt auf:

„Hör´mal zu, Süßer: ich bin es doch gewesen, die dich aus dem Zustand der Barbarei gerettet hat!

Denke einfach einmal kurz zurück, an unsere Anfangszeit. Erinnerst du dich vielleicht noch? Da hattest du noch diese scheußliche Ledernackenfrisur, ganz kurz seitlich und hinten, mit Haaren oben drauf! Da sahst du aus wie ein Überraschungsei mit einem Mini-Fußabstreifer drauf, wie eine Figur aus der Sesamstrasse! Du erinnerst dich bestimmt noch an Ernie und Bert? Oder ich denke kurz an Schorsch und seine Holde, zum Beispiel. Die waren es doch, die ihre Verlobung in einer Autowaschstrasse irgendwo auf'm Kaff gefeiert hatten, oder? Daran kann ich mich heute immer noch gut erinnern! Die Deko war irgendwie Raab Kärcher pur, mit Hochdruckreiniger und Schläuchen, es stank nach Abgasen und Sonax und so. Ich gebe zu, das war schon ein bisschen schräg, ein bisschen abgefahren und es war damals wohl auch der Grund, warum ich nicht lange danach, zusammen mit euch, auf diese Verkaufsausstellung für Autoteile gegangen bin, ich glaub' es war in Hanau? Oder doch in Offenbach?"

Torsten schwieg während seine Gattin eine kurze Denkpause einlegte und dann wieder fortfuhr:

„Schorsch hatte ja damals schon einen ziemlich ansehnlichen Bauch, den er selbst völlig ohne jegliche Ironie als Knödelfriedhof titulierte, und trug doch immer diese verwaschenen schwarzen T-Shirts, auf denen drauf stand *Bier formt diesen wunderschönen Körper* oder die anderen mit der Aufschrift *Selbstzentrierende Wuchtmaschine* und einen Pfeil, der senkrecht nach unten zeigte! Neben Alufelgen und Hebebühnen, Spoilern, Werkzeugkisten und Lackierpistolen gab es, daran kann ich mich jedenfalls auch noch sehr gut erinnern, jede Menge ziemlich dicke Landpomeranzen, wahrscheinlich mit kahlgefrästen Venushügeln ausgestattet, die spärlich aber geschmacklos gekleidet waren und fast flächendeckend mit unästhetischen Tätowierungen total übersät waren! Sie spazierten glücklich und stolz an der Seite ihrer Männer, die irgendwie alle mit Arschfax, Borstenschnitt und Speckfalte im Nacken unterwegs waren. Gemeinsam gaben sie ihr Erspartes aus für Tattoos, Zigaretten, Cockpit-Spray, Duftbäumchen und Air-Fresheners mit Playboy-Häschen-Motiv, die dann vom Innenspiegel baumelten und dabei Weltläufigkeit und zufällig nebenbei Paarungsbereitschaft signalisierten…"

Natascha setzte sich auf und saß nun mit kerzengeradem Rücken am Beckenwand angelehnt während sie ihre Beine einen kurzen Augenblick lang ausstreckte. Der Whirlpool sprudelte nach wie vor heftig vor sich hin. Torsten lag reglos drin, inzwischen lugte nur sein nasser Kopf aus dem Wasser. Er schwieg betreten.

„Das Schärfste aber waren dann die beiden steilen Hübschen, die einzigen…" fuhr Natascha fort mit geschlossenen Augen, so als würde sie die Szene in ihrem Kopfkino nochmals vor sich abspielen lassen.

„…die mir in dem ganzen Gewusel überhaupt salonfähig erschienen. Und die weder gotisch anmutende Folterpiercings noch peinliche Speckranzen trugen. Du weißt, die Zwei, die da mit Tangas und abgeklebten Brustwarzen unterwegs waren und sich von diesem irrsinnigen Bodypainter vor Publikum mit Sprühfarben zu Motorenölflaschen bemalen ließen. Dabei hattest du mir verschwiegen, dass eine davon ausgerechnet deine Carola war!"

„Kram doch nicht ständig da irgendwo in der alten Kiste rum!" protestierte Torsten beleidigt. „Wir sind doch heute miteinander weiter. Viel weiter! Und dein Oliver, der ist ja auch niemals in den Verdacht geraten, intellektuell zu sein!"

„Bin ja gleich fertig!" fuhr sie mit ruhiger Stimme fort. „Ich wollte dir nur kurz vor Augen führen, dass ich es gewesen bin, die dich in die Zivilisation gerettet hat, aus einer Welt, die es auch heute bestimmt noch irgendwo gibt, geprägt durch aufregende Samstagseinkauftouren in die Metro am Rande der Großstadt, Rallystreifen, Intimpiercings, aufblasbare Bizeps, Bierdurst und in der die Bereitschaft – und die Fähigkeit – nach wie vor vorhanden sind, Cindy aus Marzahn zur Symbiose von Philosophie und Erotik zu stilisieren."

Dann stand Natascha auf und stieg aus der Blubberwanne. Mit einem kleinen Siegeslächeln auf den Lippen nahm sie ihr Handtuch und ging.

Dreizehntes Kapitel

Am nächsten Morgen war Natascha schon sehr früh wach. Sie blieb eine Weile lang einfach regungslos in ihrem Bett liegen und ließ den angehenden Tag um sich herum betont langsam beginnen, in ihrer Decke eingemummelt und den Kopf auf ein dickes Kissen gebettet das so weiß und ähnlich knautschbar war, wie ein überdimensionales amerikanisches Marshmallow. Von der geöffneten Terrassentür her fand sie, dass es förmlich nach irgendetwas Undefinierbares aber gleichzeitig Betörendem duftete, ein angenehmer Geruch, der bei ihr unglaublich starke Assoziationen auslöste, die aus der fernen Vergangenheit sommerlich warm und grün und blumig grüßten, die irgendwie vertraut mit Vergangenem eng verknüpft waren und ihre Gedanken fast ein wenig losgelöst von Zeit und Ort schweifen ließen. Es war, wie wenn man damals zum ersten Mal in der freien Natur geschlafen hat oder vielleicht auch wie wenn man sich gerade frisch verliebt fühlt.

Während sie dort ruhig lag und abwechselnd ein bisschen döste oder nachdachte, zwitscherte und kreischte ein kleines Heer von rastlosen Singvögeln irgendwo hinter dem Haus. Sie waren für Natascha natürlich nicht sichtbar, versteckt in den Ästen der vielen Büsche und Bäume, die mit einer Wand aus Blättern eine lückenhafte Grenze zogen zwischen der Hotelanlage, in der sie sich befand einerseits und dem ganzen Rest der weiten Welt, der sich in dieser Stunde noch dahinter verbarg. Gedankenverloren zerrte sie etwas an der Decke, zog sie ein bisschen höher bis ihre Schultern wieder zugedeckt waren und schielte dann kurz nach links. Dabei sah sie kurz auf Torsten, der noch im Tiefschlaf versunken, scheinbar selig vor sich hindämmerte, seine Polypen der Außenwelt offenbarte und zwischendurch hörbar seinen Rachenraum lüftete. Dabei überlegte sie in aller Ruhe was sie als Nächstes tun könnte, damit der bevorstehende Tag sich am besten, ihren ureigenen

Bedürfnissen entsprechend, entfalten würde. Heute wollte sie für niemanden verantwortlich sein, sie wollte nur sich selbst treiben lassen. Es zeichnete sich rasch in ihren Vorstellungen eine kurze Abfolge von möglichen Handlungen ab, die alle auf Anhieb ansprechend erschienen. Nichts davon war zunächst wirklich aufregend, aber sie gelang sofort zu der Überzeugung, dass sie heute am liebsten ohne jegliche Begleitung unterwegs sein wollte.

Nachdem dies beschlossene Sache war, nahm der Sport- und Wohlfühlgedanke sofort den ersten Platz, die oberste Priorität, an diesem frühen Morgen in ihrem Entspannungskopf ein: sie beschloss den heutigen Tag mit Schwimmen einzuleiten. Sie würde sofort den Pool aufsuchen und erst einmal ein paar Bahnen im Innenbecken zurücklegen. Ihre Vorstellungen verdichteten sich. Sie bildete sich ein, sie würde sich danach in Ruhe ihr Frühstück auf der Restaurantterrasse gönnen. Und dann würde sie sich vielleicht ganz lässig nach Bozen fahren lassen, zum Shoppen und zum Espressotrinken, vielleicht sogar für ein zweites kleines Frühstück. Alles würde Stressfrei sein und vor allem: es würde ohne Torsten und ohne irgendwelche *Action Packages* sein!

Als sich dieser Entschluss in ihrem Kopf nun endgültig herauskristallisiert hatte, durchlief Natascha gedanklich so etwas wie einen Überlegungsparcours ganz praktischer Natur. Beispielsweise, ob es vorteilhafter wäre, mit Bikini und Bademantel in die Pool- und Wellnesszone abzuschieben und dabei Kleidung, Tasche, Portemonnaie, Lippenstift, Handy und alles sonst, was eine zivilisierte Frau heutzutage so benötigt, gleich unter den Arm zu klemmen. Oder vielleicht doch voll angezogen zu gehen und lieber nur die Badesachen in der Tasche zu verstauen? Was würde sie denn tun, wenn Torsten wach werden sollte, während sie sich in der Aufhübschzone noch dem Anziehen widmete? Konnte sie denn überhaupt nach dem Schwimmen ungeschminkt in die Stadt fahren? Wenn nicht, dann wohin mit dem ganzen Zeug, wenn sie es nicht ins Zimmer zurückbringen wollte? Und welche Schuhe sollte sie denn dabei tragen? Sie konnte doch nicht mit ihren guten Schuhen zum Hallenbad gehen! Oder mit den Flip-Flops in die Stadt.

„Mann O Mann, alles megakompliziert, so früh am Morgen..." flatterte ihr der Gedanke wie ein quirliges Summgeräusch quer durch den Kopf während sie sich vom Bett aus umschaute. Wenigstens hatte sie ihre Nägel bereits gestern Abend noch gemacht: *Made of Steel* hieß das Zeug, sah aber rattenscharf aus.

Sie war eigentlich noch ein bisschen zu müde, um einen richtigen handfesten Plan zu schmieden, doch als ihr Blick an einer Tasche eine Sekunde lang buchstäblich hängen blieb, keimte doch plötzlich eine Idee auf: Da sah sie so einen Shopper, eine dieser größeren Taschen, bei der man die Riemen über die Schulter legen kann während der Beutel mit dem Arm und Ellbogen gegen den Körper geklemmt wird. Die Tasche lag in diesem Moment plattgedrückt am Ende des Sofas. Schnell fing sie nun an zu überlegen, was zu tun wäre. Wenn sie sich jetzt komplett anziehen würde, würde alles länger dauern und sie müsste damit rechnen, dass Torsten es irgendwann doch mitbekommen würde. Aber wenn sie nur mit Bikini und Bademantel, was sich im Bad ganz flott anziehen ließe, unterwegs wäre, müsste sie nur einen kleinen Stapel Klamotten schnell in den Shopper hinein befördern, dazu noch ihren Geldbeutel und das absolut Minimum an Kosmetik. Und an ihre Schuhe, die neben dem Eingang standen, müsste sie auch unbedingt denken! Sie könnte einfach nachher die nassen Sachen sowie ihre Flip-Flops in eine Plastiktüte tun, alles in der Tasche deponieren und das ganze Paket an der Rezeption der gleichen freundlichen Chinesin, die ihr auch anschließend ein Taxi nach Bozen besorgen würde, anvertrauen.

Torsten drehte sich zwischenzeitlich auf die andere Seite, das Gesicht nun zur Wand, und schnaufte kurz aber heftig in sein Kopfkissen, so als würde er Trüffel aufspüren. Dann bewegte sich nichts mehr, außer das rhythmische auf und ab der Decke, das durch seine Atmung verursacht wurde. Aber da war Natascha schon längst mucksmäuschenstill im Bad verschwunden.

„Was willst du denn eigentlich in der Stadt?" erkundigte sich eine innere Stimme während sie vor dem Spiegel kurz verharrte und ihr Gesicht kritisch musterte.

„Heute will ich einfach nur glücklich sein!" kam ihr spontan gedanklich die Lösung der Frage, ohne dass sie dabei an die junge Chinesin denken musste. „Und ein bisschen Abenteuer. Na ja, oder vielleicht auch nicht. Selbst Torsten hatte gestern auch noch was von Abenteuer gebabbelt, oder? So bestimmt nicht, aber vielleicht sollte sie doch…"

Sie beschloss, dass es hiermit auch gut war, dass dies als legitime Antwort durchaus taugte, während sie gleichzeitig und flüchtig wieder an die Rezeptionistin dachte, die fortlaufend mit Glücksprophezeiungen um sich warf, wie ein bierseliger Jeck es wohl beim Karneval mit Konfetti tut.

Das Schwimmen war nicht wirklich Sport für Natascha, sondern bestenfalls der Versuch, durch Bewegung den Kopf freizuschalten. Das Innenbecken war hier im Hotel eher klein, aber dadurch, dass sie um diese Uhrzeit ganz alleine unterwegs war, machte es ihr heute nichts aus. So schwamm sie tiefenentspannt ihre Bahnen zur Fensterfront samt Bergblick hin, während sie konsequent die Retourstrecke in Rückenlage zurücklegte. Zwischendurch kraulte sie zwar ein bisschen aber meistens beließ sie es einfach beim entspannten Brustschwimmen. Sie war komplett gechillt und amüsierte sich, in dem sie ihr leicht verzerrtes Spiegelbild im polierten Blech der Decke über dem Becken immer wieder betrachtete. So pendelte sie hin und her, zwischen Bauch und Rücken wechselnd, eine halbe Stunde lang. Als es dann sieben Uhr wurde, beschloss sie, nun frühstücken zu gehen.

Sie stieg aus dem Wasser, trocknete sich rasch ab mit einem der großen und sehr flauschigen Handtücher, die hier überall auslagen, und zog sich dann an. Glücklicherweise hatte sie beim Packen der Tasche noch rechtzeitig daran gedacht, ihre schöne Unterwäsche mitzunehmen. Auch wenn das blöderweise noch einen zusätzlichen Ausflug in das

Schlafzimmer erforderlich gemacht hatte, den sie jedoch geschwind und geräuschlos auf Zehenspitzen absolviert hatte. Sie hätte es sich selbst zwar nicht so genau erklären können, wenn man sie danach gefragt hätte, aber es war ihr plötzlich ausgerechnet jetzt und heute extrem wichtig. Als sie sich anzog, wurde es ihr erst schlagartig bewusst, dass sie es sich heute ausdrücklich wünschte, sich sexy zu fühlen.

Um kurz vor halb acht saß sie bereits als erster Gast am Tisch auf der sonnendurchfluteten Restaurantterrasse und bestellte ihren inzwischen ritualisierten Jasmintee. Als der Kellner das Kännchen brachte und ihr einen guten Appetit wünschte, stellte sie aber ohne Bedauern fest, dass sie noch überhaupt keinen Hunger verspürte, trotz der zahllosen leckeren Sachen, die zur Auswahl am Buffet vor ihr ausgebreitet lagen.

Noch nicht einmal der Duft des Essens kam wirklich an sie heran.

Und, mit einem Mal spürte sie, dass sie plötzlich noch deutlich weniger Sitzfleisch als Hunger hatte. Sie schaute einmal kurz auf ihre Uhr, stand kurzentschlossen auf und ließ den heiß dampfenden Tee einfach am Platz stehen. Es war noch früh, eigentlich viel zu früh um ausgerechnet in Italien in die Stadt zu fahren. Sie wusste aber innerlich, dass nun die Zeit für ein lang fälliges Durchstartmanöver gekommen war, auch wenn sie sich noch nicht so wirklich bewusst war, wie es aussehen sollte. Einen heißen Dampfmeier – so nannte sie scherzend immer ihren liebgewonnenen Cappuccino – sowie ein Sandwich oder ein leckeres Gebäckteilchen, vielleicht mit Mandeln oder Vanillecreme gefüllt, würde sie sicherlich auch irgendwo in der Innenstadt bekommen.

Sie war plötzlich sehr unruhig. Sie musste ohne Verzögerung los, mahnte eine aufdringliche Stimme aus der hintersten Ecke ihres Abenteuerkopfs. Ansonsten lief sie Gefahr, dass Torsten womöglich lässig, gemütlich, treudoof oder, mindestens genau so problematisch, noch geistig abgekoppelt aufgrund morgendliche hormonelle Fehlsteuerung um die Ecke geschlendert kam und ihr den schönen Tagesausflug schon mit seiner bloßen Anwesenheit zunichtemachte.

Die dauerbeglückte, strahlende junge Chinesin an der Rezeption bot sofort für die kurze Fahrt in die Innenstadt einen kostenlosen Fahrdienst des Hotels an. Natascha freute sich hierüber, doch als die junge Dame sich hartnäckig danach erkundigte, wohin die Reise genau gehen sollte, zog sie es vor, höflich aber bestimmt abzulehnen und bat stattdessen darum, doch lieber ein Taxi zu bestellen.

Nur wenige Minuten später setzte sie ihre Sonnenbrille auf und stieg hinten rechts ein in einen kleinen, dunkelblauen Wagen, der vorgefahren kam, gelenkt von einem dicken, älteren Mann mit Bierbauch, Glatze und auffällig fleischigen Ohrläppchen. Aus einem winzig kleinen Lautsprecher am Armaturenbrett tönte lautstark und ziemlich blechern, irgendeine italienische Schlagerschnulze.

Sie zog die Tür fest hinter sich zu und dann war sie schon weg.

Vierzehntes Kapitel

Es war schon fast halb neun, bevor Torsten überhaupt wach wurde. Zunächst rollte er sich nach rechts, etwas schwerfällig noch, da wo er eigentlich seine Gattin um diese Uhrzeit anzutreffen erwartete. Die Augen noch fest verschlossen, ließ er seine Hand ziemlich genau dorthin greifen, wo er Nataschas Busen vermutet hätte. Vorausgesetzt, sie wäre neben ihm im Bett anzutreffen gewesen.

War sie aber nicht, stellte er schaftrunken fest. Eine Stimme im Kopf meldete Fehlanzeige ans Stammhirn:

„Neustart!" lautete die Botschaft.

Torsten stöhnte noch völlig übermüdet. Wahrscheinlich saß sie gerade in der Keramikabteilung fest, oder vielleicht war sie dabei, irgendetwas an ihrem Aussehen zu ändern oder zu tunen? Die Dusche hörte er jedenfalls nicht. Er öffnete die Augen ein wenig und sah, dass die Terrassentür immer noch gekippt war, so wie sie sie am Vorabend gelassen hatten als sie schlafen gegangen waren.

Das hieß für ihn, dass sie definitiv nicht draußen vor der Tür saß.

„Scheiße, Mann..." murmelte er leise und schüttelte sich leicht. Gestern schon, nach dem Tandemflug, war sie nur noch bitchy mit ihm gewesen, ja sogar richtig garstig. Seine Frau besaß scheinbar noch nicht einmal mehr einen Anflug von Humor. Immerhin hatten sie ja alles blendend überstanden, es war ja niemand dabei draufgegangen. Natascha war aber ungefähr so charmant ihm gegenüber gewesen wie eine giftige Schlange, die an chronischen Schluckbeschwerden litt. Sie hatte ihn den ganzen Abend behandelt wie einen Asozialen, wie irgendeinen beliebigen Pfosten mit Vollschuß. Einfach so. Dabei wollte er doch immer nur Spaß mit ihr haben. Darum ging doch alles im Leben, oder? Einfach Spaß haben. Was denn sonst? Sie war doch manchmal so verdammt kompliziert, dabei müsste sie sich doch nur `mal gehen lassen, einfach ab und an locker sein. Einfach so wie er!

Aber so waren sie nun, die Weiber! War das denn alles so schwer zu verstehen?

Neustart war angesagt.

Und überhaupt: Wo blieb sie denn eigentlich? Wie lange wollte sie denn noch auf dieser Schüssel da drinnen sitzenbleiben? Gab's da ein Problem?

Das Hotel war gar nicht so übel, sinnierte er dann wieder zwischendurch einen Moment lang. Sie hatten sogar richtige deutsche Armaturen im Bad. Hansgrohe und so…

„Schatz!" rief er in Richtung Badezimmertür. „Wo bleibst du? Kommst du dann noch mal ins Bett?"

Keine Antwort.

„Mein Gott!" seufzte er. Es war ja schlimm genug für ihn, dass sie schon das komplette Register der verbalen Gemeinheiten so gnadenlos gut beherrschte, dieses nuancenreiche, fein abgestufte Anscheißverfahren mit dem sie imstande war, scheinbar mühelos die Frontallappen eines jeden erdenklichen

Gegners neutronenbombenartig und endgültig zu neutralisieren, nur noch einen akuten Gehirnmuskelkater zurücklassend.

Aber ihr Schweigen konnte ja noch fieser sein.

Er hielt kurz inne. Der Begriff Frontallappen gefiel ihm irgendwie ausgesprochen gut, er klang in seine Vorstellungen fast ein bisschen zweideutig.

"Beinah obszön schön, oder?" überlegte er sich spontan während er sich gedankenverloren zwischen den Beinen griff und seine Kronjuwelen, die unter der warmen Decke gerade am Bein festklebten, neu ordnete. Dabei dachte er nun wieder an seine Frau.

„Ach ja, Natascha!" nahmen seine Gedanken wieder allmählich Fahrt auf. Anscheißverfahren. Ja, genau! Aber wenn sie einmal schwieg, dann konnte es erst richtig heftig werden…

Dann rief er nochmals, diesmal aber deutlich lauter als gerade eben:

„He, Baby! Kommst du da heute noch mal raus?" wollte er wissen.

„Und nun? Wo ist sie denn jetzt hin?" wollte Carola von ihm wissen. „Was meinst du?"

Torsten saß auf der Terrasse vor ihrem Hotelzimmer und schenkte sich ein zweites Glas Wasser ein. Das Telefon lag dabei auf dem Tisch und war auf Lautsprecher gestellt. Er schaute einmal kurz nach links und rechts, ein tatortverdächtiger, konspirativer Schnellblick, fast so als würde er heimlich befürchten, Natascha doch noch irgendwo mit Tarnkappe im angrenzenden Gestrüpp zu entdecken und beim Telefonat mit Carola ertappt zu werden.

„Keine Ahnung," gab er dann murmelnd zu und rutschte etwas tiefer in seinem Stuhl.

„Na ja…" antwortete Carola nach kurzen Zögern. „Sie war ja nie ganz einfach, deine Natascha. Das wissen wir ja schon. Es ist mir schon immer ein Rätsel gewesen, wie du mit ihr klarkommst. Aber das weißt du ja sowieso schon, brauch´ ich dir ja nicht immer wieder zu erklären, oder?"

„Tja, manchmal stelle ich mir schon auch die Frage, wie man noch mit ihr zurechtkommen kann," Torsten stützte sich mit beiden Ellbogen auf die Tischplatte während er auf das Telefon schaute und vor sich hinmurmelte. „Früher war das alles anderes, glaube ich zumindest. Sie ist so schwierig geworden..."

„Nee, war es nicht. Du hattest bloß nicht die volle Checkung. Sonst hättest du ja gleich gewusst, worauf du dich mit ihr einlässt," entgegnete Carola sehr bestimmt und mehr als nur einen Hauch vorwurfsvoll. Sie war offensichtlich heute wieder nicht danach aufgelegt, Torsten zu schonen.

„Stimmt so nicht ganz!" protestierte Torsten jetzt. Er war inzwischen ordentlich gekränkt. „Das Problem ist nicht so sehr Natascha, glaube ich, sondern vielmehr dieser Vollidiot Oliver. Dieser Arsch mit Ohren mischt sich doch in alles ein."

Carola hielt kurz inne, bevor sie antwortete. Als sie sprach, klang sie plötzlich verhältnismäßig milde gestimmt.

„Nun, mag sein, dass Oliver sich ziemlch viel `rausnimmt. Aber ich glaube nicht, dass er das wirkliche Problem ist. Deine Natascha ist dagegen einfach hochkompliziert, das ist die traurige Wahrheit. Und es wird auch nicht besser, das hast du ja schon begriffen, oder?"

„Wie kommst du denn jetzt da drauf?" fragte Torsten, etwas verunsichert.

„He! Denk´ doch nur mal nach!" schoss Carola zurück. „Sie wird doch auch älter, noch unsicherer. Die ist sowieso jetzt schon total zickig, macht dann zwischendurch auch noch so einen auf beinah mütterlichen Gutmenschen. Aber guck´ sie dir doch genau an, da ist doch gar nix stimmig oder glaubwürdig bei ihr: sie ist doch barbarisch was ihre CO^2 Bilanz angeht, deutet aber permanent mit dem Finger auf andere Menschen, die gesundes Fleisch essen, die einfach ein schönes Steak genießen wollen! Und sie selbst frisst aber in der gleichen Zeit sämtliche Weltmeere leer. Und wenn ich an ihre Klamotten denke! Voll unkritisch, ob Gore Tex oder genmanipulierte Baumwolle oder was auch immer! Das juckt sie alles nicht die Bohne…"

Torsten versuchte zu beschwichtigen:

„Du, ich glaube nicht, dass da irgendwas so schlimm dran ist, an dem du da alles aufzählst. Sie lästert schon dann und wann über dich, das wissen wir ja, aber wahrscheinlich bloß, weil sie dich nicht leiden kann. Weil du bei ihr einen besonderen Stellenwert hast, wegen uns damals und so. Bei Anderen ist es ihr auch ziemlich egal, ob sie sich von Sülze oder sonst was ernähren. Eigentlich ist sie ja nicht so, eher gechillt. Davon abgesehen, weiß ich, dass sie genauso argumentieren könnte, dass deine Grillteller in spe gigantische methanmäßige Löcher in die Ozonschicht furzen. Und mich würde es kein bisschen wundern, wenn sie sogar irgendeinen Beweis herzaubern könnte, in dem irgendwo amtlich belegt ist, dass jeder beliebigen Schweinefarm mehr zur Zerstörung der Umwelt beiträgt, als der ganze Frankfurter Flughafen es je zu tun …"

Carola schnitt ihm das Wort ab.

„Hör´ mal! Das bisschen Fleisch, das ich esse, stammt von Kühen, die auf der grünen Weide draußen in der Natur stehen! Das ist nicht nur gesund, es ist auch so was von gut für die Umwelt!" blaffte Carola ins Telefon. „Die Viecher sind richtig glücklich. Merk dir das einfach `mal! Und lass' dich hierüber nicht permanent auf irgendwelche Diskussionen ein!´

„Ist mir persönlich ja auch völlig egal," sagte Torsten, nun absolut genervt während er gleichzeitig gedanklich mit Natascha und Carola und naturnahen Kuhfladen auf der Weide jonglierte. Es dämmerte ihm allmählich, dass auch Carola heute nicht dazu geneigt war, mit ihm zu sympathisieren, nur weil er wieder einmal Opfer von Nataschas undurchsichtiger Willkür war. Ganz im Gegenteil. Aber er brauchte heute einfach Unterstützung. Zuspruch. Egal welcher Art.

Also beendete er das Gespräch nicht.

„Sie ist tierisch ungerecht. Und sie hat Panik," stellte Carola fest. Ihre Stimme beruhigte sich, während sie weiterredete. „Sie weiß, dass man sie eines Tages durchschauen wird. Sie wird dann als inhaltlose Konsumtussi entlarvt werden, seelenverkrüppelt und hohl wie ein Schokoladenhase. Du wirst dann vielleicht schon weg sein und sie wird begreifen, dass es nicht mehr so läuft wie früher."

„Wieso früher?" hakte Torsten nach. Er verstand momentan eigentlich nur Bahnhof. Und der kam in diesem Telefonat nicht vor.

„Ja, mit früher meine ich…" fuhr Carola fort. „Na ja, am Anfang haben ja die Mädels bei der Partnerwahl meistens das Sagen. Ist ja klar, auch wenn ihr Typen es in der Regel gar nicht so richtig checkt. Mit zunehmendem Alter geht dieses Privileg aber dann doch häufiger auf die Männer über, wenn wir Frauen nicht wachsam sind. Darum hat sie jetzt Angst und wird bestimmt alles tun, um dich an sie zu binden. Sie wird immer wieder versuchen, dich zum Lappen zu erziehen, ohne Rückgrat und ohne echte Eier. Das kann man ja jetzt schon öfter beobachten. Auch wenn du es noch gar nicht bemerkt hast, wir Frauen haben nun mal ein sicheres Gespür für so was! Selbst Oliver hat damals…"

„Was hast du denn plötzlich immer mit Oliver am Hut?" wollte Torsten verwundert wissen. „Der ist ja wirklich der Letzte, den ich…"

„Du hast mich nach meiner Meinung gefragt. Unterbrich' mich dann doch nicht permanent und hack doch nicht immer auf Oliver `rum!" feuerte Carola zischend zurück. Dann aber war sie wieder ganz ruhig.

Das ganze Gespräch fühlte sich heute irgendwie nicht gut an. Es fühlte sich heute überhaupt nichts gut an, kam ihm dann der Gedanke. Gar nix. Natascha war nur noch am `rumspinnen, Carola wollte ihn partout auch nicht so wirklich verstehen. Für Torsten fühlte es sich ein bisschen an wie mit Natascha damals, vorletztes Jahr, als er mit ihr auch schon mal einen ziemlichen Stress auszubaden hatte. Eigentlich war das Ganze von ihm selbst verursacht worden, zumindest sah Natascha es bis heute immer noch so. Nur weil er ihr einmal richtig Kontra gegeben hatte, als sie ihn versehentlich bei einer Fahrt zu irgendeinem Shopping Outlet in Richtung Frankreich so richtig in die Grütze gelotst hatte. Er hatte kurz vorher gelesen, dass der

Hippocampus, der unter anderem wohl der räumlichen Orientierung dienlich sein soll, bereits ab dem zwanzigsten Lebensjahr mit ein oder zwei Prozent jährlich schrumpft. Er war damals ziemlich sauer gewesen und hatte ihr deswegen fieserweise deutlich gemacht, dass sie nicht erst warten musste bis sie siebzig wäre bevor kaum mehr als eine Walnuss im Schädel zurückbleiben würde. Natascha war wiederum so aufgebracht, dass sie anschließend wutschnaubend ausgestiegen und mit der Bahn nach Hause gefahren war.

Da war die Stimmung zu Hause anschließend dann einfach unvorstellbar fotzig gewesen, was aus heutiger Sicht nicht wirklich überraschte. Das musste Torsten selbst auch einsehen. Aber als er beispielsweise leidend wie ein geschundener Hund kurz danach von einem Zahnarzttermin zurückgekommen war, bei dem er zwei Weisheitszähne hatte ziehen lassen müssen, litt Natascha nicht so wirklich mit. Es gab keinen Deut Mitgefühl und schon gar nichts was er hätte abends essen können obwohl das Loch in der Magengrube vor dem Schlafengehen größer war, als jene im Kiefer. Natascha verwies bloß auf einen trockenen Streuselkuchen vom Vortag und auf die, aus seiner Sicht durchaus berechtigte Frage, wie er denn nun sowas überhaupt essen sollte, warf sie vor seinen Augen alles in den Thermomix und drehte den Schalter auf Stufe zehn.

Als die Höllenmaschine das Gebäck nach ein paar Sekunden in seine einzelnen Moleküle zerlegt hatte, beschied sie ihm mit sanfter Stimme:

„Hilfe zur Selbsthilfe, Darling. Strohhalme gibt es ja schließlich in diesem Haushalt genügend!"

Dann war sie zu Verena abgezwitschert.

Torsten schüttelte sich kurz bei dieser Erinnerung und beschloss, das Telefonat mit Carola besser zu beenden. Er sollte jetzt lieber das Buffet ansteuern bevor es abgeräumt würde.

Frauen waren einfach immer unglaublich anstrengend.

Fünfzehntes Kapitel

Wie sie es schon richtig vermutet hatte, war es in der Tat viel zu früh gewesen, um schon in die Stadt zu fahren. Natascha bereute ihre Entscheidung jedoch keinen Sekundenbruchteil lang. Sie meinte stattdessen, jeden einzelnen Meter wohltuend zu spüren, den der leider etwas mürrische Droschkenfahrer zwischen ihr und das Hotel und somit auch Torsten zurücklegte. Heute Morgen war jedes erdenkliche Maß an Entfernung gleichbedeutend mit einem Vielfachen an wiedergewonnenen und mit allen Sinnen spürbarer Unabhängigkeit. Der Mond würde heute Nacht voll sein, in das dritten Viertel übergehen. Es war die Zeit für Taten gekommen. Die kommenden Tage und Nächte versprachen nichts weniger verheißungsvoll als Verschönerung, Vollendung und Selbsterkenntnis.

Als das Taxi nach ein paar Minuten unten in der Stadt ankam und sie noch nicht so genau wusste, wohin sie eigentlich wollte, bat sie den Fahrer zunächst einmal, weiter zu fahren. Einfach solange, bis sie ihn zum anhalten auffordern würde, gab sie zu verstehen. Er zuckte nur kurz mit den Schultern in Erwiderung, lächelte leicht verständnislos, und gab dann ihren Instruktionen entsprechend wieder Gas.

Wenig später, sie fuhren gerade an der alten Chiesa dei Domenicani vorbei, erspähte Natascha plötzlich auf der linken Strassenseite zwischen einigen kleinen Läden eine kleinere Kaffeebar, die augenblicklich sowohl authentisch, als auchsympathisch auf sie wirkte.

„Halt!" befahl sie lautstark aus dem Fond des Wagens. „Hier. Jetzt!"

Sie tippte den Fahrer aufgeregt auf die Schulter und machte ihm deutend unmissverständlich klar, dass er sofort auf der Stelle anzuhalten hatte. Auf der Rückbank des Taxis kramte Natascha hastig einen zwanzig Euro Schein aus ihrem Portemonnaie, reichte ihn nach vorne dem Fahrer, zwischen den Vordersitzen, und verzichtete auf das Wechselgeld –

falls es überhaupt welches gegeben hätte. Ohne sich zu verabschieden, stieg sie rasch aus dem Taxi und, nach einem flüchtigen Blick nach links und rechts, überquerte sie flugs die Strasse.

Ein seltsames Gefühl fing an, sich in ihr breit zu machen, so als würde die ganze Welt sich in diesem Moment scheinbar nur um sie drehen, nur um sie alleine. Dabei fühlte sich die Morgensonne unheimlich gut an, die Luft war um diese Stunde noch angenehm klar und frisch und das Geräusch des zunehmenden Berufsverkehrs, dass sie normalerweise wahrscheinlich als störend empfunden hätte, nahm sie so gut wie gar nicht wahr.

Im Café herrschte eine seltsame Art der Betriebsamkeit, als sie eintrat. Es schien alles leicht hektisch aber gleichzeitig ruhig und fließend zu verlaufen, so wie es wohl nur in Italien möglich ist. Die meisten Gäste waren Männer, stellte sie schnell fest, und bestellten lediglich einen Espresso und ein kleines Gläßchen Wasser dazu. Sie tranken alles im Stehen am Tresen zügig aus und verließen die Bar nach wenigen

Minuten wieder, meist mit einem lautstarken Abschiedsgruß. Die beiden Damen, die hinter der Theke ihren Dienst taten, zwei freundlich lächelnde aber – so schätzte es Natascha zumindest ein – irgendwie auch in den wesentlichen Dingen des Lebens schweigsame Signoras, etwa Mitte Dreissig, erwiderten die ihnen entgegengeschleuderten Grüße meist nicht direkt, sondern nickten allenfalls in der groben Richtung des abreisenden Gastes, allerdings auch nur, wenn sie es selbst für angebracht hielten.

„Frauen haben ein Gespür für so was!" schmeichelte die Hinterkopfstimme.

Natascha nahm Platz an einem kleinen runden Tisch, direkt am Fenster, und legte ihre Jacke und Handtasche vorsichtig auf den Stuhl gegenüber. Ihr iPhone legte sie in die Mitte des Tisches, gut im Blickfeld. Es war der erste Tisch in einer Reihe von vier, die entlang einer auf halber Höhe verspiegelten Wand aufgestellt waren. Durch die beiden gegenüberliegenden Spiegelwände erschien die Bar riesig groß, fast wie ein kleines Schloss von Versailles, ausgestattet mit viel Chrom und einer blankpolierten Espressomaschine als krönenden Mittelpunkt des Thronsaals.

Sie fühlte sich sehr wohl und entspannt hier und jetzt. Sie spürte instinktiv, dass dies ein wunderbarer Ort für Kopfkino war und befand sich bereits in der Vorschau, als die Bedienung mit einem freundlichen *Prego!* den ersten Cappucino, den sie noch im Vorbeigehen am Eingang bestellt hatte, auf den Tisch stellte und schnell wieder hinter ihrem Tresen verschwand.

„Frauen wollen doch immer nur Emotionen!"

Dieser Gedanke entfaltete sich so unübersehbar breit in Nataschas Kinokopf wie der Vorspann mit den brüllenden Löwen beim Auftakt eines jeden Metro-Goldwyn-Mayer Films auf der großen Leinwand.

„Na ja, Männer aber eigentlich auch," dachte sie sofort danach. Sie wusste, dass das ja auch irgendwie letztendlich stimmen musste. Sie meinte sogar, etwas Tröstliches bei diesem Gedanken zu empfinden.

„Aber sie geben sich dauernd mit weniger zufrieden," konterte daraufhin eine trotzige Stimme, die irgendwo aus ihrem Hinterkopf schallte. „Mit viel weniger!"

Dann fing die Stimme genüsslich an, aufzuzählen:

„Sex. Autos. Geld. Macht. Lottospielen oder sogar Fußball!"

Natascha dachte kurz nach und entschied sich, die Stimme in ihrem Bewußtsein möglichst im Moment auszuschalten. Sogleich beschloss sie, eine Weile lang an diesem Ort die Zeit verstreichen zu lassen und, mangels sinnvoller Alternativen, einfach nur nach dem Strom der vorbeieilenden Männer zu gucken – so wie die Männer es vermutlich ebenfalls taten, wenn Frauen ihren Weg kreuzten.

Sie schaute sich um und sah auch gleich, dass sie hier für ihr Vorhaben bestens platziert war. Die Bar war recht klein und auf ihre Art ansprechend, aber nicht wirklich übermäßig gemütlich. Das versprach reichlich Durchgangsverkehr und es minimierte gleichzeitig das Risiko, dass sie in irgendwelche überflüssigen Gespräche verwickelt werden könnte. Für Anmache hatte sie keinen Nerv. Die Sonne schien freundlich draußen. Das Café lag an einer gut frequentierten Strasse und es war noch ziemlich früh – aber inzwischen nicht mehr zu früh! – am Morgen.

Sie fragte sich, plötzlich neugierig, wie die italienische Übersetzung von *Rush Hour* wohl heißen würde?

Sie nahm ihr iPhone in die Hand. Die Übersetzer-App behauptete flugs: *Ora di punta*.

Ob´s richtig war oder nicht, war ihr plötzlich wieder egal. So beschloss sie stattdessen, lieber etwas Vernünftiges zu trinken, während sie weiterhin interessiert die kleine Prozession der Männer begutachtete, die sich meist nur Zeit für einen kurzen Koffeinkick gönnten, bevor sie wieder in Richtung Arbeit oder anderswohin verschwanden.

Das Erste, was ihr unerwartet auffiel, während sie ein paar Minuten später an einem Gläschen Prosecco nippte und was sie als wohltuend empfand, war die Tatsache, dass die meisten Männer, die es hier zu beobachten gab, es offenbar verstanden, gut angezogen zu sein. Anders als sie es in ihrem Urlaubserinnerungskopf bislang erlebt und abgespeichert hatte, Urlaube, in denen die Menschen immer grob und ungehobelt zu sein schienen, dort in den Hotelanlagen wo sie mit Torsten, und davor mit Oliver, hinzufahren pflegte. Wo die Menschen selbst in den Flieger mit Jogginghose bekleidet, stiegen. Dabei war es ihr völlig egal, ob da C&A oder H&M oder D&G draufstand. Es war einfach primitiv.

„Früher zog man sich an, wenn man in die Stadt ging, oder auf Reisen unterwegs war," bestätigte die gleiche schädelinterne Stimme, die nur Minuten zuvor noch herablassend bissig über die emotionalen Ersatzbeschäftigungen und alle sonstigen denkbaren Unzulänglichkeiten von Männern zu lästern gedroht hatte. Ihr Unterbewusstsein schien sich wieder mit ihr versöhnen zu wollen.

Sie schaute in die Gegend herum und ließ die Zeit verstreichen. Der Typ Macho war hier natürlich gebührend vertreten, stellte sie bald und ohne allzu große Überraschung fest. Sie waren überwiegend mit Highlights wie einer schönen Uhr oder glatten braunen Lederschuhen ausgestattet, was sie als positiv und manchmal sogar als schön wertete. Aber leider auch des Öfteren mit gegelten Haaren, sowie schauderhaft üppiger Brustbehaarung, die lässig zur Schau getragen wurde und die Natascha höchstens an die neuen Filzmatten in Torstens Audi erinnerte. Allerdings stufte sie sowohl solche Kerle als auch deren Filzmatten, als ähnlich erotisierend ein. Oder Genauer gesagt: eher als ganz und gar unerotisch. Die meisten Vertreter dieses Männertypus, die hier aufkreuzten, dürften wohl um die Ende Dreissig, Anfang Vierzig gewesen sein. Frauen waren für sie wichtig, aber niemals auf Augenhöhe gewünscht, sondern lediglich als Bettwärmerinnen oder Ersatzmuttis zu gebrauchen. Diese Typen waren zwar die lautesten, hatten aber hier ganz offensichtlich am Wenigsten zu sagen, zumindest wenn Natascha sich die Reaktionen der beiden Frauen hinter der Theke als Maßstab nahm.

„Arschloch," tönte es von der Regie im Kopfkino immer wieder, kurz und knackig. Ihr kam Verenas Fabio wieder in den Sinn.

„Weiter gucken," befahl die Stimme „Gibt bestimmt noch was Besseres…"

Ebenfalls zahlreich vertreten in der Kaffeebar nahe der Chiesa dei Domenicani, aber dennoch nicht ganz so häufig anzutreffen wie die Machos, waren die ortsansässigen Armanis. In Nataschas Kopfkino waren diese Typen wohl die angesehenen Banker, Ladenbesitzer und Businessmen. Sie trugen schicke Kleidung, manchmal sogar einen dunklen Anzug, und die Uhren, die sie trugen, waren auch sehr schön. Sie waren so gut wie nie goldfarbig, fiel ihr sofort auf. Das wäre dann doch eindeutig zu prollig gewesen. Die Armanis waren alle scheinbar Mitte Vierzig oder gar älter und verkörperten für Natascha den beinah perfekten, sogar märchenhaften, Sicherheitstyp. Sie waren alles andere als laut, besaßen aber durchgehend eine bestimmte Gravität, eine Anziehungskraft die es ihnen ermöglichte, aufzufallen, ohne auffallend zu sein. Beim Abschied lächelten sie und bekamen, wenn sie wieder gingen, meist auch ein reizendes Lächeln von den beiden Baristas zurück geschenkt.

„Gefährlich!" urteilte die Stimme aus dem Off in Nataschas Kinobirne gnadenlos. „Sie brauchen eine Frau als Gegenüber auf der Bühne, auf der sie immer um ihren Erfolg spielen wollen oder müssen, aber das Stück ist leider allzu oft Teil eines Wanderzirkus und es sind die Statisten, ihre Frauen, die es zuletzt erfahren und das Wenigste zu sagen haben!"

Ernüchtert durch diese Botschaft, bestellte sich Natascha noch ein zweites Glas Prosecco und fuhr fort mit ihren Beobachtungen. Sie schaute kurz auf ihr iPhone. Es gab immer noch keine Nachricht von Verena. Das war irgendwie seltsam.

Buon giorno, Bella! Lebst du noch? tippte sie und schickte die Nachricht los. Sie legte das Telefon wieder auf den Tisch.

Heute hatte sie Zeit. Nur mal zwischendurch pieseln gehen und dann gleich weitergucken...

Ebenfalls vertreten, wenn auch deutlich seltener, waren jene Typen, die vermuten ließen, dass sie irgendwie eine kreative oder gar bohemische Veranlagung auslebten. Sie waren einfach megacool. Sie strahlten eine Aura aus, als könnten sie jeder Form, jeder Farbe, jeder Seele ohne Mühe Leben einhauchen. Auf geheimnisvolle Weise verstanden sie die Welt um sich herum, und auch die Menschen die sie bevölkerten, zu deuten und umzudeuten und immer wieder neu zu präsentieren. Sie waren gut gekleidet aber nicht schick im konventionellen Sinne, so wie es in Katalogen oder in der Werbung zu sehen ist. Stattdessen trugen sie Jeans, oder lässige Schals, oder gar bunte Sneakers mit dem gleichen Selbstbewusstsein, als würden sie einen handgefertigten Brioni Anzug zur Schau tragen.

„He, Vorsicht!" mahnte die Hinterkopfstimme schon wieder, diesmal sehr aufdringlich. „Diese Jungs sind alle Fata Morganas. Sie sind Illusionisten, sie gestalten Träume! Sie verstehen zwar Emotionen, keine Frage, aber genau darum muss man aufpassen: Sie spielen oder handeln auch damit."

„Mensch, irgendeinen Tod müssen wir ja alle irgendwann sterben!" konterte Natascha kühl. Sie war jetzt etwas angefressen, dass die nun lästige Kopfstimme immer darauf bestand, Recht zu haben. Sie seufzte leicht, als sie das Kopfkino ausschaltete.

Und dann, kaum wahrnehmbar, vibrierte der Tisch leicht. Nataschas iPhone hatte soeben ein deutliches Lebenszeichen von sich gegeben. Aber bitte hoffentlich keine Nachricht von Torsten? Sie hielt den Kopf leicht schräg, während sie auf das Display schielte und las:

Hi, meine Liebste! Was macht die Sonne? Tut mir leid, dass ich mich nicht gemeldet habe. Emotionaler Kater. Weißt ja, wenn der sexuelle Reiz des Neuen so schnell vergeht wie er entsteht. So stand's jedenfalls neulich irgendwo in der Bunten oder dem Stern. Alles nachvollziehbar. Hast du denn schon deine neue Tasche? Und übrigens: meinst du, dass Fabio in Verona wirklich glücklich ist? Bussi, V.

Verena hatte sich endlich gemeldet! Natascha nahm das Telefon in die Hand und wählte die Nummer ihrer Freundin, was gar nicht mehr so einfach war. Sie war jetzt nicht nur ein klein bißchen angeschickert von dem Prosecco, sondern auch plötzlich sehr aufgeregt.

Es war schon kurz nach zwölf Uhr mittags als Natascha stehenblieb und noch ein oder zweimal tief Luft holte, mitten im allgemeinen Gewusel das tagsüber in der Via del Portici herrschte und aus einem bunten Völkergemisch bestand, nämlich aus betuchten älteren Damen, konsumgeilen Gören – die zwar fast alle uneingeschränkt shoppingbegeistert waren, aber leider auch überwiegend mittellos – sowie ganzen Busladungen desorientierter Touristen, die ständig lautstark untereinander klagten, dass alles hier viel teurer wäre, als zuhause in Castrop-Rauxel. Sie trat in den schattigen Gang unter den Arkaden, die nun, nach dem ganzen Chrom und den Spiegeln des Vormittags sehr gediegen auf sie wirkten, fast ehrwürdig sogar, und öffnete die Glastür hinter der sich das Rifugio verbarg.

Dann trat sie ein.

Natascha sah, dass Stefano gerade in diesem Moment mit zwei, wie sie sehr schnell heraushörte, amerikanischen Touristinnen beschäftigt war. Er schaute flüchtig in ihre Richtung und lächelte, so wie sie meinte, leicht verschmitzt. Natascha überlegte sich, ob es wirklich so war, oder ob sie es vielleicht nur so gedeutet hatte aufgrund des vielen Kaffees und des Proseccos den sie intus hatte. Jedenfalls bekam sie sofort mit, dass hier bei den beiden Ladies alles ziemlich *awesome!* war und zwischendurch auch mal wieder *delightful!* Sie wollte nicht stören und beschloss darum, die Auslagen schweigend zu inspizieren um die Zeit zu überbrücken. Sie vermutete, dass, gemessen an Anzahl und auch Größe der Tüten, die beide Touristinnen schlussendlich aus dem Laden schleppten, die heutige Visite aus Amerika für Stefano und den Südtirolerischen Einzelhandel wahrscheinlich eine ziemlich lukrative gewesen war. Er hielt höflicherweise die Tür auf als die beiden Ladies, miteinander schnatternd wie ein paar Gänse aus einem modernen, mondänen Disneymärchen, den Laden freudestrahlend verließen. Stefano strahlte ebenfalls über beide Ohren, als er sich umdrehte und von dort, wo er stand, in Nataschas Richtung schaute.

„Warum strahlte er denn so?" fragte sie sich, plötzlich tief verunsichert.

Und binnen weniger Millisekunden schossen bei Natascha eine Vielzahl von Fragen durch den Kopf. Ihr Gemüt glich plötzlich einem wild um sich drehenden Gefühlskarusell.

„Lächelte er wirklich wegen ihres Besuches oder strahlte er bloß wegen des guten Geschäfts? Aber nein, vielleicht war es ganz anders! Die eine da, die war eigentlich sogar sehr hübsch gewesen!"

Natascha dachte dabei an die Blonde, nicht die mit den rötlichen Haaren, das war ihr natürlich keinesfalls entgangen. Vielleicht hatte Stefano sich doch ein bisschen in sie verguckt?

Rasend schnell fing sie an zu überlegen:

Amerikanerinnen, besonders diese Sorte, waren doch alle total oberflächlich, dass wußte man doch von Filmen und so, sowas konnte ein Mann wie Stefano bestimmt gar nicht gut leiden. Er bräuchte bestimmt eine Frau, die was kann, nicht nur so eine Puppe. Oder eventuell doch? Die eine, und zwar ausgerechnet die Hübsche, die hatte Stefano doch ganz süß angelacht als sie mit ihrer Freundin den Laden endlich verlassen hatte. Oder war es vielleicht sogar ihre Schwester? Das machte sie ja bestimmt auch nicht nur so, oder? Ihre Augen hatten geglänzt, ihre makellos weißen Zähne auch. Selbst ihre Lippen hatten geleuchtet wie eine Leuchtboje in der Finsternis!

Natascha fragte sich, wie lange die beiden denn überhaupt da gewesen waren, hier bei Stefano? Während sie in der Kaffeebar gesessen und die Zeit totgeschlagen hatte! Der Laden war ja schon seit fast drei Stunden offen! Diese beiden Schnitten hatten doch bald den halben Laden leergekauft, da waren sie ja sicher nicht nur eine halbe Stunde drin gewesen! Sowas könnte man höchstens seinem Friseur erzählen, oder? Eine Tüte mehr und sie hätten einen Transporter gebraucht, so einen Sprinter oder wie die verdammten Dinger auch immer heißen mochten, um die ganze Beute wegzuschaffen!

Vielleicht waren die beiden vermögend, so richtig reich? Wer weiß? Aus Hollywood oder Miami oder Manhattan oder so? Vielleicht stand Stefano sogar auf Frauen mit Geld? Aber woher konnte er sich denn sicher sein, ob's ihr eigenes Geld war, oder ob es nicht doch von irgendwelchen alten, fetten Säcken mit Halbglatzen stammte, die zu Hause die Sau rausließen und ihre Sekretärinnen nach Herzenslust vögelten, während die Gattinnen in Europa Lustkäufe tätigen durften? Hatte Stefano sich womöglich sogar mit den beiden – oder einer davon! – verabredet? Wenn ja, dann bestimmt mit der Blonden...

Vielleicht waren sie heute nicht zum ersten Mal da? Und Blondie oder Debbie oder Amy oder wie auch immer die Ami-Weiber verdammt noch mal alle hießen, jedenfalls die, die gerade so bezaubernd gelächelt hatte, die mit den strahlenden Augen und dem Super-Lip-Gloss-Abo, sie trug ja auch noch ein Top mit einem Dekolleté, das bis zum Blinddarm alles offen zur Schau stellte! Wenn Stefano nicht über Nacht an Augenkrebs erkrankt war, dann müsste er praktisch mit ihren Spießnockerln per du sein! Es ging ja gar nicht anders! O mein Gott! Natascha durchforstete ihr Gedächtnis hastig, um nochmals zu eruieren, ob der Busen der Amerikanerin eigentlich größer oder kleiner als ihr eigener war. Gefielen Stefano eher Frauen mit kleineren Brüsten, oder stand er womöglich auf was handfesteres, sozusagen richtige Titten? Wie die Supervixens von Russ Meyer, dieser alte Film irgendwann aus den Siebzigern über der Oliver sich früher einmal so begeiert hatte? Oder war das alles für Stefano vielleicht gar nicht so übermäßig wichtig? Nee, das konnte bestimmt nicht sein. Oberweite musste einfach wichtig sein für einen Mann! Bestimmt! Und die Figur überhaupt! Und was war mit der Größe? War diese Ami-Trulla nun größer als sie selbst, oder war sie vielleicht doch etwas kleiner? Natascha versuchte sich krampfhaft daran zu erinnern, welche Schuhe die Lady gerade getragen hatte. Absätze? Wie war denn..."

Natascha war kurz davor, das Rifugio schleunigst wieder zu verlassen. Ihr war plötzlich danach, einfach panikartig unkontrolliert aus der Tür zu stürmen, so als würde in ihrem Kopf ein riesiger Schwarm aufgebrachter Bienen wild umherschwirren und tödlich zustechen, wenn sie nicht sofort und auf der Stelle irgendetwas tat. Egal was! Ihr Schnallenbegutachtungskopf rotierte so atemberaubend schnell um die eigene Achse, wie die Früchte in der großen Küchenmaschine ihrer Lieblingseisdiele, wenn sie sich im Sommer bei Pepe einen Smoothie bestellte, wobei ihr wirklich alles außer Himbeer recht war!

Es blubberte nun ein einziger Gedanke in ihr hoch, zunächst sehr langsam, dafür aber baute sich in ihr nun rasend schnell immer mehr Druck auf, so wie ein Geysir in irgendeinem dämlichen bärenverseuchten Nationalpark aus Blondies Heimat, aus dem der heiße Dampf haushoch und postkartentauglich in den Himmel sprudelt:

„Weg hier! O, mein Gott! Nur weg!" dachte sie als die Verzweifelung in ihr hochkochte und gleich aus ihr herauszuplatzen drohte. „Ich glaube, ich halt´s hier nicht aus, ich schreie gleich!"

Und dann stand Stefano dicht vor ihr, drückte seine angenehm warme Wange einfach dreimal kurz – links, rechts, links – an ihre eigene und berührte dabei mit seiner rechten Hand flüchtig ihre Schulter.

„Ciao, schöne Frau! Freut mich, dass du wiedergekommen bist! Ich hatte eigentlich schon befürchtet, du schaust womöglich gar nicht mehr vorbei. Wie wäre es mit einem Espresso oder einem Cappucino?"

Sechzehntes Kapitel

Auch wenn sie schon den ganzen Vormittag damit beschäftigt gewesen war, sich in der kleinen Bar Kaffee und Prosecco einzuflößen, konnte Natascha Stefanos Angebot jetzt auf keinen Fall so ohne weiteres ausschlagen. Das war jetzt schon viel zu knapp gewesen! Obwohl es ihr, im Nachhinein gesehen, eigentlich hätte klar sein müssen, dass hier permanent den ganzen Tag lang irgendwelche Frauen ein und ausgingen, genau wie sie selbst und, schon lange zuvor, auch Verena es getan hatte. Jetzt, als sie wieder hier im Laden stand, musste Natascha sich eingestehen, dass sie sich bislang der ständigen Gefahr weiblicher Feindberührung einfach nicht so richtig bewußt gewesen war.

Auch nicht, dass das Thema ihr überhaupt wichtig war...

Halt! Stopp! Innehalten! rief eine mahnende Stimme aufgebracht aus ihrem Beziehungskopf und verlangte von ihr auf der Stelle eine sehr verbindliche Auskunft:

Was wollte sie denn jetzt überhaupt hier und, noch genauer ausgedrückt, von diesem Taschenverkäufertyp?

Nachdem sie nun schon zwei Espressi miteinander getrunken hatten, überraschte Stefano sie, in dem er eine gut gekühlte Flasche Champagner hervorzauberte, aus einem kleinen Kühlschrank, der anscheinend in einem Lagerraum hinter dem Laden verborgen stand. Er holte zwei zierliche, langstielige Gläser, woher auch immer, hielt sie gegen das Licht während er sie kurz aber wissend inspizierte und, nachdem sie scheinbar für uneingeschränkt gut befunden wurden, stellte er sie auf die Glasfläche des Tresens. Dann öffnete er die Flasche mit einem leisen Ploppgeräusch und schenkte feierlich lächelnd ein. Einen kurzen Augenblick lang bewunderte Natascha die unzähligen kleinen Bläschen, die, weil die Gläser auf dem Tresen von unten beleuchtet wurden, wie lauter zarte Fäden aus winzigen, glitzernden Perlen oder Weihnachtskugeln aussahen. Stefano schloss die Flasche wieder und stellte sie in den Kühlschrank zurück. Dann stießen sie miteinander an und plauderten weiter, was nun ganz problemlos ging, da Stefano unmittelbar nach der Verabschiedung der beiden kauffreudigen Amerikanerinnen, seinen Laden nun für zwei Stunden abgesperrt hatte.

Es war nämlich jetzt Mittagspause. Und die nahm man hier in Bozen nicht nur im Rifugio sehr ernst. Stefano hatte Natascha zwar angeboten, in einem der vielen kleinen Restaurants, eine Kleinigkeit mit ihr essen zu gehen, aber Natascha konnte nicht zustimmen. Sie wollte die beinah vertraute Geborgenheit dieses Orts nicht wieder verlassen, nie wieder. Sie wollte heute keinesfalls und um nichts auf der Welt diese spontan entstandene konspirative Zweisamkeit gegen das rauschende Leben vor der Tür, in den engen Gassen und Strassen von Bozen, eintauschen. Hinzu kam, dass sie nicht die geringste Lust hatte, durch irgendeinen saudummen Zufall Torsten über den Weg zu laufen, auch wenn die

Wahrscheinlichkeit bei genauerer Überlegung eigentlich gegen Null ging.

Genau das konnte Natascha heute und jetzt am allerwenigsten gebrauchen. Also heuchelte sie charmant beschwippst Appetitlosigkeit und plädierte dafür, einfach dort zu bleiben, wo sie gerade waren.

Die Zeit flog indessen rasend schnell dahin und sie sprachen über alles, was ihnen so in den Sinn kam. Sie fand Stefano einfach umwerfend, er war total sympathisch und vor allem empathisch: er verstand sie, besaß Manieren und auch Feingefühl, da gab es gar nichts zu zweifeln. Und Überhaupt: Es kam Natascha vor, als hätte er Verständnis für Dinge, die sie einem Mann gegenüber bisher nie hätte ansprechen wollen oder können. Und, ebenso wichtig, er besaß scheinbar von Natur aus das erforderliche Maß an Sensibilität, immer das Richtige hierzu zu sagen, oder auch einfach einmal verständnisvoll zu schweigen, wenn es angebracht war.

Stefano war, stellte Natascha immer wieder fest, sowas wie das tausendprozentige Gegenteil von

Torsten. Er würde von einer Frau bestimmt nie und nimmer erwarten, die immer wieder auftretenden burnout-, liebeskummer- oder saufkomabedingten Regenerierungsurlaube seiner diversen, in den wesentlichen Dingen des Lebens unfähigen Kumpels zu begleiten oder sogar aktiv zu unterstützen. Oder dass die Frau an seiner Seite sich in ihrer ebenfalls knappen Freizeit neben Haushalt und allgemeiner Verpflegung so wie Beschaffungen aller Art, auch noch lästigen Kleinreparaturen und Instandhaltungsarbeiten widmete. So erging es beispielsweise Natascha gerade neulich mit der Reinigung der Dachrinne an der Garage, während Torsten vorgab, sich von einer übermäßig anstrengenden Woche erholen zu müssen, in der er eigenhändig die EDV-mäßige Erfassung von beheizbaren Schminkspiegeln, Kloschüsseln und genormten Röhren für die Entsorgung fäkalienhaltiger Abwässer für die Nachwelt sicherte. Und zwar so inbrünstig, als würde er womöglich noch in diesem Leben den Nobelpreis dafür ausgehändigt bekommen!

„Och, Baby! Mach' du doch schon `mal wenn's dich stört. Oder, wenn's dir nix ausmacht, kann ich mich ja später noch drum kümmern..." war da als Standardspruch zu hören, in seinem ausbaufähigen Repertoire der Erwiderungen, wenn sie dann und wann etwas von Torsten benötigte, was nicht in direktem Zusammenhang stand mit seinem Auto, dem Fernseher, oder seinen eigenen, zwischenzeitlich allerdings spürbar passiver werdenden, sportlichen Aktivitäten.

Selbst die Reise nach Mailand hatte er ihr solange madig gemacht, bis sie sich in einer Art familiären Chinatown samt Kulturfusion wiederfanden, was sie ihm, allerdings im Nachhinein betrachtet, zumindest diesmal nicht mehr wirklich verübelte.

„He, selber schuld isser!" frohlockte eine schrille, fiesklingende, frauenschädelinterne Stimme, die Natascha aber nicht wirklich auf Anhieb zuordnen konnte und über die sie selbst ein bisschen erschrak. Sie war ja sonst eine treue Seele und hegte dieser Art hämischer Gedankengänge eher selten.

Aber sie war nun endlich aus dem Alter heraus, in dem sie Männer permanent bemuttern wollte bloß damit sie immer wieder ihre eigene Wichtigkeit ausleben oder zur Schau stellen konnten. Wenn sie einen Moment innehielt und nüchtern darüber nachdachte, war Torsten im direkten Vergleich zu Oliver zwar schon beziehungstechnisch gesehen als deutlicher Fortschritt zu werten, aber die vorläufige Bilanz blieb trotzdem am Ende aus ihrer Sicht noch dürftig. Das war wohl leider eine universelle Erfahrung von Frauen wie ihr, sinnierte sie weiter, die sich zwar einbildeten, die Typen von der Sorte Stehpinkler wären eindeutig die stärkeren Partner – und die besseren Lover sowieso! – sich aber sich anschließend endlos zermürbten bei der Aufgabe, mit unglaublich viel Liebe, Geduld und Aufmerksamkeit genau diese Kerle zu Sitzpinklern umzuerziehen, weil sie damit, zumindest aus ihrer ureigenen weiblichen Sicht, sozialverträglicher wären.

Aber: Bis auf den Sex waren dies nämlich haargenau die dieselben Bedürfnisse, die bislang von den Müttern dieser Männer im Vorleben ausreichend versorgt wurden. Und dass die Mutti, die sich selbstlos um ihren Sohn kümmert, ja bekannterweise sowieso alles besser kann, davon wussten bestimmt die meisten Schwiegertöchter dieser Welt in kollektiver Resignation ein trauriges Lied anzustimmen!

„Tja, und dann wundern sich Legionen von Ladies auch noch über das ganze Ausmaß des Elends..." monierte jetzt die lästernde Hinterkopfstimme mit einem unüberhörbaren selbstgefälligen Unterton.

Irgendwann kam das Gespräch auch noch auf Verena, die liebe Freundin, die ja im Grunde genommen den Anlass dafür geliefert hatte, dass Natascha das Rifugio überhaupt erst aufgesucht hatte. Dies war aber allerdings ein etwas sensibles Thema, über das Natascha verständlicherweise nicht wirklich alle Einzelheiten Stefano gegenüber berichten – oder beichten? – wollte.

„Manches bleibt dann einfach doch besser unter Frauen!" dachte sich Natascha und schmunzelte innerlich eine Sekunde lang. Alle geheimen

Kopfstimmen gaben ihr hierbei übereinstimmend Recht, was selten der Fall war. Sie hoffte, dass dieser Konsens nicht dadurch bedingt war, dass sie schon zum wiederholten Mal an diesem Tag ein wenig beschwipst war.

„Ich glaube..." gab Stefano zu bedenken als er sein Glas ausleerte – er pausierte ungewöhnlich lange, wohl um seine Gedanken möglichst passend zu formulieren – „...ich denke, dass Verena, wenn sie denn so vielseitig, so klug, so hübsch ist, wie du sie mir schon beschrieben hast, vielleicht mit der Angst leben muss, dass Männer von ihr eingeschüchtert sind. Vielleicht ist es einfach so, dass sie von der Art Männer, zu der sie sich hingezogen fühlt, als unnahbar empfunden wird, weil sie womöglich zu überlegen wirkt. Und dass es darum den Mann, den sie zu finden hofft, nicht geben wird oder einfach nicht geben kann. Diejenigen, die es mit ihr wirklich auf Augenhöhe aufnehmen könnten, nteressieren sie leider nicht, weil sie nicht wie Fabio auftreten. So bleibt ihr

Traummann lediglich ein blutleeres Phantom in ihre Vorstellungen."

Er schaute kurz auf seine Uhr und seufzte leise. Er würde bald wieder das Geschäft aufschließen müssen.

„Die Geschichte erinnert mich an einen ganz alten Song aus Amerika. Es heißt *Operator* und handelt von der Einsamkeit, von einem Mann, der ständig bei der Telefonauskunft anruft und mit jemandem aus der Vergangenheit verbunden werden will, von dem er sich Liebe und Verständnis verspricht. Diese Person gibt es aber in Wirklichkeit gar nicht, darum erzählt er der Stimme von der Vermittlung immer alles über seine eigene Vergangenheit, seine innere Verzweifelung. Es ist ein sehr schönes Lied, hoffnungsvoll wenn auch gleichzeitig ziemlich bittersüß."

„Sind wir dann womöglich auch so was Ähnliches wie die Nullelfachtundachtzig in Verenas Seelenleben?" fragte die Hinterkopfstimme. Natascha war nun selbst etwas verunsichert.

„Was genau sollte Verena denn tun, deiner Meinung nach? Die einzigen Männer, die sie wohl wirklich verstehen, sind meistens älter als sie. Aber genau das will sie nicht. Aus ihrer Sicht darf die Zukunft nie wirklich kommen, die Gegenwart niemals enden. Es ist ein bisschen so, als dürfe die Zeit niemals ohne sie weitergehen. Bei so einem Mann, denke ich, hätte sie tierische Angst, dass sie ihn eines nicht so fernen Tages womöglich füttern müsste."

Stefano stützte sich mit beiden Ellbogen auf den Tresen während er Natascha zuhörte. Als sie ihren Satz zu Ende gesprochen hatte, richtete er sich auf, hielt inne und grinste kurz. Er nahm Nataschas Einwand sehr ernst, aber es war klar, dass er trotzdem ein anderes Bild im Kopf hatte.

„Aber so ein Mann wäre vielleicht auch der Einzige, der sie füttern würde, wenn ihr etwas zustoßen sollte, was im Leben nun mal passieren kann. Das habe ich selbst auch schon mehr als einmal beobachten müssen. Ein Fabio würde das natürlich niemals tun, da bin ich mir todsicher. Sich bewußt fallenlassen sollte man wirklich nur dann, wenn man der felsenfesten Überzeugung ist, ein anderer Mensch ist wirklich von Herzen bereit einen aufzufangen. Es gibt Menschen, die lassen sich einfach immer durch das Leben tragen, mal von den Eltern, mal vom Staat, oder von der eigenen Partnerin. Sie können nicht noch jemand anderen tragen, dazu sind sie einfach nicht fähig. Und das ist nicht eine Frage von Alter, sondern von Beständigkeit, und dem Maß an Liebe und Verständnis füreinander. Daran sollte Verena vielleicht auch einmal denken. Die Zukunft findet nie ohne einen selbst statt, weil man vor ihr nicht davonlaufen kann. Umgekehrt ist es aber ganz einfach, sich in einem Menschen zu täuschen, weil man eine vorübergehende Begierde mit der Zukunft und all seine Sehnsüchte verwechselt..."

Dann ging er langsam hinüber zur Tür und schloss sie auf. Dabei sah er Natascha ununterbrochen an. Draussen strömten ganze Hundertschaften an dem kleinen Laden vorbei, so kam es Natascha jedenfalls vor, aber es schien sich gerade kein Mensch auf Erden für das Rifugio zu interessieren. Stefano schaltete die

Innenbeleuchtung wieder ein und nahm wortlos die leeren Tassen und Gläser vom Tresen. Er stellte alles in den kleinen Raum hinter der Kasse.

„Weisst du, was ich glaube? Die Menschen sollten besser auf sich und auch auf einander aufpassen..." rief er über seinem Schulter aus der Hinterstube, während er das Geschirr abstellte. Als er wieder herauskam, ging er langsam auf den Stuhl zu, auf dem Natascha immer noch saß. Dabei sprach er weiter.

„Viel zu viele Menschen säen nicht mehr, sie meinen, sie müssten immer nur ernten. Sie neigen einfach dazu, sich so zu verhalten, als würden sie nur heftig an einem Baum rütteln müssen in der Erwartung, ein paar Früchte der Liebe würden ihnen entgegenfallen. Stattdessen schütteln sie mit der Zeit aber die ganzen Blätter und auch die Blütenpracht dieses Gewächses herunter. Zum Schluß stehen sie dann knietief im toten Laub um zu bemerken, dass es nun zu spät ist, dass da oben gar keine Früchte hängen, weil sie nie Gelegenheit bekamen, zu reifen. Dann ist es zu spät, dann wächst gar nichts mehr. Der

Baum ist kahl, er ist noch nicht einmal mehr schön anzuschauen. Und satt wird auch niemand mehr davon."

Nataschas Gedanken wanderten spontan zurück nach Deutschland, in den Garten hinter dem Haus und speziell in den Spätherbst, dann wenn sie den Rechen in die Hand nehmen musste, um alles um die Terrasse herum winterfest zu machen. Bei dieser Arbeit war bislang Torsten nie dabei gewesen. Es gab da immer Winterreifen, Inventur in der Firma, oder ähnlich Wichtiges zu erledigen. Sie sah bildlich vor ihren Augen, wie sie immer wieder vor den Bäumen stand und schräg nach oben schielte, den Blick auf das nackte Geäst gegen den Hochnebel des grauen Novemberhimmels gerichtet, während sie die wohltuende Sonne und Wärme wieder herbeisehnte. Stattdessen aber spürte sie, wie der leicht feuchte, modrige Geruch von zerfallendem Laub langsam in ihre Nase stieg und die feuchtklamme Kälte wie eine gierige Hand boshaft nach ihr griff, so als würde sie sich um ihren Hals legen. So als wäre endloser Schlaf in der dunklen Jahreszeit die einzige Belohnung dafür, dass man Einsamkeit tapfer ertrug, selbst wenn man nicht alleine war.

Die beiden standen ganz hinten im Laden und begannen sich ungestört zu küssen, wild und zärtlich zugleich, bis dann doch ein kleiner dezenter Glockenton an der Tür ertönte, um das Eintreten kaufinteressierter Kundschaft anzukündigen.

Siebzehntes Kapitel

Zum wiederholten Mal platzte es aus Torsten heraus, diesmal richtig laut: „Kacke, Mann! Was soll denn jetzt der ganze Scheiß?"

Er saß breitbeinig an der Bettkante, mit nur ein paar schwarzen Shorts bekleidet und schnappte sich grob ein rotes Shirt mit einem Bayern München Logo drauf, das zufällig in seiner Nähe lag. Binnen Millisekunden knüllte er das Kleidungsstück fest zusammen, als wäre es ein feuchter Schwamm, den er auspressen musste und feuerte es wütend quer durch den Raum. Dort wo es aufschlug, in der leeren Ecke des Schlafzimmers, die sich zwischen einem kleinen Sofa und der offenen Terrassentür befand, ungefähr drei Meter von der Stelle wo er gerade saß, blieb es auf einem kleinen, aber stetig wachsenden Haufen anderer Kleidungsstücke liegen, die ebenfalls alle auf ähnlicher Weise in den letzten Minuten den Weg dorthin gefunden hatten.

Draußen, auf dem grauen Fliesenboden der Terrasse, lag Nataschas Lieblings-Desigual-Shirt, wo sich ihre Flugbahn mit einer in Wege stehenden Holzklappliege unglücklich getroffen hatte.

„Elender verdammter Bockmist!" blaffte er wütend während er in Richtung der inzwischen geöffneten Badezimmertür schie te. Irgendetwas, irgendetwas Undefinierbares, lief gerade ziemlich schief in seinem Leben, überlegte er sich und alles, was er in diesem Moment wusste war, dass es wohl eindeutig auf die andauernden Spinnereien seiner ständig zickigen Gattin zurückzuführen war. Irgendwie beschlich ihn heute das Gefühl, dass sie einfach überhaupt nicht mehr gewillt war, ihn zu respektieren.

Da hatte Carola, seine gute alte Freundin, auf die mehr Verlass war, als auf alle anderen Menschen, die ihn auf dieser Welt umgaben und begleiteten, wahrscheinlich wirklich den Nagel auf den Kopf getroffen. Auch wenn er nicht immer einer Meinung mit ihr war, sie verstand doch die Welt und dazu die Menschen und ihre Macken. Das musste er ihr zugestehen. Auch wenn es ihn wurmte, dass sie es seit Jahr und Tag schaffte, ihn konsequent hinzuhalten während in ihm der heimliche Wunsch nach wildem Versöhnungssex mit ihr immer weiter gereift war, wie es sonst nur alte Weine noch können.

„Meine Carola, wenn es dich nicht gäbe…" tröstete ihn der Gedanke, der für ihn so etwas wie ein Schutzwall gegen all die zahllosen Ungerechtigkeiten war, die seine angetraute Natascha fähig war, über ihn einbrechen zu lassen, obwohl sie behauptete ihn mehr als alles andere auf dieser Welt zu lieben.

Doch, das war's nämlich was ihn nervte! Ihre Art, verbalen Blitzkrieg gegen ihn zu führen. Wohldosierte Hiebe, meistens völlig unerwartet und manchmal hundsgemein! Hatte er bestimmt nicht verdient…

Nachdem er beschlossen hatte, sie keinesfalls anzurufen, zog er sich rasch an und fuhr mit dem Fahrstuhl geradewegs in das Fitness Center. Er würde ihr niemals hinterher telefonieren. Warum denn auch? Er war wieder einigermaßen mit sich im Reinen. Den vorherrschenden Zustand hatte er sich soweit verständlich gemacht. Er hatte rationalisiert und geklärt und war zu dem Ergebnis gekommen, dass es klar und eindeutig Natascha war, die einzig und alleine die Verantwortung dafür trug, was auch immer als Nächstes passieren würde, auf ihrem gemeinsamen – oder eben doch nicht mehr so gemeinsamen? – Lebensweg.

Im Fitnessraum ruderte er eine ganze Weile lang wie ein Besessener. Dann strampelte er eine gefühlte Ewigkeit am Fahrradtrainer. Anschließend lief er, bis er aus allen Löchern zu pfeifen drohte. Und als er endlich fertig war, fiel ihm nichts Anderes ein als das ganze Programm noch einmal durchzuziehen. Immer mit Blick durch die große Panoramaglaswand, hinunter auf Tausende von Dächern der Stadt Bozen, die vor ihm von der Sonne freundlich angestrahlt wurden. Dort unten, wo der tote Eismann schwieg und matt schimmerte, irgendwo im Häuserwirrwarr, in seiner eisigen Hightech Gruft. Dort, wo auch der Turm der Chiesa dei Domenicani in den Himmel ragte, in Richtung Gott senkrecht zeigend, und dort, wo es eine

Kaffeebar mit verspiegelten Wänden gab, wo im Gewusel der verwinkelten Strassen und Gassen, die Via del Portici versteckt lag. Und wo, obwohl er es weder wissen noch richtig ahnen konnte, seine Natascha untergetaucht war.

Als er nach seinem zweiten Durchgang mit dem Trainieren endlich fertig war, schnappte er sich ein kleines weißes Handtuch von einem Stapel, der fernöstlich akkurat neben dem Eingang auf einem kleinen Tisch stand und rubbelte sich die Schweißperlen noch einmal vom Stirn und Nacken während er sich im Spiegel kritisch betrachtete. Er ließ das feuchte, nun stinkende Handtuch in ein kleines Alukörbchen fallen, das neben der Tür hierfür bereitstand und begab sich ohne Umweg direkt in die Duschräume. Während er noch unter der warmen Brause stand, nur wenige Minuten später, beschloss er, dass er als Nächstes unbedingt die Bar auf der Dachterrasse aufsuchen würde. Er war heute mit sich selbst höchstzufrieden, hatte er doch eine derart hervorragende Leistung im Studio abgeliefert. Nun konnte er sich mit bestem Gewissen etwas Gutes gönnen, er hatte es sich ganz sicher verdient.

„Tja, meine Frau hat heute richtig was verpasst..."

Der Gedanke kam ihm plötzlich als er noch dabei war, die Treppen nach oben hinaufzusteigen, immer zwei Stufen auf einmal nehmend.

„Aber sie hat es selbst zu verantworten, sie hat sich das selbst so ausgesucht," tröstete er sich dann sofort wieder. „Selber schuld! Vielleicht wird sie eines Tages doch noch kapieren, was sie eigentlich an mir hat..."

An der Bar angekommen, stellte er sofort zwei Dinge von elementarer Bedeutung fest: Erstens, die Theke war gerade nicht besetzt. Zweitens, er hatte die Qual der Wahl bezüglich der einzunehmenden Blickrichtung. Vor ihm lagen schon wieder die Dächer von Bozen, die er nun schon zur Genüge kannte. Oder aber, wenn er sich an die andere Ecke der Bar setzte, hatte er den Blick frei in Richtung einer Art Wintergarten mit einer breiten Glasfront, hinter der eine Gruppe von acht Frauen gerade dabei war, ihre Pilates- oder Aerobic- oder was auch immer für übungen abzusolvieren. Vor der Gruppe, sozusagen am Kopfende des Raums und somit ihm direkt gegenüber, stand eine junge und ziemlich attraktive Frau, die zwar mühe-, aber offenbar auch gnadenlos die Gruppe vor ihr durch die verschiedensten Übungen peitschte. Diese Trainerin schaute als Einzige in Torstens Richtung, alle anderen hatten den Rücken zu ihm gedreht, während sie eisern und gemeinsam durch das Programm hechelten.

Torsten entschied schnell, männlich und für seine Begriffe ziemlich pragmatisch: Er hatte von der blöden Stadt und der umliegenden Landschaft für heute genug gesehen. Er setzte sich nun auf den Barhocker, der ihm den Blick nach Rechts freigab.

Den Blick in Richtung Weiber.

Er brauchte jetzt unbedingt etwas Isotonisches! Am Besten wäre natürlich ein leichtes Weizenbier, dachte er. Oder vielleicht auch zwei davon? Die hatte er sich nämlich heute verdient, sagte die Kopfstimme.

Er überlegte kurz, ob es denn so was in Italien überhaupt gäbe? Vielleicht extra aus München importiert?

Während er mehr oder weniger geduldig darauf wartete, dass endlich wieder jemand zur Bar zurückkehrte, um sich um ihn und seine Bestellung zu kümmern, saß er auf seinem Hocker und überflog die eingeschweißte Speise- und Getränkekarte die auslag und alles Mögliche von Protein Drinks über Elektrolyte Brews bis hin zu Low-Carb-Cocktails anpries.

Grünen Tee, Pflaumenwein und Litchischnaps gab es selbstverständlich ebenso, was ihn allerdings inzwischen nicht mehr überraschte oder gar verwunderte, da diese Getränke im Hotel wohl mit dem Glücklichsein assoziiert wurden.

Bevor jedoch eine Bedienung erscheinen konnte, um seine ersehnte Weizenbierbestellung in die Tat umzusetzen, öffnete sich plötzlich die Glastür zum Aerobic-Raum und es erschien, hörbar keuchend, die komplette Gruppe der Frauen, die gerade noch dabei gewesen waren, sich geschlossen als ambitionierte Fatburner hopsend zu verdingen.

Und während der ganze Schwarm von Ladies noch vor dem Raum stand, sich mit ihren Handtüchern den Schweiß abwischten und dabei miteinander entweder gackerten oder unschlüssig überlegten, was sie als Nächstes tun würden oder auch nicht, bog die Trainerin um die Ecke der Theke und ging geradewegs zu einem Kühlschrank, der dahinterstand, mehr oder weniger direkt bei ihm. Torstens Hypothalamus legte, ohne zu zögern, ein kühnes Durchstartmanöver hin und erlöste ihn von den schnöden Weizenbiergelüsten, während sein gesamter Schädelinhalt stattdessen spontan auf Hormonausschüttung umschwenkte.

Das erste, was er unwillkürlich abcheckte, war natürlich ihre Körpergröße und ihre Proportionen. Sie war vielleicht eins siebzig groß oder so, mit kurzen dunklen Haaren, und ganz eindeutig durchtrainiert. Sein Atem stockte aber als er sah, dass ihr Dekolleté großflächig in den schillerndsten Mustern und Farben tätowiert war, so als hätte Ed Hardy ihren Busen als Vorlage für eine ganze Generation von Modeschöpfungen abgekupfert. Für Torsten war der Anblick ähnlich erhaben wie Michelangelos Decke in der Sixtinische Kapelle, nur dass man nach unten gucken musste und nicht nach oben!

„Hast deine Ladytruppe gerade ganz schön angehottet," sprach er sie mit einem breiten Lächeln an. „Die sind ja alle immer noch völlig fertig."

Anstatt gleich zu antworten, blickte die Trainerin nur kurz zu Torsten hoch, während sie eine Wasserflasche aus dem unteren Bereich des Kühlschranks hervorholte und einen kräftigen Schluck daraus nahm. Als sie etwas getrunken hatte, stand sie auf und stellte die Flasche auf den Tresen vor sich. Sie holte ein Glas aus einem Regal oder Fach, das offenbar im Tresen unterhalb Torstens Blickfeld neben dem Kühlschrank war. Aus seiner Perspektive schaute er genau senkrecht in ihrem Sport-BH.

Dann stellte sie sich wieder aufrecht und goss sich das restliche Wasser in ihr Glas. Dabei beäugte sie

Torsten mit einem durchdringenden, aber auch distanziert kühlen Blick.

„Och, ich glaub', du wärst jetzt wahrscheinlich genauso fertig, wenn du mitgemacht hättest."

„Vielleicht. Man weiß es ja nie," sagte er und lächelte weiter. „Aber Kompliment! Du hast in der Tat ein ordentlich strammes Tempo vorgelegt."

Sie trank ihr Glas aus und stellte es in ein kleines Spülbecken hinter der Stelle, wo sie stand. „Danke. Ich wusste nicht, dass du dich berufen gefühlt hast, unser Training zu begutachten. War gut, aber ich denke, wenn man einigermaßen fit ist, dann geht manchmal auch ein bisschen mehr."

„Stimmt. War gut. Wie lange arbeitest du schon als Trainerin hier?" fing er nun an zu baggern. Er sah, dass ihre Handgelenke ebenfalls tätowiert waren. Filigran gezeichnete Muster und ein Drachenkopf schauten aus den Ärmeln ihrer Jacke hervor, die sie nach dem Training übergestreift hatte.

„Och, schon die ganze Saison, bin ja in ein paar Wochen hier schon wieder fertig. Dann geht's wieder ab nach Hause. Ins reelle Leben zurück, sozusagen…"

Dann fügte sie noch hinzu: „Ich studiere ja noch."

„Ach so," antwortete er. „Und wo bist du denn zuhause?"

Es war ihm aufgefallen, dass sie zwar ganz passables Deutsch sprach, aber nichtsdestoweniger einen deutlichen Akzent besaß, der aber mit dem italienischen überhaupt nichts zu tun hatte.

„Ich komme aus Brno, in Tschechische Republik. Ziemlich weit ab vom Schuss, glaubt mir. Kennt kein Mensch. Ich heiße übrigens Regina, alle sagen hier aber Ina zu mir. Eigentlich studiere ich Ernährungswissenschaften, kann dir ziemlich alles über Vitamin D erzählen. Wirklich alles! Hauptsächlich, dass man es mithilfe von Sonnenlicht herstellen kann. Davon gibt's leider viel zu wenig bei mir zuhause. Darum komme ich hierher zu arbeiten. Und um drohende Unterversorgung vorzubeugen, weißt du?"

Sie unterbrach sich kurz, um den letzten beiden verbliebenen Ladies zuzuwinken, die gerade dabei waren, nach unten zu gehen.

„Ciao! Ciao!" rief sie mit einem freundlichen Lächeln den Frauen über Torstens Kopf hinweg zu. „Sehen wir uns Freitag wieder?"

Die zwei Damen bejahten dies einstimmig und zogen erschöpft aber offenbar auch sehr glücklich von dannen.

Brno! Brno! Reimt sich fast auf Porno! kreischte musikalisch belustigt eine pumucklähnliche Stimme in Torstens Hinterkopf.

Er konnte gar nicht aufhören, sie anzuschauen. Er beschloss für sich, ganz spontan und auf der Stelle, dass sie extrem appetitlich aussah. Richtig lecker sogar. Sie war für ihn wie eine amerikanische Geburtstagstorte, bunt und süß und bestimmt angenehm sättigend. Er konnte sich nicht satt sehen, sie war ein erotisches Gesamtkunstwerk und – er hat es soeben ja auch mitbekommen – sie hatte eine unglaubliche Power!

Mein Gott, hat sie schöne, lustige, hübsche, bunte Duddeln! frohlockte die Stimme in seiner Birne. Das Weizenbier war inzwischen endgültig abgehakt, jetzt war lediglich eine Flut von Dopamin und Testosteron angesagt! Von der Hirnrinde bis zu den Frontallappen war der hormonelle Ausnahmezustand bei ihm ausgerufen.

Die Birnenstimme schlug aufgeregt vor, Torsten möge sich gefälligst auf den Hocker stellen und sich tarzanmäßig auf die Brust schlagen.

Das mögen die Weiber! beschied ihm die Stimme kurz und bündig.

Stattdessen stellte er sich nur vor:

„Ich bin Torsten. Bin hier im Urlaub."

„Ach nee!" antwortete Ina.

Dann musterten sie sich über den Tresen hinweg eine flüchtige kleine Ewigkeit lang, vielsagend aber ohne Worte. Sie schauten sich nur an. Es waren vielleicht ein oder zwei Sekunden, in denen sich ihre Augen gegenseitig fixierten – wobei Torstens Blick schon kurzzeitig zwanzig oder dreißig Zentimeter tiefer zu rutschen drohte – aber die Blicke verfehlten ihre Wirkung nicht.

Ina sprach zuerst:

„Du, paß' auf! Ich weiß nicht, wie es um dich steht, aber ich bin nur hier weil ich Fun will. Das Ganze hier bedeutet mir nicht so furchtbar viel. Ich verdiene hier mein Geld, ich sehe die Sonne. Und ich habe Spaß. Verstehst du? Ich denke, du bist wahrscheinlich nicht alleine hier, oder? Was du machst oder nicht, und warum, ist mir egal. Wenn wir uns verstehen, können wir richtig Spaß haben. Okay? Aber mehr nicht. Ganz bestimmt. Verstanden?"

Torsten war nicht wirklich imstande, verbal zu antworten, da er ernsthaft Gefahr lief, an Ort und Stelle loszusabbern. Stattdessen grinste er nur fasziniert vor sich hin, nickte ein paar Mal mit dem Kopf und sagte, so männlich wie es den Umständen entsprechend ging:

„Um hmm!"

Mehr brachte er nicht heraus.

„Cool!" antwortete Ina und lächelte kokett. „Finde ich irgendwie gut. Sag' mal, wolltest du eigentlich etwas trinken? Du scheinst ja schon die ganze Zeit auf dem Trockenen zu sitzen."

„Gibt's denn hier sowas wie ein leichtes Weizenbier für mich?" wollte Torsten dann wissen. „Oder, wenn nicht, einfach ein Wasser?"

„Weizenbier gibt's, glaube auch leichtes…" sagte Ina kurz überlegend und fing augenblicklich in dem Kühlfach an zu suchen. Einen Moment später fand sie tatsächlich die gewünschte Flasche Bier und reichte sie über den Tresen an Torsten weiter, zusammen mit einem Öffner und einem Glas. Dann stellte sie noch eine Wasserflasche und ihr eigenes Glas daneben.

„Auf welche Zimmernummer soll ich das Bier schreiben lassen?" wollte sie von ihm wissen.

„Zimmer achtundachtzig," antwortete Torsten während er anfing, sich ganz vorsichtig einzuschenken. Er musste sich sehr konzentrieren, wenn er sich ein Weizenbier einschenkte, da er es mit schöner Regelmäßigkeit schaffte, seine Umgebung unter einen

Bierschaumteppich zu setzen, wenn er zu Hause dann und wann einen Anflug von bayrische Bierkultur zu pflegen gedachte.

„Okay!" sagte Ina mit fast fröhlich klingender Stimme und kam von hinter der Theke wieder hervor. „Ich muss noch kurz was an der Rezeption erledigen wegen der Teilnehmerliste vom Kurs vorhin, dann bin ich für heute fertig. Morgen hab' ich ja auch frei, darum muss ich es jetzt am Besten sofort erledigen. Ich komme gleich wieder rauf. Wartest du einfach solange hier, oder? Geht das?"

„Klar. Du, ich bleibe einfach hier sitzen bis du wiederkommst," bestätigte Torsten als sie schon im Gehen war. Er hielt sich mannhaft an seinem Weizenbierglas fest und nahm sich fest vor, sich solange nicht vom Fleck zu rühren und einfach zu verstoffwechseln, bis sie wiederkam. Egal wie lange es dauern würde, er würde keinen einzigen Meter von der Stelle weichen.

Als Ina unten in der Hotelrezeption ankam, legte sie die Teilnehmerliste auf den Schreibtisch hinter dem

Tresen. Dann überreichte sie der chinesischen Rezeptionistin den Beleg, den sie soeben für Torstens Bier ausgedruckt hatte

„Hier ist noch ein Beleg aus der Bar oben," sagte sie und drehte sich schon zum Gehen. „Was weißt du eigentlich über den Typ?" Die Frage war ohnehin müßig, da Ina sich gleich nach ihrer Ankunft hier ein Bild darübergemacht hatte, wie zutreffend, oder eben nicht, die Äußerungen ihrer Kollegin bezüglich Männer waren.

„Ist immer sehr glücklich mit Frau, hat Zimmer achtachtzig!" bekam Ina als Rückmeldung von der diensthabenden dirndlbekleideten Chinesin. Sie strahlte ein kollegiales Lächeln in Inas Richtung.

Die Auskunft empfand Ina als eine Bestätigung ihrer eigenen Einschätzung und lächelte fröhlich zurück.

„He, sag' mir mal: Bist du eigentlich ein glücklicher Mensch?" wollte Ina plötzlich von Torsten wissen. „Ich habe nämlich überhaupt kein Vertrauen zu Menschen, die von sich behaupten, dauerhaft glücklich zu sein."

Torsten grübelte nach, wie eine möglichst unverbindliche Antwort ausfallen könnte. Er war's ja momentan eigentlich nicht. Oder doch?

„Du, es wäre übertrieben zu sagen, ich bin super glücklich..." sagte Torsten mit ernster Miene. Die Frage hatte ihn kalt erwischt und er konnte sich noch nicht so richtig vorstellen, wohin Ina den Faden gerade spann. Der Frust und die Unsicherheit des heutigen Vormittags, nachdem er entdecken musste, dass seine Natascha ohne Erklärung und eigentlich ohne erkennbaren Grund verschwunden war, war riesig groß gewesen. In diesem Augenblick allerdings waren diese Gefühle ziemlich verflogen, das musste er sich eingestehen. Er wollte aber trotzdem große Vorsicht walten lassen. Wer wusste denn schon, was Ina mit dieser Frage wirklich von ihm wissen wollte? Seine Gedanken entfernten sich wieder von Natascha und deren launischen Abwesenheit. In seinem Kopf stellte er sich stattdessen lieber ganz lebhaft vor, wie jede

Farbe auf Inas Haut vielleicht eine andere Geschmacksrichtung offenbaren würde, so wie eine Art Haribo Wundertüte. Er fantasierte augenblicklich lieber darüber, dass er ein Vorkoster der Lust sein würde, so wie ein Kind, das die Möglichkeit oder gar die Erlaubnis bekommt, einmal das gesamte Angebot der örtlichen Eisdiele durchzuprobieren.

„Ist mir aber irgendwie anders zu Ohren gekommen," sagte Ina ohne allzu große Umschweife. „Und, na ja, ich habe dir ja auch schon ganz deutlich gesagt, dass ich eigentlich nur Fun haben will…"

„Na, klar! Hab' schon verstanden!" versuchte Torsten sie nun möglichst schnell zu beschwichtigen. „Ich verspreche dir: Brauchst dir überhaupt keine Sorgen zu machen, wir beide verstehen uns super. Ganz großartig gut sogar, glaub' mir! Kein Stress!"

„Denke ich eigentlich auch," meinte Ina und lachte dabei leise. Sie saß mittlerweile ebenfalls an der Bar, auf dem Hocker direkt neben Torsten, und nippte an einer Saftschorle während sie fortfuhr:

„Aber, trotzdem: Ich lasse mich einfach ungern auf irgendwelche Risiken ein."

Sie überlegte kurz.

„Auch beziehungsmäßig, Verstehst du? Ich will da für mich immer Klarheit. Ich bin ein Mensch von der Sorte, der immer ganz genau wissen will, was auf mich im Leben zukommt. Du etwa nicht? Interessiert dich sowas denn nicht?"

„Klar, schon! Aber ich seh's entspannt. Woher soll ich denn bitteschön wissen, was das Leben da draußen in der Zukunft an Überraschungen für mich bereithält?" Torsten kicherte leicht angespannt während er sprach. Das Thema behagte ihm nicht wirklich, er war nun ein klein bisschen nervös geworden.

„He, ist doch ganz einfach!" erwiderte Ina und stellte ihr leeres Glas wieder auf die Theke. „Glaub's mir. Du kannst es dir einfach voraussagen lassen. Das geht. Dann hast du vielleicht auch etwas Neues über dich selbst gelernt und ich bin total beruhigt."

Dann fügte sie noch vielsagend hinzu: „Und wenn ich beruhigt bin, dann kann ich wunderbar unkompliziert sein!"

„O, cool! Dann sage ich dir einfach hier und jetzt auf der Stelle schon einmal die Zukunft voraus!" versuchte Torsten zu scherzen. „Lass uns schon einmal mit dem heutigen Tag beginnen. Ich stelle mir jetzt einen Burger vor. Würzig und scharf wie Chili und ich wäre gerne der Käse, der darüber schmelzen möchte. Ganz eng zusammen in einer weichen Semmel eingepackt. Mit dir..."

„Klingt vielversprechend und auch irgendwie lustig. Ausbaufähig. Die Kombination: Lust und Hunger und so. Aber ich glaube..." sagte Ina mit einem Blick, der sowohl als kokett, aber auch als betont nachdenklich gedeutet werden konnte und den Torsten nicht ganz einzuschätzen wusste. Ina hatte eine megasexy Ausstrahlung, wirkte aber gleichzeitig sehr abgeklärt auf ihn, vielleicht sogar ein klein wenig abgebrüht.

„Bevor wir was tun, was länger dauert oder womöglich Folgen für wen auch immer hat, sollten wir zuerst jemand aufsuchen, die etwas von der Zukunft wirklich versteht! Konsultieren, weißt du..."

„Häh? Was meinst du jetzt damit genau?" stutzte Torsten, nun ernsthaft vom Kurs abgekommen. Irgendwie schien die objektive Realität, die sich zum Greifen nahe angefühlt hatte, gerade gnadenlos an seinen Wünschen und Vorstellungen vorbeizuwandern. Er war schon dabei, mental in den bunten, weiblichen Leckerbissen, der ihm gegenübersaß, lustvoll hineinzubeißen während Ina offenbar gar nicht so auf der Vorstellung einstieg und stattdessen im Geiste lieber erst einmal nach Kristallkugeln und Ouija-Brettern Ausschau hielt.

„Ja, eine Wahrsagerin, was'n sonst? Was denkst du denn? Ich kenne da eine in der Stadt, die Alte ist richtig gut. Bevor es hier womöglich zu irgendwelchen Handlungen kommt, die egal welche Konsequenzen haben könnten, will ich einfach, dass wir beide möglichst genau wissen, wohin wir gerade in diesem Leben steuern. Ich bin der Überzeugung, was auch immer zwischen zwei Menschen geschieht, das

Schicksal muss es auch unbedingt wollen, ganz einfach!"

„Jetzt bin ich aber verblüfft! Woher kennst du denn eine Wahrsagerin? Ausgerechnet hier? Ich meine, hier in Bozen?" wollte Torsten nun wissen. Er klang leicht unsicher, unschlüssig, ob er das wirklich tun sollte, was Ina anscheinend von ihm wollte. Das mit dem Schicksal konnte seiner Meinung nach nämlich alles ziemlich kompliziert sein. Wenn's ganz blöd lief, dann wären Nataschas Obsessionen mit den jeweiligen Mondphasen bloß kalter Kaffee dagegen.

„Ach, war anfangs reiner Zufall. Ehrlich! Sie hat ihre, na ja, Praxis heißt es wahrscheinlich, bloß ein paar Türen weiter als mein Lieblings-Waxingstudio," klärte sie Torsten ganz sachlich auf, während sie nun langsam vom Hocker aufstand und vor ihm begann, sich ein wenig zu räkeln. Sie bewegte sich dabei unglaublich fließend und geschmeidig, ein bisschen katzenhaft, fiel Torsten auf, als sie anfing leicht hin und her zu wippen und sich ein paar Verspannungen, die sie wohl nach dem ganzen Sport mit der Gruppe in ihren Muskeln spürte, auszuschütteln. Auch wenn in manchen Zeitungen oftmals behauptet wird, dass durchschnittliche Männer lediglich alle sieben Sekunden an Sex denken, Inas Bemerkung war schon mehr als ausreichend, um Torsten ganz spontan auf eine deutlich schnellere Taktung zu bringen. Aber es fiel ihm, völlig unerwartet, zunächst nur das Bild von Nataschas Rauhaardackelintimkurzfrisur ein: hübsch, diskret und bestens gepflegt. Diesen Flash fand er plötzlich so richtig gut, summte der Gedanke durch seinen Kopf. Irre kurz und darum so richtig angenehm kratzig, ja sogar megamäßig antörnend. Und gleichzeitig ohne den lästigen Fischgräteneffekt, wenn er sie dort küsste, wo sich die Schmetterlinge versteckt hielten. Der sagenhafte NMF, wie sie gemeinsam die neue Muschifrisur lüstern amüsiert getauft hatten, war für sie jedes Mal ein willkommener Anlass zum Zelebrieren gewesen!

Achtzehntes Kapitel

Natascha saß auf einem kleinen, mit weichem Rauleder bezogenen Sitzwürfel, ihre Gedanken und Gefühle völlig durcheinander gewirbelt, beinah, als würde sie sich in der hintersten Ecke des Rifugios für immer und ewig verkriechen wollen. Sie wusste partout nicht mehr, wo ihr eigentlich der Kopf stand, nach diesen berauschenden Stunden und Minuten, die sie soeben in fast völliger Abgeschiedenheit zusammen mit Stefano verbracht hatte. Sie war ganze Lichtjahre weit weg von ihrem bisherigen normalen Leben und von dem öden Bad Nauheim samt seinen verfressenen Teichenten und zahllosen Betonbauten voller rüstiger Rentner, die eine kleine Industrie benötigten, um in einer grausamen Welt voller Behindertenbarrierer und Verdauungsbeschwerden, glücklich überleben zu können.

Wichtiger noch, vielleicht sogar am Allerwichtigsten: Sie glaubte zu wissen, dass ihr innerster Standort, ihr ist-Zustand, ihr Seelen-GPS, das irgendwo tief in ihrem meist zuverlässigen, mondsensiblen Liebes- und Beziehungsschädel verborgen lag, sich plötzlich meilenweit von ihrem Torsten entfernt befand. Sie war gerade unglaublich weit weg, gedanklich gesehen, nicht nur von ihm, sondern auch von allen gemeinsamen Eindrücken und Erlebnissen. Selbst der gemeinsam angetretene Urlaub samt fernöstlichgeprägter Kulturfusion des Hotels, geographisch gesehen lediglich ein paar Höhenmeter von ihr und dem Rifugio entfernt, war plötzlich weit entrückt, wie ein Traum aus der fernen Vergangenheit.

Sie erschrak heftig bei dieser Feststellung.

Aber es gab hierbei auch etwas ganz Widersprüchliches, womit sie in einer solchen Situation überhaupt niemals gerechnet hatte. Möglicherweise hatte sie es nur scheinbar geschafft, jegliche Gedanken hieran bislang erfolgreich zu verdrängen: Neben dem unbeschreiblichen Hochgefühl, ausgelöst durch die Zeit, die sie soeben mit Stefano verbracht hatte, meldete sich bei ihr auf fürchterlich penetrante Weise ein wahnsinnig schlechtes Gewissen.

Die Kopfstimmen wollten einfach keine Ruhe mehr geben.

Irgendwann würde sie Farbe bekennen müssen und sie ahnte bereits, dass sich dieser Augenblick wohl nicht mehr sehr lange aufschieben lassen würde. Wie könnte sie sonst ihre Abwesenheit Torsten gegenüber plausibel erklären oder gar rechtfertigen? Oder warum würde sie es überhaupt erklären wollen? Und, wenn sie es tat, wie würde sie mit Torstens sicherlich lädierter Eitelkeit zurechtkommen? Für Natascha war klar, er würde ganz sicher zunächst einmal leiden wie ein geprügelter Hund, wenn sie sich wieder begegneten! Es kostete sie grundsätzlich jede Menge Kraft, die Zeit mit Torsten durchzustehen und oftmals sogar noch ein Vielfaches mehr, um ihre Rolle in dieser Beziehung glaubhaft zu verkörpern. Aber es gab bestimmt auch mildernde Umstände, die zu berücksichtigen waren. Torsten war ja letztendlich nicht wirklich bösartig, dachte sie sich. Er war eigentlich kein fieser Mensch, sondern schlimmstenfalls nur unsensibel und zeitweise extrem treudoof. Leider. Vielleicht müsste sie ihm einfach abermals eine Chance einräumen? Immer wieder. Jawohl! Und dann noch eine! Er brauchte sie ja im Grunde genommen, das wusste sie instinktiv. Gerade jetzt. Nüchtern betrachtet, hatte er ja nicht einmal mehr seine doofe, blutrünstige, fleischfressende Carola als Stütze für seine verkümmerte Seele in der Nähe.

Vielleicht war sie mit ihrer Aktion gegenüber Torsten heute gerade tierisch ungerecht gewesen? Vielleicht war es richtig krass und megaschäbig von ihr gewesen, einfach so heimlich auszubüchsen?

Im Urlaub auch noch!

Sie schaute sich im Laden um. Während sie geduldig saß und wartete, war Stefano seit mindestens einer vollen Stunde richtig beschäftigt gewesen. Es kamen immer wieder irgendwelche Frauen von irgendwo her in den kleinen Laden. Manchmal nur um zu schauen, aber auch oftmals, um zu kaufen. Der stetige Strom von Kundschaft wollte heute Nachmittag einfach nicht mehr versiegen.

Das war natürlich alles bestens für Stefano und für das Rifugio, musste sie sich gegenüber kleinlaut zugeben. Aber bloß, weil es fürs Geschäft gut war, hieß es noch lange nicht, dass es sich für sie auch gut anfühlte. Zumindest nicht just in diesem Moment, in dem sie gerade noch so schön schwebte. Sie spürte, dass sie jetzt entweder die ultimative Zweisamkeit mit Stefano brauchte oder, wenn das so nicht möglich war, dann wenigstens die Art Ablenkung, die sie beispielsweise beim Eintauchen in den quicklebendigen Menschenstrom auf der Strasse bekommen würde. Sie könnte dabei dann beliebig entweder nachdenken oder abschalten. Oder beides abwechselnd tun. So beschloss sie also ganz spontan, nochmals raus zu gehen anstatt hier noch länger zu sitzen und vielleicht vergeblich zu hoffen, dass sich das Geschäft wieder beruhigen würde und sie Stefano wieder für sich beanspruchen konnte. Einfach ein bisschen herumlaufen, vielleicht nur noch einmal um die Ecke, einfach ein Eis essen gehen...

Doch, das würde ihr guttun! Bestimmt würde sie danach alles viel klarer sehen und verstehen.

So stand sie dann auf und zupfte sich ihre leicht verrutschte Kleidung mit einem verstohlenen Lächeln wieder zurecht. Vor dem langen Spiegel im hinteren Teil des Ladens hielt sie kurz an und betrachtete sich selbst. Es wurde noch etwas Lippenstift aufgetragen – ihr derzeitiger Favorit war ein warmer Farbton, ein satter dunkelroter Ton, der *Wine with Everything* hieß, so eine auffällig dezente Farbe, schon richtig sexy aber nicht zu krass – und danach ging sie langsam der Wand entlang in Richtung Ausgangstür, die ausgestellten Taschen noch mal ruhig inspizierend, während sie Stefano diskret, aber auch lustvoll vergnügt, aus dem Augenwinkel beobachtete. Er stand vor einigen Taschen, die auf einem Tisch ausgebreitet waren, zusammen mit einer älteren Dame ins Gespräch vertieft, die eindeutig alle Zeit der Welt mitgebracht hatte, und diskutierte gerade mit einer Engelsgeduld über die verschiedensten Arten der Ledergerbung und über gängige oder mögliche Farbzusammenstellungen passend zu ihrem persönlichen Stil, der leider furchterregend war, wie Natascha spontan befand.

„So wie sie dasteht, kann diese Lady sich diese schönen Dinge ja wahrscheinlich gar nicht leisten. Wozu denn die ganze Wichtigtuerei? Stefano hat ja schon die Hälfte von dem, was er überhaupt im Laden hat, für sie angeschleppt! Und alles für die Katz! Die hübsche Fendi – die da vorne! – ist doch völlig in Ordnung. Wenn sie die jetzt liegenlässt, dann braucht sie bestimmt gar keine Tasche, sondern buhlt höchstens um persönliche Zuwendung. Frauen können manchmal so anstrengend sein..."

Im Vorbeigehen berührte Natascha seinen Arm ganz leicht, fast zufällig, so als wollte sie auf keinen Fall stören, tat es aber trotzdem gezielt, und versprach ihm mit einer flüchtigen Geste, nachher wieder zu kommen.

Er zwinkerte ihr zu während sich ein konspiratives und gleichzeitig glückvolles Lächeln über sein ganzes Gesicht ausbreitete. Dann wandte er seine Aufmerksamkeit wieder der alten Dame zu.

Natascha verließ den Laden, ohne nochmals zu zögern und bog sofort nach links ab, als sie auf die Strasse trat. Sekunden später war sie bereits in den rastlosen Strom der Menschen in der schmalen Strasse absorbiert worden, ein winziges Teilchen eines organischen Flusses, der sich mal flüssig, dann wieder mal stockend durch die Nachmittagswärme der schönen Stadt schob. Die Gasse war, obwohl sehr eng, sonnenlichtdurchflutet, und die Masse an buntbekleideten Menschen erinnerte sie irgendwie an Bilder, die man aus dem Fernsehen oder von Zeitschriften kennt, auf denen Millionen von bunte Fische, vor einem Korallenriff schwerelos spielend, hin und her schwimmen.

Sie setzte ihre Sonnenbrille im Gehen auf und lief einfach los, ohne ein genaues Ziel im Sinne zu haben. Während sie voranschritt, beschloss sie lediglich, zunächst einmal nicht großartig über irgendetwas Bestimmtes nachzudenken, sie musste einfach dringend ein bisschen Raum in ihrem Kopf gewinnen, um ihre Gedanken sortieren zu können.

Die Kopfstimmen würden sehr redselig sein, dass wusste sie. Es gab plötzlich wieder Vieles, worüber es sich lohnte nachzudenken!

Von dem Menschenstrom fast mitgetragen, als wäre sie ein kleiner Zweig oder ein Blatt auf einem ruhig dahinfließenden Fluss, bog sie bald ganz unwillkürlich bei einer der nächsten Strassen nach links ab. Nur wenige Sekunden später, an einer weiteren Kreuzung, hielt sie sich abermals links und befand sich dann in der Nähe der Piazza Duomo, und, beinah als hätte sie es absichtlich so geplant, direkt vor einer kleinen Gelateria.

Dieser Ort wirkte auf Anhieb so einladend und sympathisch auf sie, dass sie keine einzige Sekunde lang überlegen musste ob, sondern lediglich wo sie jetzt Platz nehmen würde. Sie entschied sich ohne zu zögern, für den letzten Tisch in der Reihe, einen schattigen Platz der zufällig auch noch am weitesten vom Tresen entfernt lag. Hier setzte sie sich hin, mit ungehindertem Blick auf die Strasse und auf alles, was dort geschah.

Während sie die kleine Speisekarte in die Hand nahm, wurde ihr bewusst, dass sie plötzlich doch etwas Hunger verspürte, da sie Stefanos Vorschlag, mittags essen zu gehen, vereitelt hatte. Eine Entscheidung, die sie nicht im Geringsten bedauerte. Sie lächelte glücklich vor sich hin.

Was jetzt kommen würde, da war sie sich ganz sicher, würde ganz bestimmt weder mit Koffein noch mit Alkohol etwas zu tun haben. Davon hatte sie heute ohne Zweifel schon mehr als genug konsumiert. So kam es, dass Natascha gut gelaunt – und von der Zuversicht beflügelt, in Kürze den inzwischen spürbaren Unterzuckerungsbereich verlassen zu können – ein leckeres Panino bestellte, ordentlich belegt mit delikatem Antipasti-Gemüse, ein paar Rucolablättern und etwas gehobeltem Parmesan. Und dazu noch eine kleine Flasche San Pellegrino. Die

Scheibe Zitrone fürs Glas lieferte der Kellner mit einem saloppen Spruch auf den Lippen nach.

So kam es, dass sie halb verhungert auf ihr Sandwich wartend und gleichzeitig sich allmählich wieder gedanklich der Thematik ihres unerwartet vielschichtigen Beziehungsgeflechts nähernd das Geschehen auf der Strasse, das ganze kleine und große Theater des wuseligen Alltagslebens, distanziert betrachtete und dabei eine verblüffende Entdeckung machte. Eigentlich waren es zwei...

Eher zufällig schweifte nämlich Nataschas Blick auf das Display ihres iPhones, das mittels eines sichtbaren Reminders der Kalenderanzeige versuchte, sie daran zu erinnern, dass der Mond in der kommenden Nacht voll sein würde. Im Zeichen des Fisches! Da das nun anstehende dritte Viertel des Mondkalenders ganz unzweideutig Selbsterkenntnis versprach, besaß diese Information für sie schon allein angesichts der heutigen Erlebnisse mit Stefano eine nicht zu unterschätzende Signifikanz. Sie begann zu überlegen, inwiefern die beiden Ereignisse – nämlich Stefano und der anstehende Vollmond – zueinander in Zusammenhang standen. Ihre *Luna+Liebe* App erinnerte an die Notwendigkeit zu wässern und zu düngen damit sie eines Tages, dank Ihrer Bemühungen, eine angemessene oder gar reichliche Ernte würde einfahren können. Aber genau in jenem seligen Augenblick, in dem sie begann, dem verborgenen Sinn dieses aufregenden Mysteriums auf den Grund zu gehen, sich sozusagen im sanften Flow ihrer Gedanken davontragen zu lassen, ihren Blick zufällig auf die gegenüberliegende Straßenseite gerichtet, fiel Natascha noch etwas auf, was sie, ebenfalls spontan, als sehr signifikant einstufte: Genau dort entdeckte sie, etwas schräg versetzt von der Stelle wo sie gerade saß, völlig unverhofft Torsten – ihren standesamtlich angetrauten Ehemann! – mit einer anderen und sehr fremden Frau, viel zu eng zusammenstehend.

Und, zu ihrer großen Verwunderung, begleitet von einer nun ziemlich rasch anschwellenden Empörung, standen die beiden da, vor einem Hauseingang händchenhaltend, während sie scheinbar gemeinsam etwas betrachteten, oder lasen, oder vielleicht nur darüber diskutierten, was sie dort vorfanden. Natascha schaute zu als Torsten, nur wenige Augenblicke später, die Tür aufschubste und offenbar sehr beflügelt in das Gebäude eintrat. Dabei strich oder kraulte die Lady, die zwar dicht neben ihm stand, aber immerhin wenigstens nicht mit ihm hineinging, Torsten zum scheinbaren Abschied kurz über den Rücken und platzierte auch noch einen flüchtigen Kuss auf seiner Wange!

Who the fuck ist diese Schnalle? platzte der Gedanke, schallend laut, durch Nataschas Gehirn, etwa so unüberhörbar laut wie sich ein Blitzeinschlag in den eigenen Schädel vermutlich anhören würde.

Wo kommt die denn her? Und was zum Teufel machen die beiden hier? spulten sich die Fragen nun in rapider Abfolge über den rabenschwarz gewordenen Hintergrund ihrer mentalen und seelischen Realityshow der plötzlich eingeschalteten Kinobirne. Verglichen mit der Anzahl der offenen Fragen, die von einer Sekunde zur nächsten plötzlich durch Nataschas Kopf liefen und sich aneinanderreihten, war der Abspann der *Titanic*-Verfilmung mit diesem Schönling Leonardo di Cabriolet richtig bescheiden.

Als die Tür hinter Torsten zuging, schaute die Frau kurz auf die Uhr an ihrem Handgelenk. Dann überquerte sich forsch die kleine Strasse und nahm Platz am ersten freien Tisch, fast direkt neben der Kasse, in der gleichen kleinen Gelateria, in der Natascha sich zum Nachdenken gerade niedergelassen hatte.

Neunzehntes Kapitel

Die Luft hier drinnen war furchtbar, es kratzte Torsten mit jedem Atemzug unangenehm im Hals. Er räusperte sich ein paar Mal kurz und nahm dann, wie von der alten Dame murrend angewiesen, Platz auf einem alten Holzstuhl, dessen Sitzfläche mit einem blutroten Samtbezug überzogen war. Er schaute sich verstohlen in dem kleinen Raum um etwas unsicher, worauf er sich mit seiner Zusage an Ina vorhin, bei diesem kleinen Abenteuer wohl eingelassen hatte. Er konnte es noch nicht ganz nachvollziehen, dass Ina die Sache mit der Wahrsagerin wirklich so wahnsinnig ernst nahm. Auch wenn ihm das alles noch nicht so ganz geheuer war, ertappte er sich trotzdem dabei, wie er sich innerlich köstlich darüber amüsierte, dass es so was im richtigen Leben tatsächlich gab, und nicht nur auf einem nostalgischen Jahrmarkt irgendwo in der Provinz. Die Wahrsagerin selbst war eine ziemlich schräge

Erscheinung mit pechschwarzen Haaren, wahrscheinlich um die siebzig Jahr alt, vielleicht sogar älter. Die alte Dame war Kettenraucherin, was Torsten rasch aufgrund der Tatsache registrierte, dass sie so stark nach Zigarettenqualm stank. Außer einer kurzen Begrüßung und der wortkargen Anweisung, Platz zu nehmen hatte sie kaum mit ihm geredet. Sie gab ihm zu verstehen, dass sie gleich wiederkommen würde.

Wahrscheinlich war erst einmal Kippenpause angesagt, dachte er.

Also saß er schweigend da und vegetierte zunächst einmal in erwartungsvoller Stille vor sich hin, wie beim Zahnarzt oder beim Urologen üblich, alleine sitzend vor einem viereckigen Holztisch mitten in einem winzigen Raum. Vieles was er um sich herum betrachtete, erschien ihm fast klischeehaft, so wie eine schnell herbei gezauberte Bühnenkulisse für ein lustiges Volkstheaterstück oder eine Fernsehsendung, sowas aus dem Angebot des Vorabendprogramms im Dritten. Es kostete ihn schon etwas Anstrengung, das ganze Theaterstück um ihn herum ernst zu nehmen.

Der Raum war nicht nur klein, sonder auch ein wenig düster, gnadenlos vollgestopft mit Dingen, die eine gewisse Ordnung für sich zu reklamieren schienen, obwohl sie auf den unkundigen Betrachter den Eindruck machten, eher ohne erkennbare Systematik oder Logik zusammengewürfelt zu sein. Es standen große und kleine Kerzen und Bücher und Gläser aller Art überall herum und, egal wo Torsten auch immer hinschaute, lagen dazu noch auf allen verfügbaren Flächen im Raum verstreut unzählige bunte Glasperlen und Kristalle. Er sah hier und da Zeichnungen und Kettchen, mit zum Teil sehr komisch anmutenden Amulett-Anhängern sowie allerlei Figuren, merkwürdige Zinnbecher und zahlreiche, winzige Öllämpchen. Es gab ganze Kartonagen voll mit Zeichnungen von Handflächen, auf denen geheimnisvolle Linien und deren angebliche Bedeutung zu sehen waren. Die Wände und Fenster, wenn es hier überhaupt welche gab, waren lückenlos mit dicken Vorhängen aus dunkelfarbigem Samt zugehängt, die so wirkten, als besäßen sie die

Fähigkeit, jedes Licht und jeden unbedachten Ton zu verschlucken. Mehr noch: Wahrscheinlich waren sie imstande, alle Zeit der Vergangenheit und Gegenwart einfach einzufangen und festzuhalten. Alles Andere was im Raum stand, oder zumindest das, was man unter dem Begriff Mobiliar zusammenfassen konnte, war mit Seidentüchern in den verschiedensten Mustern und Farben bedeckt.

Abgerundet wurde dieser erste optische Eindruck durch einen fast hammerhaft stumpfen Geruch in dem offenbar hermetisch abgeriegelten Raum: Einer Mischung aus abgebrannten Kerzendochten, vergangenen Weihrauchorgien und dem ein oder anderen kalten Aschenbecher.

Als die alte Dame nach einigen Minuten wieder in den Raum zurückkehrte, zog sie die Tür mit einem dumpfen Knall hinter sich zu und nahm ebenfalls Platz an dem kleinen Tisch, direkt gegenüber von Torsten.

„Sie wollen also, dass ich ihnen die Karten lege?" erkundigte sie sich schroff bei Torsten während sie ihn musterte.

Oh Gott! Ina hatte doch den Termin für ihn gemacht. Hatte sie denn nicht mit der Alten abgeklärt, was dabei geschehen sollte, überlegte er sich schnell. Er wollte doch nicht hier sitzen wie der letzte unaufgeklärte Vollpfosten auf Erden, ohne jegliche Peilung! Unschlüssig, was er nun genau auf die Frage erwidern sollte, beschloss er mutig, dass Kartenlegen wohl der beste Plan wäre. Einfach das tun, was die Alte vorschlug.

„Ja, natürlich. Es interessiert mich sehr. Darum bin ich ja extra zu Ihnen gekommen," log er geschmeidig, ohne auch nur mit der Wimper zu zucken. In Wahrheit interessierte er sich an diesem Nachmittag nicht die Bohne dafür, was die Zukunft bringen würde oder auch nicht. Mit einer Ausnahme – und das war seine eigene und die von Inas bunt gestaltetem Glockenspiel. Aber das konnte man der alten Schachtel ja nicht so sagen, es ziemte sich nicht.

„In Ordnung," erwiderte die Dame mit völlig monotoner Stimme. „Das wollen ja auch die Meisten."

Torsten zuckte innerlich zusammen als er vernahm, dass scheinbar alle dies wünschten. Die Meisten, sagt sie! Die Fragen prasselten auf sein Gehirn ein, wie riesige Hagelkörner:

Wer waren denn hier die *Meisten* von der die Alte so mir nichts, dir nichts brabbelte? Ging es hierbei um Besucher generell, oder meinte die alte Schrulle damit womöglich speziell Freunde von Ina, die auf ihr Geheiß hierherkamen?

Und nach einer winzigen Pause fuhr sie fort: „Nun gut, ihren Geburtstag kenne ich ja. Den hat mir die junge Frau am Telefon verraten, als sie vorhin wegen des Termins anrief…" Der Kartenlegerin entfuhr ein nikotinschwangerer Seufzer.

Zumindest verstand er nun, warum Ina ihn vorhin noch nach Geburtstag und Sternzeichen befragt hatte.

Die Kartenlegerin schaute Torsten nicht mehr direkt an, während sie mit ihm sprach. Stattdessen fixierte sie gebannt die Karten, die sie dann flink auf den Tisch zu legen begann, nachdem sie vorher den Stapel von Torsten dreimal hatte teilen lassen.

„Sie sind doch verheiratet?" wollte die Alte von ihm wissen, während sie akribisch die Karten in mehrere Reihen auf dem Tisch ausbreitete. „Und berufstätig auch, oder?"

„Ja, klar..." kam die Antwort von Torsten. „Sowohl als auch..."

Er lehnte sich zurück und beschloss, hier über nichts mehr nachzudenken.

„Also gut! Ich erzähle Ihnen jetzt was. Und wenn ich fertig bin, dürfen Sie mir drei Fragen stellen, die aber nur mit ja oder nein zu beantworten sind. Einverstanden? Nur am Ende. Und nur drei. Und wenn sie wollen, dürfen sie natürlich gerne mitschreiben. Unterbrechen dürfen Sie mich aber nicht."

Sie deutete auf einen kleinen Block und einen Stift, die auf dem Tisch vor Torsten lagen.

„Prima, geht klar!" bestätigte Torsten mit ernster Stimme. Er setzte sich wieder etwas aufrechter in seinen Stuhl und griff nach dem bereitliegenden Stift. Er war plötzlich doch neugierig geworden, wie es nun weitergehen würde.

Die alte Dame schien inzwischen aber schon überhaupt keine Notiz mehr von seiner Anwesenheit zu nehmen. Ihr Blick war hochkonzentriert, ihre Augen nur noch auf die Karten fixiert, die vor ihnen lagen und die sie immer wieder flink umdrehte, während sie sich leicht, fast unmerklich, hin und her wiegte und Torsten in der dritten Person ansprach, fast so als wäre sie in Trance.

„Ich sehe ein Zuhause, es ist ein kleines Haus oder eine Wohnung. Nicht sehr groß. Zwei Menschen sind dort zuhause. Doch, es sind zwei Menschen, die aber dort nicht miteinander sprechen können. Sie sind dort stumm. Unter diesem Dach können sie nicht reden. Sie lieben sich, aber sie können es nicht sagen. Sie wollen es auch nicht sagen. Sie können es erst dann sagen, wenn sie spüren, in Gefahr zu sein, sich gegenseitig zu verlieren. Sie leben in der Stille. Schon lange. Sie sind schon spirituell verbunden, aber sie können zum Beispiel nicht miteinander leiden. Aber sie leiden trotzdem. Sehr sogar. Sie leiden, aber dann lieber aneinander…"

Mein Gott! Die meint bestimmt Natascha! dachte Torsten. Er hielt den Stift fast krampfhaft in die Hand geklammert, schaffte es aber nicht, auch nur ein einziges Wort davon erfolgreich auf den Zettel niederzuschreiben. Die Wahrsagerin redete unablässig weiter:

„…Sie sind immer unterwegs, irgendwo hin. Nicht im wörtlichen Sinne, ich meine innerlich. Sie kommen aber nicht dort an, wo Sie es vermuten. Sie sehen ihr Ziel nämlich nicht. Das tut aber jemand anders, der Ihnen Schmerzen zufügt, der Ihnen immer wieder weh tut. Der Ihnen fern ist, aber ganz nah in Ihrem Umfeld agiert. Sie werden deswegen einen sehr großen Verlust erleiden. Diese Person ist fern. Von Ihnen meine ich. Seelisch und so, aber nicht weit weg. Sie werden sich getäuscht fühlen. Immer wieder. Sie fühlen sich immer wieder getäuscht. Sie werden sich umorientieren müssen. Sie werden das Reden neu lernen müssen, wie man sich wirklich mitteilt…"

Torsten war wie vom Donner gerührt, immer noch unfähig auch nur ein einziges Wort auf den Notizblock zu kritzeln.

Scheiße! Ich glaube, sie spricht wirklich von Natascha! war der einzige Gedanke, den er in seinem Schädel mühsam zustande bringen konnte. Es dauerte eine kleine Ewigkeit, so als müsse er versuchen, ihre Worte wie einen Faden aufzurollen. Währenddessen redete die Alte aber ununterbrochen weiter, weder die Tonlage noch ihre Sprechgeschwindigkeit ändernd.

Wie sollte er das notieren? Wo sollte er beginnen?

Torsten versuchte kurz nachzudenken: Natascha war seit heute Morgen schon weg. Und ja, er litt tatsächlich permanent an seiner Liebe zu ihr und sie begegnete ihm im Gegenzug immer wieder mit Unverständnis und verursachte ihn damit Schmerzen! Und mehr noch: Sie agierte, wie die Alte gerade gesagt hatte, wahnsinnig nah in seinem Umfeld! Es konnte alles gar nicht anders sein! Wenn er es sich so recht überlegte, dann war Natascha womöglich wirklich so etwas wie die Wurzel seines Unglücks!

„Sie werden umziehen. Es wird ein neues Zuhause geben. Nicht weil Sie es unbedingt brauchen oder möchten, sondern weil es Ihnen die Liebe zu einer Frau erleichtern wird..."

„Halloooo!? Ich glaube, sie meint damit wohl Carola!" brüllte eine schrille Stimme aufgeregt in Torstens Kopf. Sie würden sich also doch nach so langer Zeit wiederfinden, und wenn es verdammt noch mal sogar in Offenbach sein müsste. Er dachte begeistert daran, wie oft sie schon über Versöhnungssex gesprochen hatten.

Moment mal! Oder vielleicht meinte die alte Schachtel womöglich doch Ina? meldete sich eine weitere Hinterkopfstimme, deutlich an dem bereits eingeschlagenen Gedankenweg zweifelnd. Vielleicht gab es tatsächlich einen tieferen Grund, gab die Stimme jetzt zu bedenken, warum der Zufall oder das Schicksal, oder was auch immer, ihn hierhergeführt hatte?

Was nun? Ina? Natascha? Oder doch Carola?

Mit wachsender Faszination und gleichzeitig größer werdender Verunsicherung hörte Torsten noch zu, was das Leben ihm künftig an geballte Gemeinheiten und Herausforderungen offenbar noch bieten würde – verunsichert deswegen, weil er nicht darauf gefasst gewesen war, dass die meisten Prognosen der alten Dame ihm einen eher steinigen Pfad in die Zukunft prophezeiten. Der Job, zum Beispiel, würde bald mit Pauken und Trompeten in die Hose gehen, aber die Alte konnte auch schon klar sehen, dass es ein anderes Leben geben würde – wohl außerhalb seiner heute schon aufregenden Welt, bestehend aus Armaturen, Kloschüsseln und SAP-Bestellsoftware sowie technisch ausgereiften Autos mit Quattroantrieb, von der sie überhaupt nichts auch nur ahnen konnte. Es lag an ihm. Er musste die Chancen nur rechtzeitig erkennen, diese mysteriösen Weggabelungen vor ihm, und sich zu gegebener Zeit den Pfad in die Zukunft erschließen. Erschwerend kam allerdings hinzu, dass sich diverse Seuchen und Krankheiten, möglicherweise sogar Tod und Teufel in der näheren Verwandschaft heranschleichen und wüten würden – meinte sie vielleicht bei den Eltern oder deren steinalten, teilweise debilen Geschwistern? Na ja, Erbschaften waren dann jedenfalls nicht ausgeschlossen. Es wären zusätzlich noch eine ganzer Staffel herzzerreißenden Trennungen und Scheidungen im näheren Umfeld zu verkraften und Kinder – hier war sie leider nicht eindeutig genug für seinen Geschmack – wären ohnehin keine zu erwarten, was nicht so schlimm war, da sie im gleichen Atemzug auch unmißverständlich klargestellt hatte, dass jegliche eventuell vorhandene Brut sowieso nicht die Bohne mit seiner künftigen Partnerwahl einverstanden gewesen wäre, was auch immer sie hiermit meinte. Sprach sie von nur einer Beziehung? Von zweien hintereinander? Oder von mehreren sogar? Über wahrnehmbare Kompetenzen bezüglich der Beurteilung für ihn sonst wichtiger Themen, wie den Weg zum Glück über Selbsterfüllung oder auch nur ein Minimum an Allgemeinverständnis in Bezug auf Autos und seine motorisierte Zukunft, schien die Dame leider nicht zu verfügen. Vielleicht müsste er sich doch noch dem Buddhismus zuwenden um auf diesem Gebiet Klarheit zu erlangen?

Am Ende der Sitzung, nach einer knappen halben Stunde die wie im Fluge vergangen war, war es endlich soweit: Torsten sollte seine drei Fragen stellen. Plötzlich fühlte er sich so, als wäre er nicht imstande auch nur eine einzige vernünftige Frage zu stellen angesichts der regelrechten Flut von unerwarteten und streckenweise deprimierenden Informationen, die ihn gerade buchstäblich überrollt hatte und jetzt völlig verwirrt in seinem Stuhl sitzen ließ. Er fasste Mut und versuchte es dennoch:

„Werde ich denn mit meinem Leben richtig glücklich sein?" fragte er sie als Erstes. Die Frage zu stellen fühlte sich so unnatürlich an, als hätte er die einzelnen Worte aus Watte formen und dann ausspucken müssen. Kaum hatte er seinen Satz herausgebracht, da dachte er spontan an die junge Chinesin an der Hotelrezeption und hoffte, dass er sich die Frage nicht hätte sparen können.

Die Kartenlegerin drehte eine der drei Karten um, die noch auf dem Tisch vor ihnen lag.

„Ja," antwortete sie und wartete stumm wie ein Fisch auf die nächste Frage. Keine Erläuterung dazu. Nichts. Sie starrte ihn einfach mit ihren dunklen Augen an und wartete geduldig.

Scheiße! So, als würde dies auch nur ansatzweise hilfreich sein, dachte Torsten. Er versuchte es nochmal.

„Wird denn wenigstens jemand anderes mit mir zusammen auch glücklich?"

Die alte Lady drehte eine zweite Karte um und verzog ihr Gesicht etwas.

„Nein," gab sie als Antwort und schwieg wieder. Ihre Augen fixierten Torsten ohne zu blinzeln.

Es bäumte sich eine kleine aber doch wahrnehmbare Welle von Panik in ihm auf.

„Kenne ich die Frau vielleicht schon, die mit mir glücklich werden könnte, die es zumindest versuchen wird?" platzte es aus Torsten.

Die Kartenlegerin drehte schnell noch die letzte Karte um, die noch nicht aufgedeckt war. Torsten sah nur, dass es eine rote Karte war.

„Ja," bestätigte die Alte.

„Natascha? Oder meinen Sie doch Carola?" drängelte er plötzlich und drehte sich nervös hin und her in seinem Stuhl. „Wissen Sie, Natascha ist wohl weg, und Carola... was ist mit Ina?"

„Es tut mir sehr leid für Sie," entschuldigte sich die Kartenlegerin, allerdings ohne auch nur einen Hauch von Bedauern in der Stimme, während sie begann, die Karten vor ihr auf dem Tisch langsam einzusammeln. „Sie haben keine Karte mehr übrig. Die drei Fragen haben sie mir schon gestellt. Ich denke, wir sind fertig. Auf Wiedersehen."

Dann nahm sie eine Zigarette aus der Schachtel, die neben ihr lag, und stand auf.

Zwanzigstes Kapitel

Auf dem Rückweg vom Pinkeln machte Natascha Halt an der Kasse. Sie blieb dort stehen, lächelnd und innerlich seltsam ruhig, bis die Dame hinter dem Tresen der kleinen Gelateria ihre lautstarke Unterhaltung mit einem der Bediensteten vor der Espressomaschine lang genug unterbrach, um zum Abkassieren hervorzukommen. Wenn die alte schürzenbekleidete Dame nicht tatsächlich die leibliche Mutter der gesamten quirligen Belegschaft war, dann tat sie zumindest so, und zwar in einer derart überzeugende Weise, dass kein Mensch auf die Idee käme, auch nur eine Minute hieran zu zweifeln.

Während Natascha also dort stand und ihren Geldbeutel langsam, fast zeitlupenartig, aus der scheinbar tiefsten, verborgensten Ecke ihrer Handtasche hervorkramte, musterte sie gleichzeitig möglichst unauffällig die Frau, die hier, nur wenige Meter von ihr entfernt, saß und scheinbar geduldig auf

Torsten wartete. Die mysteriöse Lady war nicht unattraktiv, stellte Natascha zähneknirschend fest. Sie hatte kurze, dunkle Haare, einen sehr klaren Blick, super Figur. Na ja, ein bisschen dünn vielleicht. Aber sehr sportlich! Natascha schätzte sie auf Ende zwanzig, vielleicht dreißig. Maximal.

Scheiße!

"He Mädel, Ganz cool bleiben! Das war dann nämlich auch schon alles gewesen..." meldete sich sachlich die Stimme, die in Nataschas Hochdruckdampfkesselkopf das Kommando an sich gerissen hatte.

"Prego, ein Panino und das Wasser noch dazu, das macht acht Euro vierzig!" präsentierte die dicke Mama der hauseigenen Gelatokompanie ihre Rechnung feierlich, beinah so als hielte sie die Beurkundung eines soeben vollzogenen kaiserlichen Grundstückerwerbs in der Hand.

Natascha unterbrach ihren heimlichen Scan augenblicklich um einen Zehn-Euro-Schein aus ihrem Portemonnaie zu wühlen und legte ihn geistesabwesend auf die Theke direkt neben den kleinen Kassenbon.

„Grazie, vielen Dank!" sagte sie fast ein wenig übertrieben höflich und verzichtete auf das Wechselgeld. Sie musterte immer noch die junge Frau, die am Tisch ein paar Schritte weiter saß und offenbar nichts davon mitbekam, dass sie gerade millimetergenau begutachtet wurde.

„Komm, entspann dich! Wer weiß denn schon, wo die in Behandlung ist! Die sieht aus wie ein menstruationsfähiges Gesamtkunstwerk!" stellte die Hinterkopfstimme nun ätzend fest. „...genauso bunt wie die graffitiverzierten U-Bahn-Wagons, die man immer wieder in amerikanischen Filmen durch Brooklyn klappern sieht. In ein paar Jahren sieht sie auch genauso fertig aus!"

Natascha schaute nun aufmerksamer hin. Sie wollte es genau wissen. Das Ziel ihrer heimlichen Beobachtungen saß währenddessen weiterhin nichtsahnend an einem kleinen Tisch vor einer inzwischen leeren Kaffeetasse und einem Glas Wasser und scrollte die ganze Zeit seelenruhig, und sehr routiniert auf ihrem Handy herum. Was Natascha natürlich nicht wissen konnte, war, dass Ina just in diesem Augenblick voll damit beschäftigt war, alles Relevante über den Stier, Torstens Sternzeichen, in Erfahrung zu bringen. Gelegentlich unterbrach sie, immer nur kurz, um einen Blick auf die Tür zu werfen, durch die Torsten vor einigen Minuten in das gegenüberliegende Haus verschwunden war.

Die Lady trug ein fast schulterfreies weißes Top, das seitlich mit einem handbreiten graugrünen Camouflage-Aufdruck verziert war. Darunter lugte ein schwarzer Sport-BH hevor. Lässig sexy eben und gleichzeitig auch ein klein bisschen trashmäßig, nahm Natascha zerknirscht zur Kenntnis. Aber vielleicht wirkte das doch ein bisschen zu verrucht, oder? Natascha stellte aber auch fest, dass ihre Kopfstimme, die ununterbrochen und lautstark schnatterte, völlig Recht zu haben schien: Die Tussi hatte ganz offensichtlich sehr viel Zeit und noch mehr Mittel zur freien Verfügung gehabt, um in ihrem Leben ein

Tätowierungskünstler den von ihm eingeschlagenen Werdegang in der Szene adäquat finanziell zu polstern. Soweit Natascha es von ihrer Perspektive aus feststellen konnte, war die junge Frau ja scheinbar von Kopf bis Fuß, mehr oder minder ästhetisch, bebildert oder beschriftet. Von ihrem Standort aus, direkt neben der Kasse stehend und vielleicht gerade mal drei Meter weit entfernt, konnte Natascha zahlreiche und teils sehr aufwendige Tätowierungen auf ihrem Nacken und auf den Schultern sehen. Mehrere kleine Muster und Schriftzüge, die sie nicht entziffern konnte, waren ebenfalls an den Oberarmen sowie der Hand- und Fußgelenken zu sehen. Da sie gerade leicht vorgebeugt dasaß, die Ellbogen auf die Tischkante gestützt, rutschte ihr Top etwas am Rücken hoch und gab den Blick auf die Lendengegend frei.

„Das klassische Arschgeweih hat sie scheinbar nicht!" gab die Hinterkopfstimme mit einer etwas enttäuschten Note zu Protokoll. „Schade! Wäre genau richtig gewesen, um den Gesamteindruck noch authentischer werden zu lassen. Es hätte dem Bild die nötige Abrundung verpasst..."

Natascha machte einen möglichst weiten Bogen durch das Lokal während sie langsam, als würde sie gleiten oder auf Eierschalen gehen, den Weg zu ihrem Tisch zurückfand. Sie musste sich einfach nochmal hinsetzten! Sie konnte jetzt unmöglich aufstehen und gehen, den Laden einfach verlassen, bevor sie genau in Erfahrung gebracht hatte, was hier eigentlich gespielt würde. Es war glasklar, dass die Tür auf der gegenüberliegenden Straßenseite irgendwann wieder aufgehen und diese Lady dann vermutlich aus ihrem Wartezustand hier in der Eisdiele erlöst werden würde. Diesen Moment konnte und wollte Natascha keinesfalls verpassen! Also setzte sie sich wieder hin und versuchte, unauffällig gelangweilt dreinzuschauen, vorbei an den Resten von geschmolzenem Eis und Sahne in dem fast leeren Becher, mitten auf einem verchromten Tablett, das irgend jemand in ihrer Abwesenheit einfach auf ihrem

Tisch entsorgt hatte, gerade als sie die Aufhübschzone aufgesucht hatte.

Ein wenig nervös rückte sie ihre Sonnenbrille zurecht, genau wie eine Agentin oder Spionin in einem Film es tun würde um zu verhindern, dass sie hier bei ihren geheimen Erkundungen entdeckt würde. Die Sekunden und Minuten schienen unendlich langsam zu vergehen. Sie ertappte sich einen Augenblick lang dabei, dass sie sich wünschte, sich komplett unsichtbar machen zu können, um sich unbemerkt direkt zu der Frau gesellen zu können, sie Auge in Auge, hautnah zu beobachten. Diesen Wunsch verwarf sie allerdings schnell wieder und begann stattdessen ernsthaft zu überlegen, was genau sie tun würde, wenn Torsten die Straße überqueren sollte und sie hier unverhofft in der Eisdiele sitzend, entdecken würde.

Oh Gott! Daran hatte sie noch gar nicht gedacht. Vielleicht würde er die Schnecke dort drüben einfach links liegen lassen, wenn er sie, Natascha, hier plötzlich vorfände? Oder er würde die Schnalle vorstellen? Wer war sie? Woher kannte er sie denn überhaupt? Was wollte er denn mit ihr? Was hatte er mit ihr vor? Fand er sie attraktiv? Und wenn ja, was zu befürchten war, was an ihr?

Nataschas Kopfstimme fing nun an, eine Reihe ziemlich peinigender Fragen aufzuwerfen, die ihr zwar dann und wann schon mal in den Sinn gekommen waren, die sie aber bislang einfach erfolgreich hatte ignorieren können: Ob sie selbst beispielsweise doch vielleicht viel zu normal in ihrem Erscheinungsbild war? Womöglich träumte Torsten heimlich davon, dass auch seine Frau wie eine kunstvoll plakatierte, leicht magersüchtige Litfaßsäule aussah? Oder vielleicht wünschte er sich sogar etwas ganz Anderes? Womöglich wünschte er sich, dass sie sich beispielsweise piercen ließe? Mit einem klitzekleinen Glitzerstein oder gar einem dieser kleinen Bullenringe, die viele Frauen am Nasenflügel trugen? Oder an der Oberlippe oder vielleicht reihenweise am Ohrläppchen? Oder doch durch die Zunge oder womöglich sogar die Brustwarzen? Oder ganz woanders!? Mein Gott! Vielleicht fände ihr eigener

Mann sowas richtig antörnend, eine Frau, die wie ein Eisenwarenladen daherkam?

Natascha schüttelte sich bei diesem Gedanken und verordnete dem gesamten Bereich des Kopfkinos sofortiges und eisernes Schweigen. Kaum hatte sie dies getan, kaum waren die Lichter im Hirnsaal wieder angegangen, stellte sie fest, dass die rätselhafte Lady, das Objekt ihrer ungeteilten Aufmerksamkeit, die zwischenzeitlich ganz gechillt ein handvoll Kleingeld auf den Tisch vor sich gelegt hatte, nun aufgestanden und gerade dabei war, die Straße in sichtlich guter Stimmung zu überqueren.

Drüben, direkt vor dem Hauseingang, stand Torsten und wartete auf sie.

„Diese Pissnelke!" zischte es lautstark durch Nataschas Kopf. Es hörte sich für sie an, wie das quälend heiße Geräusch, das entsteht, wenn Wasser auf der heißen Herdplatte überkocht und anschließend verdampft. Es war für Natascha ein besonderes Schimpfwort, eines, das nur mit großem Bedacht eingesetzt wurde und ausschließlich unter einer bestimmten Gattung von Weibern anzuwenden war.

Dann legte sie mental den Schalter um. Schnell versuchte Natascha, das Drama möglichst nüchtern und wertfrei zu erfassen, so als ginge sie all das, was sich gerade vor ihr gespielt hatte, überhaupt nichts an. Wie vor der Glotze. Sie nahm sich kurzentschlossen vor, sich auf die Rolle des passiven Zuschauers zu beschränken und blieb somit auf ihrem Stuhl kleben, so als wäre sie kurzfristig gelähmt, oder von dem Lauf der Ereignisse gefesselt. Von ihrem Platz in der Eisdiele aus, schaute Natascha zunehmend fassungslos zu, wie sich die beiden kurz etwas offenbar Aufregendes zu erzählen hatten, bevor die junge Frau, die soeben noch hier in Nataschas Nähe die Zeit beim Kaffee und Handyzocken überbrückt hatte, scheinbar vor Freude oder Begeisterung, fast buchstäblich zu Hopsen begann und Torsten dabei regelrecht um den Hals fiel. Daraufhin legte Torsten seinen Arm um ihre Hüfte, genau so, wie er es manchmal auch bei ihr tat, und die beiden schlenderten vor Nataschas Augen ganz lässig ein paar Schritte weiter, bis zu einem blitzeblank polierten roten Cinquecento, der nur wenige Schritte weiter am Straßenrand stand. Die Lichter des Wagens flackerten kurz auf bevor die beiden einstiegen, so als würde das kleine Fahrzeug, wie in einem Kinderbuch oder Animationsfilm, Natascha hoffnungsvoll um Vergebung oder vielleicht gar um Absolution bitten, weil die beiden mitfuhren. Kaum waren die Türen geschlossen, gab Ina unmittelbar Gas und Natascha konnte nur noch flüchtig durch das geöffnete Seitenfenster beobachten, wie Torstens Stirn über seiner Wayfarer-Sonnenbrille leicht speckig in der Nachmittagssonne glänzte während das Auto Fahrt aufnahm und an ihr und der kleinen Gelateria vorbeibrauste. Irgendwo in der engen Strasse hupte es zweimal kurz und danach war der Wagen verschwunden.

Einundzwanzigstes Kapitel

Nachdem Torsten die düstere, gedämpfte Atmosphäre in der Wirkungsstätte der alten Wahrsagerin verlassen hatte und wieder auf der kleinen, belebten Strasse stand, blieb er zunächst einen Augenblick lang stehen und atmete einmal ganz tief durch. Es kam ihm in diesem ersten Moment schon seltsam vor, dass das Leben hier draußen gar nicht so still und entrückt ablief, wie man es nach so einer Sitzung mit der alten Dame erwartet hätte und wie es ihm vielleicht unterschwellig suggeriert worden war, aus der Perspektive eines aufgeklärten Wissens über die Vorbestimmtheit allen Geschehens dieser Welt, ein bisschen über den Dingern, stehend. Es fühlte sich für Torsten heute so ähnlich an, als wäre er soeben aus einer Art Narkose wachgerüttelt worden. Alles um ihn herum war zwar immer noch mehr oder weniger vertraut, nichts wirklich fremd, aber er empfand gleichzeitig auch alles ganz anders. Alles was in seinem Gehirn ankam, fühlte sich irgendwie pelzig an. So, als hätte die Zeit sich ein wenig verschoben, so als wären die Tonlage der Geräusche oder die Farbnuancen, die er um sich wahrnahm, nicht mehr ganz stimmig. So als hätte er erst jetzt die 3D-Brille aufgesetzt, weil die alte Hexe drinnen ihn mit ihren Karten indirekt hierzu herausgefordert hatte, ab heute ganz selbstverständlich die unvermeidliche und unaufhaltbare Realität an der Schärfe ihre Prognosen zu messen.

Auch wenn er es nicht so genau zu definieren vermochte, spürte er kurzfristig, dass die alte Frau es geschafft hatte, seine Auffassung von eben dieser Realität doch ein kein bisschen ins Wanken zu bringen. Er war eigentlich ein sehr rationaler Mensch, vielleicht sogar extrem rational, dachte er sich während er versuchte, sich mental wieder in das Hier und Jetzt einzufügen.

„Mensch, ich bin doch Realist, sogar ein Computerfachmann…" versuchte er sich selbst gut zuzureden.

„Bin ganz bestimmt kein Spinner!" dachte er sich, so als würde er sich vergewissern, dass eigentlich alles mit ihm in Ordnung war. Der Gedanke beruhigte ihn irgendwie ungemein.

Es hatte sich doch bislang immer alles um ihn herum irgendwie erklären lassen. Mal besser, mal schlechter. Und wenn es nur mit Endlosketten von Nullen und Einsern gewesen war, seiner Lieblingsvariante! Aber die Zukunft, und die Zeit überhaupt, und was sie in ihrem Verlauf mit sich brachte, war viel abstrakter, etwas Unfassbares aber doch Existenzielles, sowohl äußerlich, um ihn herum, als auch innerlich. Letzteres machte ihn unsicher. War es denn möglich, dass die Kartenlegerin aus den Menschen etwas herauszulesen vermochte, was ihm und allen anderen Normalsterblichen verborgen blieb? Weil man falsch guckte, oder gar nicht hinschaute, oder sich nicht dafür interessierte? Genau so wie seine eigene Mutter nie wirklich verstanden hatte, warum es ein Fernsehbild gab obwohl er schon mehrfach versucht hatte, es ihr ganz klar zu verdeutlichen. War er wie ein träger Fisch im Aquarium, der sich einfach der Bedeutung des Lichts niemals bewusst wurde, warum es denn im Raum jenseits der Glasscheibe mal hell und dann wieder mal dunkel war? Oder die Tatsache, dass Fütterungszeiten oder elektrischer Strom, der die Filteranlage für sauberes Wasser Tag und Nacht betrieb, weit außerhalb der Grenzen der Wahrnehmung – auch seine eigenen! – gesteuert oder von einer unsichtbaren, fremden Hand geführt wurde?

Diese ganzen Überlegungen waren zwar tiefgreifender Natur und wären es wahrscheinlich schon wert gewesen, konsequent zu Ende gedacht zu werden, sie hätten unter anderen Umständen vielleicht sogar sehr weitreichende Folgen bezüglich Torstens ureigener Weltanschauung haben können. Sie kreisten aber leider alle in einer Zeitspanne von nur wenigen Sekunden durch seinen Kopf, wie ein flüchtiger Ausrutscher in seine Besonnenheit, genau wie der kleine Wassertrichter, der sich am offenen Abfluss einer Badewanne immer wieder verlässlich im Gegenuhrzeigersinn drehte.

Bevor er nämlich der Gefahr richtig ausgesetzt war, plötzlich doch etwas philosophisch werden zu müssen und womöglich über seine eigene Rolle im hiesigen Leben nachzudenken, stand Ina wieder vor ihm.

„He, Alter!" flachste sie ihn an während sie zügig auf ihn zuschritt. „Wie steht's denn nun um dich? Hält deine gnadenlose Glückssträhne noch länger an, oder bist du ganz normal, so wie alle Anderen auch?"

Torsten grinste breit und schelmisch, zuckte gleichzeitig leicht mit den Schultern.

„Weiß noch nicht so genau. Mir wird es scheinbar gut gehen aber... Na ja, es sieht wohl so aus als würde es niemand besonders lange mit mir aushalten. Behauptete vorhin jedenfalls die alte Lady da drin..."

Er nickte kurz in Richtung Tür.

„Ist ja so was von mega!" sagte Ina und fiel ihn um den Hals. „Irgendwie habe ich es ja gleich gewusst!"

Sie war wirklich entzückt, diese Botschaft zu vernehmen und war folglich kaum imstande, auch nur ein paar Sekunden still zu stehen.

Torsten registrierte ihre Begeisterung und trat dann näher an Ina heran, legte seinen Arm um ihre Taille und die beiden begannen gemütlich in Richtung Auto zu schlendern.

„Du, ich glaube, ich brauch jetzt auf den Schreck was Vernünftiges zu trinken," meinte Torsten und lachte amüsiert vor sich hin. „Wer weiß? Sonst muss ich vielleicht doch damit beginnen, über Gott und die Welt nachzugrübeln..."

„Weißt du was? Magst du Wodka?" fragte ihn Ina daraufhin gutgelaunt. „Ich finde nämlich, das ist etwas ganz, ganz Reines. Ich habe sogar vor längerer Zeit einen Zeitungsartikel von einer deutschen Autorin gelesen. Buschheuer oder so heißt die Lady. Sie schrieb damals über Wodka und sagte, genau deswegen wäre er so beliebt. Das sprach mich irgendwie total an, verstehst du? Da musste man gar nicht anfangen, nachzudenken. Weil Wodka so gut ist, so klar und rein. Besser jedenfalls, als die ganze furchtbare, ungerechte Welt um uns herum, und darum lässt sich alles, egal ob Aspirin, Ärger oder

Sperma, einfach prima mit Wodka runterspülen. Das schrieb sie. Ehrlich! Und dass Iwan Rebroff meinte, Wodka mache alle Menschen zu Russen. Irgendwie sexy, der Gedanke. Findest du nicht?"

Torsten fand den Gedanken auch sexy. Sehr sogar.

Zweiundzwanzigstes Kapitel

Natascha war jetzt völlig perplex! Angefressen war nicht der passende Ausdruck, richtig hundeelendmies fühlte sie sich. Sie kochte innerlich vor Wut und Verzweifelung und Verletzung, war aber in diesem Augenblick wie gelähmt, zu betäubt, um sich mit der Situation rational auseinanderzusetzen. Nachdem der kleine Fiat gerade an ihr vorbeigehuscht und aus ihrem Blickfeld entschwunden war, ließ sie sich auf diesen Schock als Erstes ein Likörchen, einen Averna oder Ramazotti oder so was Ähnliches, so eine dunkle, eigentlich viel zu süße Kräuterpampe mit reichlich Umdrehungen, von einem aalglatten Nichtganzzwanzigjährigen mit gegelten schwarzen Haaren bringen, einem womöglich in allen wesentlichen Dingen des Lebens bevormundeten Sohn der geschwätzigen Mama mit chronischem Cortisolüberschuss. Sie debattierte innerlich mit sich selbst, ob es nicht vorteilhaft wäre, sich einfach hier an

Ort und Stelle volllaufen zu lassen und brütete still vor sich hin, während der Kellner geschäftig den leeren Eisbecher vor ihr einsammelte und den kleinen Tisch blitzblank sauber wischte. Seinen Versuch, sie freundlich anzulächeln – oder war sein Lächeln gar nicht freundlich, sondern herablassend mitleidig oder sogar spöttisch gewesen? – erwiderte sie mit einem Ausdruck von tödlich frostiger Nonchalance, die ihresgleichen suchte, und einem Blick, der nur von Frauen so schonungslos beherrscht wird, dass er selbst für einen geistig minderbemittelten Kellner mit dominanter Übermutter drei Meilen gegen den Wind wahrnehmbar in einen Bannstrahl der totalen Verachtung umzukippen drohte.

Der junge Mann war zum Glück aber wenigstens nicht begriffsstutzig. Er schaltete sekundenschnell seinen Gesichtsausdruck auf wohlwollend neutral um, nahm seinen feuchten Drecklappen in die Hand und verkroch sich wortlos wieder.

„Pissnelke! Pissnelke! Pissnelke!" kreischte es immer wieder wütend aber irgendwie auch hilflos im Nataschas Hinterkopf.

„Wie konnte diese blöde Schnalle das nur tun? Was bildete sie sich denn ein? Was wollte sie von Torsten? Ihrem Ehemann, mit Betonung auf Ehe! Ehe, so wie Vermählung, vor Gott und auch vor dem verdammten Gesetz! Pissnelke! Elende Pissnelke!"

Damit schwenkten ihre Gedanken blitzschnell in Richtung Torsten um, während bei ihr alle Klappen zum Kampf aufgingen. Wie bei den alten Fregatten im Kino bei Johnny Depp! Fertigmachen zum Entern! Die erste Breitseite ließ nicht lange auf sich warten:

„Dieser Idiot, dieser Arsch mit Ohren, dieser verdammte Vollpfosten!" schwoll in ihr rasch der Groll an, fast explosionsartig dehnte er sich aus als würde er alles vereinnahmen, als würde er sie und alles um sie herum wie eine schreckliche hinterfotzige Metastase verschlingen oder Stück für Stück zerreißen.

„Er hat sich vor meinen Augen von ihr anfassen lassen! Und er hat sie sogar selbst auch angefasst! Er hat seinen Arm um sie gelegt, um diese blöde Zicke, diese elende, bunt tätowierte Pissnelke, die so aussah als hätte irgendeine Tapetendruckmaschine sie auf der Straße ausgespuckt. Wie kam sie überhaupt dazu, sich so verunstalten zu lassen? War sie im Knast gewesen, oder was hatte das alles für einen unschönen Hintergrund? Was wird sie denn verbrochen haben? Egal, ich will's ja gar nicht wirklich wissen. Ich hab's aber genau gesehen. Er hat sie angefaßt! Aber warum tut dieser Dreckskerl ausgerechnet mir sowas an? Und wo zum Kuckuck hat er die denn überhaupt aufgegabelt?"

Eine gute Frage, eine sehr berechtigte Frage sogar! schaltete sich plötzlich ihre längst vergessene Kopfkinostimme vorsichtig wieder ins Geschehen ein. *Wird wohl heute gewesen sein, das Ganze. Als du weg warst, zum Beispiel. Sehr wahrscheinlich, sogar...*

Natascha hielt die Luft kurz an.

Scheiße!

Nämlich dann, als du heute bei Stefano warst! schob die Hinterkopfstimme kühl nach. Selten hatte sich eine einfache Feststellung für sie so vorwurfsvoll angehört.

Bei Stefano war es aber schön! versuchte sie sich ein wenig verstört bei ihrem schlechten Gewissen zu rechtfertigen. Sie heulte fast vor Verzweifelung. *Der versteht mich wenigstens!*

Mag schon stimmen, was du sagst... summte die ruhige Hinterkopfstimme als Antwort unumwunden zurück. *Nur: Vielleicht fühlt sich Torsten bei dieser Schnecke auch verstanden? Was wäre dann? Wenn du dich kurz zurückerinnerst: du hast ihm auch nicht gesagt, wohin du gegangen bist. Und schon gar nicht warum.*

Ihr schlechtes Gewissen schien es ernst mit ihr zu meinen, so als wäre es auf Krawall gebürstet. Damit hatte sie überhaupt nicht gerechnet.

Muß ich ja auch nicht! Ich meine, ich wusste es ja selbst nicht so genau... versuchte sich Natascha vehement zu verteidigen. *Aber er wird ja schließlich wissen, warum ich nicht da war...*

Vielleicht hat er es diesmal tatsächlich geahnt? gab die Hinterkopfstimme ohne zu zögern nachdenklich zu. *Oder: vielleicht hat er sich bei dir aus genau dem Grund auch nicht verstanden gefühlt? Vielleicht hast du ihm damit erst recht einen Freifahrtschein ausgestellt!*

Scheiße, Mann! Hör' mir damit auf! konterte Natascha genervt, vielleicht sogar ein wenig verbissen. Sie war innerlich noch nicht bereit aufzugeben. *Ich hab' schließlich auch ein Leben, oder? Ich kann doch nicht immer nur auf ihn warten!*

Vielleicht hast du Recht. Wie wäre es aber, wenn er genauso denkt? warf ihr Gewissen ein. *Oder, wenn vielleicht auch die Lady so ähnlich denkt und ihre Chance, vielleicht durch einen dummen Zufall, heute einfach genutzt hat? Vielleicht haben sich die beiden ausgerechnet genau deswegen gefunden?*

Kann ich mir beim besten Willen nicht vorstellen! patzte sie trotzig zurück. *Torsten findet nie und nimmer jemand! Dazu ist er einfach nicht in die Lage.*

Nie und nimmer! Er gehört nun mal zu der Sorte von Menschen, die immer gefunden werden müssen.

Genau in diesem Augenblick fing Nataschas iPhone an wichtigtuerisch zu summen. Sie schaute angespannt auf das Display während es beim Klingeln die Aluminiumoberfläche des Tischs in beinah lustvolle Schwingungen versetzte und dabei ein knatterndes Brummen verursachte, das man nicht so ohne weiteres ignorieren konnte.

Vielleicht rief gerade Torsten an? Vielleicht würde sich das ganze Missverständnis jetzt aufklären? Vielleicht wollte er sich bemühen, sie um Verzeihung bitten? Vielleicht vermisste er sie ganz schrecklich?

Sie streckte sich etwas und schaute genauer hin. Auf dem Display stand *Oliver Handy*. Natascha holte tief Luft und nahm das eingehende Gespräch an.

„He, Mädel!" flachste Oliver lässig ins Telefon nachdem sie ein paar Sätze untereinander gewechselt hatten und er die allgemeine Stimmung flugs sondiert hatte. „Willst mir net schon wieder sagen, dass du dir immer noch den Kopf über deinen Schwachstromler zerbrichst?"

Bei Natascha kam Resignation auf. Sie war nicht weiter überrascht. So redeten nun mal diese albernen Kerle, die, wenn sie das enorme Glück hatten, mit tatkräftiger Unterstützung von AEG oder Siemens oder wem auch immer über den zweiten Bildungsweg zu so was wie einem Anlagenbauer ausgebildet zu werden. Manchmal kam es Natascha vor, als ob dies nicht deswegen geschehen war, das Wohl der Unternehmen zu mehren, oder gar das maschinelle Exportpotential der emsigen Republik dauerhaft zu fördern und zu sichern, sondern nur, um solche Männer zu technisch versierten Korinthenkackern mit zunehmend anspruchsvollen Konsumallüren in ihren Persönlichkeiten zu festigen. Was im Grunde genommen eigentlich auch OK war, insbesondere für die Hersteller von schnellen Autos und noch schnellerlebigerer Unterhaltungselektronik. Dumm war nur, dass aus Sicht der betroffenen Männer ein Großteil dieser Welt leider nicht mit Frauen, sondern allenfalls, wie sie es wenig subtil ausdrückten, mit Weibern bevölkert war. Das war jedenfalls Nataschas Auffassung der Dinge und sie verstand auch haargenau, dass Olivers Begriff *Schwachstromler* für Torsten unter dieser Spezies Männer durchaus dazu taugte, ihren Gatten als Elektronik- und EDV-Techniker auf die Palme zu bringen, obwohl auch er nur schwer imstande war, Sympathien mit einem Menschen zu empfinden, der sich selbst wiederum als *Starkstromler* bezeichnete, nur weil sein Los im Leben vorsah, den eigenen beruflichen Lebensinhalt in einem Atemzug mit den Begriffen Elektrizität, Isolierzange und Schraubenschlüssel zu definieren. Heute waren ihr aber die Auswüchse dieser seltsam maskulinen Form der Selbstfindung durch Berufsehre und deren Wahrung unter Alphatieren vollkommen schnuppe, auch oder gerade, wenn es sich um Männer in ihrer Alltagswelt handelte.

„Na ja, tut mir natürlich leid für dich. Mir geht es jedenfalls prächtig!" berichtete Oliver.

„Ach ja?" zischte Natascha entnervt. Obwohl sie sich in diesem Moment nicht wirklich mit Oliver unterhalten wollte, verriet ihr irgendetwas in seiner Stimme den Anflug eines Geheimnisses. Zwischen den Zeilen versteckt, dezent unausgesprochen, spürte sie ein deutliches *ich weiß was, was du nicht weißt*, so wie es Grundschulkinder in der ganzen Welt täglich untereinander auszutauschen pflegen. Sie wusste aus eigener Erfahrung, dass Oliver nur dann imstande war, tatsächlich kommunikativ zu sein, wenn er etwas zu verbergen hatte.

„Hast du etwa eine neue Freundin?" fragte sie ihn direkt und ohne jegliche Umschweife.

Er stutzte eine deutlich wahrnehmbare Millisekunde zu lange, bevor er auf ihre Frage antwortete. Vermutlich wunderte er sich gerade darüber, wieso sie das so schnell erraten hatte? Somit war es für Natascha sofort sonnenklar, dass sie mit ihrer Annahme den Nerv wahrscheinlich voll getroffen hatte. Sie hatte den sprichwörtlichen Nagel auf den Kopf getroffen.

„Was heißt hier neu?" versuchte Oliver nun hilflos auszuweichen und bestätigte hiermit ihren Verdacht. „Bloß weil ich frei bin heißt das noch lange nicht, dass ich immer alleine sein will oder muss..."

„Stimmt! Hast du mich angerufen um etwas dazu zu erzählen oder nicht?"

Sie hatte eigentlich keine Zeit und Lust auf seine lächerlichen Versteckspiele. Oder vielleicht hatte sie doch Zeit, wußte es aber noch nicht?

„Kenne ich die neue Lady womöglich?" legte Natascha nach. Sie wollte es trotzdem wissen.

Wieder zögerte Oliver für Natascha spürbar zu lange.

„Nee," antwortete er dann. „Glaube nicht. Nee, und es wäre auch total unwichtig..."

Er klang jetzt unsicher. So gut kannte sie ihn. Übersetzt hieß das für sie ganz eindeutig: Ja, sie kannte die neue Perle.

„Verstehe..." log Natascha. Aber warum hatte er sie denn überhaupt angerufen? Wahrscheinlich wollte er sie wieder einmal nur darüber aufklären, dass er gerade die ganze Nacht durchgevögelt hatte, um klarzumachen, was ihr entgangen war, als sie sich damals zugunsten Torstens gegen ihn entschieden hatte. Wäre ja nicht das erste Mal...

Diesmal war aber irgendetwas anders. Es war so, als wäre ihm buchstäblich in letzter Sekunde der Mumm abhandengekommen. Er hielt mit einem Geheimnis hinter dem Berg, irgendetwas traute er sich plötzlich ihr gegenüber nicht mehr auszusprechen.

„Weißt du was? Lass uns doch lieber sprechen, wenn du wieder da bist! OK?" schlug Oliver plötzlich vor. Dann beendete er das Telefonat hastig, ohne ihr die Möglichkeit zu bieten, auf seinen Vorschlag einzugehen, geschweige denn abzulehnen.

„Ja, tschüss dann..." antwortete sie lustlos.

Er war aber schon weg.

Natascha lehnte sich mit einem leisen Seufzer etwas in ihrem Stuhl zurück und legte ihr iPhone wieder auf den Tisch. Dabei schaute sie einen kurzen Augenblick lang nachdenklich auf das Display und es fiel ihr auf, dass sie sich die Botschaft ihrer *Luna+Liebe*

App heute noch gar nicht durchgelesen hatte. Ohne das Telefon nochmals in die Hand zu nehmen tippte sie flüchtig auf das kleine Symbol und fing an, den Text zu lesen:

Sie sind wieder auf sich selbst gestellt. Liebesplanet Venus ist zurzeit anderweitig beschäftigt...

Die Gedanken fingen sofort an, sich schwindelerregend schnell in ihrem Kopf zu überschlagen. Sie war plötzlich wie verloren in einer Art *Cosmo*-Cosmos, dessen Halbwertzeit offenbar nur in winzigen Bruchteilen von Stimmungssekunden gemessen werden konnte, in dem selbst so etwas wie ein Liebesplanet schnell zu Liebeskummer und Liebesentzug, dann zu Leibesvisitationen, Lifestyle-Verlust oder Lymphknoteninsuffizienz, akuter Lustlosigkeit, Lynchmobs und Bitter Lemons mutieren konnte.

Limoncello! Das war's. Sie brauchte sofort einen Limoncello...

Scheeeeeeeiße! brüllte die nun reichlich gequälte Kopfkinostimme, ziemlich verzweifelt. *Warum ist diese*

Welt so undurchsichtig, so verwirrend und auch so hundsgemein?

Ihr war eigentlich nur noch zum Heulen zumute. Natascha sackte langsam in ihrem Sitz wie ein Beutel Sülze zusammen, so als würden ihre Lebensgeister wie Luft aus einem porösen Reifen entweichen. Dabei versuchte sie, den Kopf einfach vorübergehend auszuschalten.

„Du hier in Urlaub?" fragte plötzlich ein älterer Mann nach einer kurzen, ohrenbetäubenden Stille, einer seltsamen Art bleierner Schweigeblase, die sich gnädigerweise um Natascha herum gebildet hatte. Sein Deutsch war nicht besonders gut, und das Anbahnen des Gesprächs mit ihr hatte ihn ganz offensichtlich einiges an Überwindung gekostet. Trotzdem hatte er es gewagt und sie einfach angesprochen. Er hatte sich getraut, es einfach zu tun obwohl sie bestimmt auf ihn und alle Anderen in der Eisdiele wie ein Häufchen Elend wirken musste. Wahrscheinlich hätte kein Deutscher sowas getan. Das könnte ja eventuell zu Problemen führen…

Natascha hatte förmlich gespürt, schon als er sich hinsetzte, dass er vorhatte, mit ihr zu quatschen und dass er einen Augenblick lang ziemlich unbeholfen nach einem Anfang gesucht hatte. Aber sie hatte beschlossen, ihn am besten gar nicht weiter zu beachten. Er war mit einem sehr einfachen grauen Anzug bekleidet, wohl aus dem bangladeshi Restpostensortiment eines Textildiscounters, und er zog eine riesige, verbeulte schwarze Tasche auf zwei Rollen hinter sich her. Er trug den größten, buschigsten, imposantesten Schnauzbart, an den sich Natascha je erinnern konnte. Selbst Kaiser Wilhelms Zeitgenossen mit ihren toupierten Oberlippenfrisuren – kam ihr vorübergehend der Gedanke – wären vermutlich zutiefst beeindruckt gewesen. Dieser Mann hätte prima auf all die alten verblassten Sepiafotos gepasst, die einst, vor einem guten Jahrhundert, bei der feierlichen Eröffnung der Bagdadbahn gemacht worden waren.

„Ja, schon..." antwortete sie zurückhaltend und setzte körpersprachlich alles aus ihrem Repertoire augenblicklich um, was ihm unmissverständlich signalisieren sollte, dass sie nicht die geringste Lust verspürte, sich jetzt mit einem fremden Mann zu unterhalten. Mit niemanden! Ihre Gleichgültigkeit war keinesfalls gegen ihn gerichtet, sondern gegen die Welt im Allgemeinen. Und er war dummerweise ein Teil davon. Eigentlich wollte sie jetzt nur ihre Ruhe, damit sie hier besser vor Wut schäumen oder in Selbstmitleid zerfließen konnte. Oder am besten beides abwechselnd. Der Mann schien aber leider hierauf überhaupt nichts zu geben.

„Sehr schön!" antwortete er freundlich, offenbar höchstzufrieden, dass sie nun doch mit ihm sprach. „Ich auch. Reisen heute Abend in Heimat, nach Kurdistan."

Sie sah, dass seine Augen ein wenig bei der Vorstellung zu leuchten begannen. Sie schienen eine gewisse Müdigkeit einfach abzustreifen und funkelten sie wild und lebendig an.

„Wissen Sie, wenn keine Schulferienzeit, kostet mich ja nur zweihundertneunundneunzig Euro!" schob er als Erklärung nach. „Ich kann dann bleiben ganze zwei Wochen dafür."

„O, dann sollten sie sich aber unbedingt die Zeit nehmen und es auch richtig genießen," erwiderte Natascha so höflich wie es nur ging. Dann hätte sie wenigstens zwei Wochen Ruhe. Sie setzte sich wieder aufrecht hin.

Ein grinsender Kellner brachte dem Mann zwischenzeitlich einen Espresso Doppio, den er auch sofort bezahlte. Als der Kellner wieder verschwunden war, tat er etwas Zucker aus der verchromten Zuckerdose auf seinem Tisch in die kleine Tasse. Er klappte den Deckel der Dose wieder zu, rührte seinen Kaffee ein paar Mal um und trank ihn danach in einem Zug rasch aus.

„Stimmt!" sagte er dann, jetzt leicht in Nataschas Richtung vorgebeugt, nachdem er die kleine Tasse wieder abgestellt hatte. „Man sollte immer versuchen, zu genießen. Sie sind im Urlaub, lachen aber gar nicht. Das sehe ich. Ist nicht gut, auch nicht für Sie. Sie sollten das tun, was für Sie gut ist und auch für die

Liebe! Genießen Sie auch! Darauf kommt es an. Für alles andere ist das Leben zu kurz. Glauben Sie mir! Das Leben ist manchmal schlecht, kann aber sehr viele schöne Momente haben. Wenn wir es auch erlauben! Ansonsten ist schnell vorbei und keiner hat uns verstanden. Lächeln Sie mehr! Lieben Sie, öffnen Sie Herz! Und genießen Sie auch Urlaub!"

Dann stand er auf und reichte Natascha, fast ein wenig unbeholfen, die Hand zum Abschied. Die Geste wirkte zwar etwas steif, aber sie reichte ihm dennoch ebenfalls die Hand zum Abschied. Er fasste ihre rechte Hand mit beiden Händen, fast so als wäre er für die Geste dankbar, und schüttelte sie langsam, fast bedächtig.

„Danke Ihnen! Ich muss jetzt zum Bahnhof, mit dem Zug nach Milano. Zum Flughafen. Hat mich sehr gefreut, Sie kennenzulernen! Schönen Urlaub. Und vergessen Sie nicht, auch das zu tun, was gut für Sie und die Seele ist."

Dann drehte er sich um, nahm den Griff seiner Tasche in die Hand und verließ das Lokal mit einem freudigen, ja herzlichen Lächeln auf dem Gesicht. Seine Tasche fing an, fürchterliche Schleifgeräusche zu machen, so als würde eines der Rädchen vielleicht wegen eines Steinchens blockieren, während er sie hinter sich herzog und zielstrebig in Richtung Bahnhof gehend, in den Strom der Menschen eintauchte.

Natascha war plötzlich innerlich ganz ruhig und dachte noch ein wenig über diese kurze und völlig unerwartete Begegnung nach. Eigentlich lag dieser Mann absolut richtig mit seinem unkomplizierten Blick auf das Leben und auf die Leute, die das kleine Universum eines jeden Menschen bevölkern und auch prägen. Dass er sich ehrlich freute auf eine Reise in einen Teil der Welt, der in ihrer Vorstellung schrecklich sein musste, wo es immer nur Krieg oder Kälte oder Naturkatastrophen zu geben schien und der wahrscheinlich kaum etwas zu bieten hatte, außer die Nähe und Geborgenheit von ein paar vertrauten Menschen, die ihm wichtig waren. Das machte ihn umso authentischer. Es adelte ihn sogar in ihren Augen mit einem kleinen Hauch aufrichtiger Weisheit.

Einen kurzen Moment später stand sie langsam auf, legte ein paar Münzen auf das kleine Tablett, auf dem das leere Likörgläschen immer noch stand und strich sich ihre Bluse wieder glatt. Sie nahm ihre Tasche unter den Arm und verließ nun ebenfalls ganz entspannt die Gelateria. Anstatt aber nach links oder Rechts abzubiegen und sich am Gehweg dann in den belebten Fluss der Fußgänger einzufädeln, ging sie leicht schräg über die Fahrbahn und blieb an der schmalen Fassade des Hauses auf der gegenüberliegenden Straßenseite stehen, direkt neben dem Eingang.

Neben der Eingangstür war ein kleines Schaufenster zu sehen. Sie stellte – fast mit ein bisschen Enttäuschung – fest, dass hierin nichts weiter von Interesse ausgestellt war, außer ein paar Schildchen, die vermutlich Aufschluss darüber geben konnten, was Torsten hier gesucht hatte. Sie sah, dass auf den aufgestellten Schildern lediglich etwas stand über *cartomanzia*, *luce veggente*, *salute*, *successo* und *tutto ciò che amore*.

Salute – also Gesundheit – verstand Natascha auf Anhieb, das war ja nicht wirklich so schwierig. Und, soweit sie es verstand, ging es hier offenbar auch um die Liebe. Mit einem Quäntchen Bedauern stellte sie aber fest, dass sie nicht imstande war, mehr von dem, was da stand, zu entziffern ohne irgendeine Übersetzungshilfe in Anspruch zu nehmen. Darum kramte sie ihr Telefon wieder aus der Tasche und suchte erst einmal nach virtueller Unterstützung: Pons, Langenscheidt. Babelfish klickte sie dann an, der Name klang lustig und sprach sie irgendwie an. Flugs tippte sie die italienischen Begriffe, die sie den Schildern im Schaufenster entnahm, der Reihe nach ein, während sie gedankenvertieft auf der Straße stand und gebannt die Ergebnisse las, die nach und nach zum Vorschein kamen.

Kartenlegen kam als Antwort. Dann kam Zukunft deuten. Gesundheit. Erfolg. Und alles über die Liebe.

„Nee, oder?!" dachte sie sich, nun ziemlich verwundert über ihre unerwartete Entdeckung. „War es wirklich so? Konnte es sein, dass ihr Torsten womöglich eine Kartenlegerin in Bozen aufgesucht hat?"

Hätte sie ihn nicht selbst mit ihren eigenen Augen gesehen als er kam und ging, hätte sie so etwas niemals für möglich gehalten. Anders ließ sich aber die Bezeichnung *Cartomante* auf einer einfachen Visitenkarte, die Natascha an der Tür vorfand, nicht plausibel erklären. Die Karte war mit Tesafilm auf der Innenseite der Scheibe aufgeklebt. Hinter dieser Tür verbarg sich offenbar eine Wahrsagerin und sonst nichts.

Natascha sagte immer scherzend über sich selbst, dass sie zwar nicht neugierig sei, aber dennoch alles wissen wolle, möglichst jetzt und sofort. Darum fasste sie auf der Stelle einen kühnen Entschluss, den sie ohne zu zögern umsetzte: Sie ging hinein und ließ sich gleich von der alten Dame für den nächsten Vormittag einen Termin geben.

Als sie nur ein paar Minuten später wieder draußen im spätnachmittäglichen Trubel auf der Straße stand, hörte sie gerade noch, wie die Glocke einer

Kirchturmuhr am Ende der Strasse dreimal bimmelte. Sie war ein wenig überrascht, da sie dieses Geräusch bislang nicht wahrgenommen hatte. Der Ton kam ihr irgendwie dürftig und dünn vor, fast schon so, als würde jemand auf der anderen Straßenseite mit einem Holzlöffel gegen eine alte Bratpfanne hauen. Nichtsdestoweniger schaute sie hoch und, als ihr Blick die Kirchturmuhr streifte, registrierte sie fast erschrocken, dass es nun schon dreiviertelsechs anzeigte. Stefano würde in fünfzehn Minuten das Rifugio schließen.

Zügig machte sie sich zum zweiten Mal an diesem Tag auf dem Weg in die Via del Portici.

Dreiundzwanzigstes Kapitel

Torsten schaute sich erwartungsvoll um und stellte fest, dass hier bei Ina zuhause alles genau so spartanisch geprägt war wie es ihm ihre Sicht der Dinge im Leben hatte vermuten lassen. So schaute er sich um und war keineswegs überrascht von dem, was er vorfand. Sie war eine clevere Frau, keine Frage, wohl auch fleißig, lebte aber augenscheinlich auf einem sehr einfachen Standard, der perfekt ihre ziemlich minimalistische Weltanschauung widerspiegelte. Alles, was als überflüssig empfunden werden konnte, oder was für sie in irgendeiner Form Druck oder Verpflichtung bedeutet hätte, war einfach getrost weggelassen worden.

„Weniger ist mehr," war das Motto, das Inas Einstellung sehr präzise zum Ausdruck brachte. So hatte sie sich jedenfalls selbst gegenüber Torsten heute schon mehrfach dargestellt.

„Auf das Wesentliche kommt's nämlich an!" beschied sie ihm als sie vorhin noch im Auto saßen.

Die Bude im Dachgeschoß eines älteren Mehrfamilienhauses direkt in der Innenstadt, bestand aus zwei kleinen, eher winzigen, Zimmern. In der Ecke des einen Zimmers gab es eine einfach gestaltete Esstheke mit zwei Hockern und eine fast übersehbare Kochnische, die nur als solche zu identifizieren war, weil das schmutzige Geschirr sich genau dort hoch auftürmte.

„Die Spülmaschine ist hinüber und ich hab' keine Zeit oder Lust, mich darum zu kümmern," erklärte Ina als sie Torstens Blick in diese Richtung registrierte.

Ansonsten gab es hier lediglich noch einen Flachbildfernseher, der auf dem Fußboden stand, sowie einen kleinen Beistelltisch und eine überraschend schöne Ledercouch. Ein paar Pappkartons säumten die Wand unter der Dachschräge.

„Wir könnten ja erst einmal hierbleiben und was trinken," schlug Ina vor, während sie ihre Tasche ablegte und sich in Richtung Küchenecke bewegte. Auf dem Weg dorthin pausierte sie einmal kurz, um den Fernseher einzuschalten. Sie schaltete den Ton dann gleich auf stumm und öffnete danach noch ein großes Kippfenster in der Dachschräge, um etwas Frischluft herein zu lassen.

„Wir können uns ja immer noch überlegen, ob wir nachher vielleicht woanders hinwollen. Oder?" rief sie ihm über die Schulter zu.

Es klang nicht wirklich wie eine Frage, kam Torsten der Gedanke. Nichtsdestoweniger stimmte er ihrem Vorschlag einfach gutgelaunt zu und setzte sich unaufgefordert ans Ende der Couch. Dabei schaute er neugierig und auch ein wenig erwartungsvoll zu, als Ina zum Kühlschrank ging und ihn öffnete. Dabei fiel ihm auf, dass er diese Handlung heute schon zum zweiten Mal fasziniert, fast gierig, beobachtete. Vom Sofa aus gesehen kam es ihm so vor, als würde der Inhalt von Inas Kühlschrank hauptsächlich aus Flaschen bestehen. Sie nahm zwei davon scheppernd heraus, einmal Wodka und einmal Wasser, und trug sie zu dem kleinen Tisch vor dem Sofa. Dann ging sie nochmals zurück und verschwand kurz hinter der Esstheke, diesmal um ein paar saubere Gläser zu organisieren. Bevor sie wieder zurückkam, hielt sie kurz inne und streifte rasch die schwarze Trainingshose, die sie noch über ihre Shorts trug, herunter.

„Keine Ahnung wie du's hier drinnen gerade findest, aber im Sommer ist es in dieser Wohnung einfach total hot," erklärte sie, während sie ein verchromtes Tablett mit vier Gläsern balancierend zum Tisch brachte. „Immer, wenn ich zuhause bin, reiße ich alles auf und kann nachts trotzdem so gut wie nie schlafen. Fehlt noch was?"

Sie schaute sich unschlüssig um.

„Ich denke, nur noch du!" versicherte Torsten mit einem breiten Grinsen und deutete auf das Sofa neben sich.

Beim ersten Gläschen Wodka stießen sie fast noch ein bisschen unbeholfen miteinander an und beglückwünschten sich gegenseitig, zaghaft lächelnd aber irgendwie auch ehrlich glücklich darüber, dass sich ihre Wege gekreuzt hatten. Und vor allem, dass das Schicksal ihnen, zumindest für die unmittelbare Zukunft, scheinbar gnädig gestimmt war, wie Torsten nun, wenn auch auf Inas Veranlassung und mit ihrer Unterstützung, heute aus erster Hand von einer schrulligen alten Kartenlegerin erfahren hatte.

Beim zweiten Wodka wurde schon weniger geredet. Stattdessen gingen sie rasch dazu über, sich immer mehr auf Kommunikation der nonverbalen Art zu verständigen. Es dauerte nicht lange, da fingen sie an, sich gegenseitig zu berühren und zu küssen. Torstens ungeduldige Fingerspitzen folgten den zahlreichen Linien und Umrissen einiger Tattoos auf ihrem Körper, darunter ein paar Schmetterlinge, ein Salamander und ein Muster, das ihn an ein Pfauenauge erinnerte. Sie zogen sanft die Linien eines fernöstlich anmutenden Drachen nach, die ihr rechtes Handgelenk zierte. Bald kam auch seine Zungenspitze bei der einen oder anderen Exkursion entlang der vielen verschiedenen feminin-filigranen Tintengrenzen zum Einsatz.

„Ist das alles megamäßig schön!" seufzte er, glücklich und zufrieden mit der Welt und vollkommen eins mit Ina und sich selbst. Natascha war in diesem Moment Lichtjahre entfernt in seinem Schädel, sofern sie überhaupt heute noch irgendwo hätte präsent sein können. Während er seinen Kopf auf Inas linker Brust zwischenbettete und dabei keinen Gedanken mehr an Michelangelos Decke in der Sixtinischen Kapelle verschwendete, nahm er ihren linken Arm und hob ihn zärtlich etwas an. Auf der Innenseite des Oberarms war noch ein weiteres Tattoo, das er bislang noch nicht wahrgenommen hatte. Er las dann laut und etwas unbeholfen vor, was mit einem hübschen Schriftzug in ihre zarte Haut eingraviert war:

Ce que femme veut, Dieu le veut

„Was bedeutet das?" wollte er wissen, während er begann, sie an ihrem kunstvoll verzierten Dekolleté und dann am Hals zu küssen.

„Kannst du etwa auch Französisch?"

„Non! Kein Wort. Aber das ist ein schönes französisches Sprichwort. Lässt sich leider nicht so elegant übersetzen..." schmunzelte Ina während sie unauffällig ausweichend seine Anspielung umschiffte. Dabei ließ sie zwischenzeitlich ihre Finger langsam und verspielt über seinen Bauch gleiten.

„Im Englishen klappt es vielleicht noch am allerbesten, da würde es, glaube ich, heißen, *What Woman Wants, God Wants*. Im Deutschen hört es sich aber völlig beknackt an. Wird öfters übersetzt mit *Weibes Wunsch ist Gottes Wille* oder so ähnlich. Klingt irgendwie dogmatisch..."

Ina hatte zwar die beiden Wodkagläser noch ein drittes Mal eingeschänkt, sie blieben aber jetzt unangetastet am Tischrand stehen, während sie und Torsten nun begannen, sich gegenseitig bei der Entledigung störender Textilien behilflich zu sein und dabei anfingen, wild übereinander herzufallen.

Torsten hielt es schier nicht mehr aus. Er meinte, keine Sekunde länger zögern zu können. Er wollte eins sein mit Ina.

Und dann: Endlich! Er hatte sie genau da, wo er seine ausufernde Begierde auf der Stelle ausleben würde! Ihre pure katzenhafte Nacktheit fühlte sich irre an für Torsten, glatt und heiß und voller animalischer Spannung, fast so, als glichen sie beide zwei elektrisch geladenen Teilchen, die sich aneinander rieben, die sich solange abwechselnd gegenseitig anzogen und abwiesen bis sie einen grellen, lustvollen Blitz erzeugten. In diesem geladenen Augenblick tummelten sich ihre Körper bald wild auf Inas weichem Ledersofa, sie bewegten sich wie zwei verzweifelte Boxkämpfer. Ihre ganze Umgebung, ihre ganze Existenz reduzierte sich auf zwei schwitzenden Körper, die heftig und doch federleicht, mal schneller und mal langsamer, forschend nach der nächsten und übernächsten Chance, im grellen Scheinwerferlicht ihrer Lust, dem K.O.-Schlag entgegenrasten. Und dabei versuchten sie, diesen Augenblick doch mit aller Kraft hinauszuzögern! Es war so, als tänzelten sie wild, manchmal leidenschaftlich und dann wieder nur mechanisch umeinander herum, forderten dabei ihre eigenen Grenzen und die des Gegners heraus beim Versuch, sich in die nächste und dann die übernächste Runde zu retten. Rechts, links, rauf, runter. Immer wieder, eng an Ina festgeklammert, nach ihren Brüsten, ihrem Hals, ihrem Rücken, ihren Haaren wild tastend, so als wäre er eine arme, verlorene, ertrinkende Seele, so eng, dass alles was sie in dieser Umarmung schmecken, riechen, spüren konnten, alles nur noch die Lust an diesem Schlagabtausch steigern konnte. Er drückte und sie gab nicht nach, woraufhin er, seinem Instinkt schnell folgend, noch fester drückte! Immer wieder, bis er wusste, dass der finale Gongschlag nur noch einen einzigen Herzschlag entfernt sein konnte. Er küsste sie in diesem flüchtigen Augenblick so unglaublich fest, er tastete mit seiner Zunge so weit vor, dass er sich ausmalte, überall gleichzeitig so tief in ihren warmen, wunderbaren Körper eingedrungen zu sein, dass er irgendwo in ihre glühende, tosende Mitte sich eigentlich selbst begegnen musste. Genau so, wie ein Pilger am Ziel seines Weges, hauptsächlich sich selbst vor Gott begegnet. Der Gongschlag! Der Takt ihrer rasenden Herzen! Die Atemlosigkeit! Er war wie ein Pilger aus einer Mittelalterverfilmung, der barfuss und erschöpft über die letzte steinerne Schwelle stolperte, wie ein entkräfteter Boxer, oder wie ein ausgelaugter Marathonläufer. Er war wie eine verlorene Seele, die sich in den dunklen Fluren einer alten Kathedrale, dessen phallische Turmspitzen sich hoch über ihm im finsteren Nebel verhüllt hielten, entlang tastete und sich dabei verlief. Die immer weiter vorwärts drängte, genau wie bei dem frenetischen Schwimmwettbewerb der Spermien durch die Dunkelheit in Richtung Eizelle, auf der Suche nach dem geheimnisvollen Altar, der am Ende eines langen Gangs stehen musste, der verheißungsvoll in Inas Pussy, seinem heißersehnten Walfahrtsort, mündete und ihn, Torsten, in dieser Nacht mit Dopaminen lüstern berauscht, zu sich selbst führen würde. Er sah sich selbst plötzlich als sehnigen, unerschrockenen erotischen Pilger, auf einem langen, steinigen und beschwerlichen Weg, einen Fuß immer wieder vor den anderen setzend, athletisch kraftvoll mit unbeirrtem Blick auf die Zielgerade fixiert. Immer wieder. Links, rechts, vor, zurück. Ein stürmisches Meer brach dabei überraschend und ohrenbetäubend über ihn ein und er kämpfte verbissen, um sich gegen die aufkommende Flut zu stemmen während Ina sich an ihm festkrallte, wie an rettendem Treibgut. Er kämpfte um jede einzelne Sekunde, die er noch aufrecht gehen durfte bevor die Wellen ihm die Füsse am Ende wegziehen würden. Er wusste genau, es würde passieren. Alles im Leben war vergänglich und vergeblich. Dagegen konnte er nichts tun, außer kämpfen und rammeln, so wie es der Herrgott mit Männern und Frauen vorgesehen hatte. Und dann, wenn's soweit war, würde ihm keine andere Möglichkeit übrigbleiben, als sich nur gehenzulassen. Ein kleiner Tod, wie die Franzosen glaubten. Ja, die Franzosen, die die Liebe und auch die Guillotine stolz für sich selbst reklamierten! Weil nichts so vereinen kann wie absolute Gegensätze. Die Männer, die Frauen, der Tod und das Leben. In seiner Vorstellung lief er durch eine tobende Menschenmenge, immer wieder vor und zurück, am Rande der Erschöpfung auf der Suche nach dem Boxring, in dem er sich gerade mit seinem fleischgewordenen Traum namens Ina zum Sparring eingefunden hatte. In seinem Kopf gingen überall die Lichter an, der Boden, oder gar die ganze Erde fing zu beben an, die Kirche um ihn herum, die Arena und auch das Meer tobten in seinem Kopf wie ein gewaltiger Sturm, ein euphorischer Schiedsrichter erschien plötzlich von irgendwo her, riss seinen Arm schnell und symbolträchtig in die Höhe und versuchte ihn zum Sieger zu küren und...

„Haaaaaaaaaaaaaaaaaallelujah!" tobten tausende, gar Millionen von fremden Stimmen in seinem Schädel, jeder Pilger, jeder Zuschauer am Ring. Er stöhnte leise und zuckte, fast kraftlos, als die reißende Flut ihn dann endlich davontrug, so als würde er mit ganzem Leib und Seele in Ina hinein gespült und verschluckt werden. Ina legte sich auf seinen Bauch und dann, mit einem Mal, herrschte plötzlich Stille auf dem Sofa.

Nach einer Weile öffnete Torsten die Augen und sah, dass der Fernseher immer noch tonlos vor sich hin flimmerte. Ein paar Sekunden, eine kleine, stille Ewigkeit lang, bewegte sich nichts mehr, ausser einem Werbespot für irgendeine quietschbunte Zuckerpampe, die offenbar gesund und gleichzeitig schönmachen soll. Weder auf der Couch, noch um sie herum. Gar nichts. Nach ein paar Minuten löste Ina sich sanft aus seine Umarmung und sprach:

„He, bist du schon fertig?"

Ihr Tonfall klang genau so, als würde sie sich nach dem Verbleib der Fernbedienung erkundigen, oder bei einer Verkäuferin im Supermarkt nachfragen, ob das Schweinemett um diese Uhrzeit tatsächlich schon restlos vergriffen wäre.

Dann richtete sie sich auf, beugte sich etwas nach vorne und nahm eines der kleinen Gläser vom Tisch. Sie kippte den Wodka in sich hinein.

Mit einem einzigen Schluck war das Glas leer. Dann fing sie an zu kichern und konnte nicht mehr aufhören.

Vierundzwanzigstes Kapitel

Natascha drückte die Glastür hastig auf und trat nun zum zweiten Mal an diesem sonnigen Tag wieder in das Rifugio ein. Den kurzen Weg von der kleinen Gelateria bis hierher hatte sie in olympiaverdächtiger Rekordzeit zurückgelegt, zumindest fühlte es sich für sie so an, getrieben sowohl von dem blechernen aber auch mahnenden Gebimmel der bratpfannenähnlichen Kirchturmglocke, als auch von dem Gefühl, dass irgendetwas ganz Elementares ihr durch die Erfahrungen des heutigen Tags genommen und gleichzeitig gegeben worden war. Sie befürchtete, dass sie ernsthaft Gefahr lief, alles zu verlieren, wenn sie sich nicht als klug und umsichtig genug erweisen sollte, Verlust und Gewinn im richtigen Moment voneinander zu unterscheiden.

Kurz reflektierte sie, wahrscheinlich schon zum hundertsten Mal an diesem Tag: Ja, sie war, ohne groß darüber nachzudenken, neugierig, aber auch ein bisschen konspirativ, von Torsten völlig unbemerkt, in den Tag gestartet und hatte sich unschlüssig suchend einen Weg gebahnt, der sie buchstäblich bis zur Türschwelle eines Mannes und gleichzeitig zu einem neuen Lebensgefühl geführt hat. Sie konnte es zwar schon ahnen, ja in Ansätzen zwischenzeitlich sogar schemenhaft sehen, schmecken, riechen, hören und fühlen, aber mit jeder Facette dieses neuen Lebensgefühls, das sie nach und nach zu erkennen meinte und anzunehmen bereit war, erschien ihre jetzige Welt auf rätselhafte Weise immer weiter entfernt von ihren Wünschen und Bedürfnissen. Sie erlebte etwas Hoffnungsvolles und Gespenstisches zugleich, so wie das afrikanische Märchen, dem sie einmal als Teenager gebannt gelauscht hatte, der Erzählung von einer Art verzauberte *Alles-oder-Nichts-Brücke*. Jeder Mensch musste, bevor er oder sie über das schlichte hölzerne Bauwerk trat, alles ablegen was man bei sich trug. Erst dann war die Überquerung möglich, zu Fuß, völlig nackt und schutzlos, lediglich mit der Gewissheit ausgestattet, dass man das Hab und Gut mitnehmen und behalten durfte, dass auf der anderen Seite vorzufinden war, weil dort ein anderer Mensch, der in der entgegengesetzten Richtung unterwegs war, den gleichen Kompromiss einzugehen gezwungen war, um auf seinem eigenen Weg vorwärts zu kommen.

Und wie in allen Märchen und, mehr noch, im richtigen Leben üblich, war dieser Kompromiss wahrscheinlich gnadenlos ungerecht aber unumstößlich: Zurück ging es nicht. War man erst einmal unterwegs zur anderen Seite, dürfte man die Brücke niemals mehr in der Gegenrichtung überqueren. Man konnte oder musste darauf hoffen oder vertrauen, dass der Letzte, der in der Gegenrichtung unterwegs war, ein König und hoffentlich kein Bettler war.

Leise machte sie die Tür hinter sich zu und blieb stehen, leicht gegen die Scheibe gelehnt, während sie das Geschäft schnell aber gründlich absuchte. Als sie so dastand, meinte sie ihr eigenes Herz lautstark pochen zu hören, so laut und heftig schlug es.

Natascha sagte zunächst gar nichts, hielt stattdessen den Atem an, während sie schweigend und aufgeregt in sich hinein zu lauschen versuchte. Was gab es in ihr zu hören? Sie schloss ihren flüchtigen Scan des Ladens mit der Feststellung ab, dass kein Mensch außer Stefano hier im Rifugio zu sehen war.

Sie waren wieder alleine.

„Was wollte sie denn eigentlich jetzt hier?" fragte sie sich zum tausendsten Mal.

„Mitleid? Liebe?"

Sie stellte sich die gleichen Fragen, wie die Kopfkinostimmen aus der Beziehungsbirne es heute bereits getan hatten, mehr als einmal sogar. Nur diesmal war es anders, ein bisschen wie eine Abfrage in der Schule damals. Im Geiste hob sie die Hand, stand rasch von der Schulbank auf und antwortete mit fester Stimme:

Ich will verstanden werden.

Was noch? kam die Frage eines längst vergessenen Lehrers aus einer anderen Ecke in ihrem Hinterkopf.

Ich will auch begehrt werden! erklärte sie laut und deutlich. *So richtig! Ich will spüren, dass ich einem anderen Menschen wichtig bin. Einem Mann. Ohne wenn und aber. Immer!*

„*War das schon alles?* erkundigte sich wiederum eine andere Stimme. Es war so etwas wie die Chefstimme in ihrem Kopf.

Nein! antwortete Natascha. *Ich will mehr. Ich will das Wichtigste überhaupt sein, im Leben eines anderen Menschen. Immer! Alles andere habe ich irgendwie nicht verdient. Schon gar nicht, dass man so wie bisher mit mir umgeht. Ich hab's so einfach nicht verdient!*

Bei diesem Gedanken erschrak sie. Es hörte sich für sie so an, als würde Torstens Stimme plötzlich aus ihr sprechen. Im nächsten Moment kam ihr dann auch gleich der Gedanke an Dämonen und Schutzgeister, deren Beistand sie würde heraufbeschwören müssen, um ihm gegenüber der metaphysischen Hoheit zurückzugewinnen.

Wie willst du denn überhaupt sicherstellen, dass du geliebt wirst? bohrten die Kopfkinostimmen unisono nach. *Das kann man doch gar nicht einfordern!*

In dem ich selbst auch liebe! wehrte sich Natascha und wurde sich wieder bewusst, dass sie, anstelle von Schreibtafeln und Lehrerschreibtisch von Regalen und Vitrinen, bestückt mit edlen Lederwaren, umgeben war.

„Magst du die Tür noch länger zuhalten oder kommst du einfach rein?" scherzte Stefano mit einem breiten amüsierten Lächeln auf seinem Gesicht. Auch wenn er überhaupt nicht ahnen konnte, was gerade in ihr vorging, spürte Natascha, dass ihn nichts so schnell aus der Ruhe brachte. Im Vertrauen darauf, dass er sich auf sie einstellen konnte und auch willens dazu war, ging sie einen halben Schritt zur Seite als er mit dem Schlüssel in der Hand vorkam.

„Wollen wir gemeinsam gehen?" fragte er gutgelaunt. „Wir könnten einfach absperren und gehen. Wenn du möchtest, meine ich. Ich wäre nämlich für heute hier fertig."

„Ich noch lange nicht!" antwortete Natascha und schritt auf Stefano zu. Der Duft im Laden war intensiv, so betörend in diesem Augenblick, dass sich unverhofft ein Bild vor ihr auftat: Eine satte, grüne Landschaft lag friedlich vor ihr, lauter Milka Kühe standen auf den Almen, umgeben von majestätischen Bergen unter einem strahlend blauen Himmel voller großer flauschiger, weißer Wolken, die so weich und warm, frisch und rein und kuschelig waren, wie die Kissen und Decken, in die sie sich am liebsten noch heute in nackter Umarmung mit diesem Mann fallen lassen würde.

Fünfundzwanzigstes Kapitel

Torsten hatte überhaupt keine Lust auf einen nächtlichen Clubhopping-Ausflug nach all den wilden Eskapaden auf Inas Sofa. Absolut null. Er wollte Ina nicht gleich mit der ganzen Welt teilen müssen.

Aber sie wollte es wohl so.

Nun stand er hier und überlegte, ob er vielleicht doch einen größeren Fehler begangen hatte, Ina seine Unlust so direkt zu verstehen zu geben. War es womöglich ein Problem, dass er es gewagt hatte, Inas Idee abzulehnen? Oder lag für ihn die Schwierigkeit inzwischen vielmehr darin, dass er überhaupt noch hier bei ihr in der Wohnung stand, während sie hartnäckig auf Ausgang plädierte? War das schon alles gewesen? Sie hatten zwar nicht wirklich gestritten als Torsten anders auf ihren Vorschlag eingestiegen war, als sie es wohl erwartet hatte, aber ihre Reaktion auf sein Desinteresse war dennoch seltsam gewesen, nichts davon gab ihm Anlass zur Hoffnung auf ein künftiges unkompliziertes Miteinander.

Zwischenzeitlich lag sie nun in eine warme Decke gehüllt da und döste auf dem Ledersofa vor sich hin, das den Beiden den ganzen Abend lang als frivole Spielwiese gedient hatte. Nachdem wohl ausreichend geklärt war, dass sie doch nicht noch einmal gemeinsam in Bozens Nachtleben eintauchen würden, hatte Ina ihr Handy wortlos in die Hand genommen und in einem Wahnsinnstempo eine veritable Breitseite an Nachrichten verfasst und versendet. Lauter SMS oder WhatsApps oder Facebookeinträge oder weiß der Kuckuck was noch. Torsten hatte keine Ahnung, an wen und schon gar nicht was genau sie geschrieben hatte, auch nicht, ob sie nun zutiefst beleidigt war oder nicht. Ein Selfie mit ihm für irgendeine Post sprang jedenfalls nicht heraus. Schon das ließ ihm nichts Gutes erahnen, Begeisterung wird heutzutage anders mitgeteilt...

Nachdem sie endlich mit dem Tippen fertig wurde, hatte Ina sich einfach hingelegt und mehr oder weniger geschwiegen.

Jetzt lag sie also da, wohl noch etwas angesäuselt und machte sich ganz lang auf dem Sofa, eingemümmelt in eine bunte, flauschige Decke, ihre Augen bald fest geschlossen. Einmal sprach sie noch während sie kurz hinüber zu Torsten blinzelte:

„Bis morgen, OK? Ich glaub', ich bin jetzt ziemlich müde…"

Danach schien sie auf der Stelle eingeschlafen zu sein.

Torsten stand ziemlich verlegen in der Stille am geöffneten Dachfenster und schaute ratlos in die Finsternis hinaus. Abertausende kleiner heller Sternchen waren über den ganzen Nachthimmel verstreut. Ein prachtvoller Vollmond leuchtete über den Bergspitzen und tauchte dabei die umliegenden Dächer in ein sanftes aber auch geheimnisvolles Licht. Er schielte nochmals zu Ina hinüber, die friedlich dalag und sich, bis auf die leichte, rhythmische Bewegung ihrer Atmung, keinen Millimeter mehr rührte.

Ce que femme veut, Dieu le veut war deutlich von hier aus auf ihrem Arm zu lesen.

Weibes Wunsch ist Gottes Wille.

Torsten grinste in sich hinein. Vielleicht waren Kerle wie er wirklich bloß Statisten in irgendeiner göttlichen Komödie?

Auf dem Tisch vor dem Sofa stand noch die Wodkaflasche aus dem Kühlschrank, die inzwischen mehr als zur Hälfte geleert war, hauptsächlich von Ina, die im Verlauf des Abends immer wieder behauptete – anfangs scherzend, später, so fand es Torsten, zunehmend ernster werdend – dass sie dabei war, den Russen in ihr zu entfesseln.

„Mann o Mann, kein Wunder, dass sie so platt daliegt," dachte er sich und schüttelte sich kurz. Was erwartete sie nun eigentlich von ihm? Sollte er bei ihr bleiben, oder ging sie einfach davon aus, dass er irgendwann verschwinden würde?

War das vorhin ihre Art gewesen, *gute Nacht* zu sagen? Oder war das gleichzeitig eine Aufforderung gewesen, ein unzweideutiges *auf Wiedersehen*?

Oder gar *auf Nimmerwiedersehen*?

Er strengte sich an und dachte dabei verschärft nach: Mit ihr zu schlafen war heute echt unglaublich gewesen, richtig geil. Aber irgendetwas fühlte sich für ihn dabei trotzdem nicht richtig an als der Zufluss an Dopaminen in seinem Schädel allmählich versiegte. Irgendetwas war für ihn nicht rund. Sondern ganz, ganz flach. So wie wenn man an einem schönen Frühlingstag im Studio eine Runde durch den Geräteraum dreht, anstatt im Wald zu laufen oder mit dem Fahrrad durch eine richtige Stadt zu fahren. Die Bewegung mag ja gleich sein und der Trainingseffekt somit genauso gut – aber trotzdem fühlt sich alles anders an. Die Luft, die Vibes um einen herum, der ganze Gedankenflow. Leblos wirkte das dagegen, kam es ihm in den Sinn. Das war's. Er suchte nach dem richtigen Begriff. Steriler, vielleicht...

Torsten erschrak mächtig bei dieser gravierenden Festellung.

Steril! hallte es wiederholt in seiner Birne.

O Gott, wie krass! formulierte sich als nächstes eine Gedankenblase in seinem Kopf. Dass er über Ina nachsinnierte, mit der er soeben den geilsten Sex überhaupt gehabt hatte, und dabei nicht einen sonnigen Garten der Lust, vollbehangen mit saftigen Früchten vor sich sah, sondern unerwartet einen verstohlenen Blick auf eine womöglich verödete Steppe zu erhaschen meinte!

Er stand am Fenster und knetete sich fest in den Nacken während zunehmend Nervosität in ihm hochstieg. Er begann sich zu fürchten, dass Ina sich mit ihm vielleicht sogar etwas gelangweilt hat.

Scheiße!

Er schaute sich den Vollmond an und dachte unwillkürlich an Natascha und wusste, sie würde bestimmt heute Nacht auch auf diesen schönen Mond schauen und nachdenken, sich vielleicht sogar

Inspiration zu irgendetwas holen. Davon war er felsenfest überzeugt.

Wo sie denn jetzt wohl war? Was sie gerade machte? Egal, diese helle Scheibe am Firmament war immer noch ein Bindeglied zwischen ihnen, das wusste er instinktiv.

Er gähnte, während er aus dem Dachfenster schaute.

Und er fing an, intensiver über Natascha nachzudenken. Na ja, ausschweifende oder gar ungezügelte Gymnastikstunden auf einem Sofa hätte er eigentlich auch mit ihr haben können. Keine Frage, gehemmt oder prüde war sie wirklich nicht.

Aber mit Natascha hätte es zwischendurch spürbar mehr gemenschelt, kam es ihm. Viel mehr als mit Ina. Es hätte Kerzen gegeben, oder eine ordentliche, genüssliche Lästerei zwischendurch. Oder vielleicht Musik statt eines Schwalls tonloser Fernsehreklame wie in einer amerikanischen Sportsbar. Er wusste, sie hätten sich jedenfalls nebenbei köstlich amüsiert, so wie vor ein paar Wochen als Natascha in irgendeiner in der Klinik liegengebliebenen GQ oder Men's Health oder so, aufmerksam einen Bericht über den perfekten Lustmord gelesen und alle relevanten Details einstudiert hatte. Es ging um die Kunst, einen Mann beim Sex mit dem Busen zu ersticken.

Seine Natascha interessierte sich von jetzt auf gleich für Intimizid. Mord unter Sexualpartnern. Einfach abgefahren!

„Aufgrund der Erregung und der dadurch bedingten flachen Atmung, tritt der Tod sehr schnell ein und eine böse Absicht ist so gut wie nie nachzuweisen," hatte sie ihm brühwarm aber auch kokett berichtet. Er hatte bei dieser Ausführung natürlich gekontert, dass ihre Erfolgsaussichten da vermutlich ziemlich schlecht stünden, da ihre Körbchengröße, so adäquat sie auch war, sie nicht unbedingt zum Tragen eines Waffenscheins verpflichten würde. Ihre Verstimmtheit hierauf hielt sich in Grenzen, aber als sie beim anschließenden Raufen mehr als nur ein paar graue Haare bei ihm ausfindig machte, kam die sofortige Retourkutsche:

„O, Scheibenkleister!" entfuhr es ihr, als sie ihm mit den Fingern grob durch die Haare fuhr. „Noch ein paar hiervon und du bist echt friedhofsblond!"

Der Herrgott wusste die kleinen Sünden sofort zu bestrafen, Ehefrauen wussten das ebenfalls, dachte er sich und schmunzelte in die Nacht hinein.

Plötzlich vermisste er seine Natascha. Ein bisschen schon...

Torsten starrte noch ein paar Minuten schweigend auf den Mond und fing an nachzugrübeln, wo er denn hier in der Nähe um diese Uhrzeit ein Taxi finden würde.

Sechsundzwanzigstes Kapitel

Zum Abendauftakt hätte Natascha sich anfänglich sehr gerne einen guten Cocktail gegönnt, sowie ihren speziellen Favoriten, den Glücksbringer – Holunder, Gin und Cranberrysaft auf Eis. Aber als sie und Stefano im Restaurant ihre Plätze eingenommen hatten, war sie letztlich froh, dass sie klugerweise doch verzichtet hatte. Stefano hatte nämlich charmant aber bestimmt darauf bestanden, eine wunderbare Flasche toskanischen Chardonnay, einen Cabreo la Pietra, zu bestellen.

„Die Trauben hierfür werden absichtlich sehr hoch am Berg angebaut, so um die fünfhundert Meter über dem Meeresspiegel..." verriet ihnen der Kellner als er die Flasche daraufhin brachte und fachmännisch vor ihnen entkorkte.

Es war alles sagenhaft lecker: Es gab Sellerieschaumsüppchen mit Bresaolatramezzino und als Zwischengang ein Zitronengrassorbet. Als

Hauptspeise wurde ein Gemüse-Gersten-Risotto mit frischem Büffelmozzarella gereicht. Und zum Abschluss, als Dessert, gab es noch eine Erdbeerminestrone mit Basilikum. Die Weinflasche tranken Natascha und Stefano nebenbei leer.

Das kleine Lokal war traumhaft schön, fand sie, auch wenn der Kellner für ihr Empfinden vielleicht ein Quäntchen zu redselig, oder gar klugscheißerisch auftrat. Der Speiseraum war jedenfalls hell und freundlich schlicht gestaltet, so wie sie es am liebsten mochte. Es war der perfekte Ort, um sich abends entspannt am Tisch zu unterhalten und einfach alles zu genießen.

Nachdem Stefano die Rechnung hatte bringen lassen und sie sich gebührend verabschiedet hatten, gingen sie vergnügt und leicht beschwipst zu Fuß den kurzen Weg zu Stefanos Wohnung, einen kleinen Dachstudio, das sich unweit der Stelle befand, an dem die Flüsse Talvera und Isarco hörbar zusammenflossen.

„Ich habe es nur gemietet," erklärte ihr Stefano leise, als sie dort ankamen und er im Dunkeln den

Schlüssel aus seiner Jackentasche kramte. „Eigentlich habe ich immer am Lago di Caldonazzo gewohnt. Sehr schön ist es da – aber es ist einfach zu weit, um immer wieder hin und her zu fahren. Da ich alleine bin, mache ich es mir so einfach wie möglich. Ich kann es mir aussuchen..."

Später am Abend, als sie nackt und eng umschlungen im Wintergarten zusammenlagen und ihren Blick aus dem Bett über die Stadt schweifen ließen, war Natascha plötzlich sehr neugierig.

„Warum bist du eigentlich nie verheiratet gewesen?"

Stefano überlegte auffällig lange, bevor er ihre Frage beantwortete.

„Ich glaube, wenn's ernst wird, habe ich immer Angst um mein Gleichgewicht."

„Wie bitte?"

„Doch! Das innere, die seelische. Das meine ich natürlich! Du solltest wissen, als junger Mann war ich einmal mit einer Frau eine ganze Weile liiert. Sie war eine nette Amerikanerin und ein bisschen – warte, wie würde man es heute höflich sagen? – esoterisch veranlagt. Sie versuchte mir geduldig beizubringen, immer ein kleines Säckchen Bohnen bei mir zu tragen, um mir damit mein eigenes Glück vor Augen zu führen. Wenn irgendetwas mir guttat, meinte sie, sollte ich sofort anhalten und eine davon in die rechte Hosentasche tun. Und wenn etwas schlecht lief, dann sollte ich ebenfalls eine in die Hosentasche legen, nur diesmal links. Sie versprach, am Ende eines jeden Tages würde ich buchstäblich sehen können, wie glücklich ich in Wirklichkeit bin, ohne es bewusst wahrzunehmen..."

Er fing leise an zu kichern.

„Und? Was kam dabei raus?" wollte Natascha jetzt wissen.

„Nun, ich war noch jung, ich habe mir Mühe gegeben. Ich glaube, ich habe kiloweise Espressobohnen umgeschichtet und unterwegs verloren. Monate lang! Eigentlich war es jammerschade um den ganzen schönen Kaffee. Jedenfalls fiel meine persönliche *Balance of Beans*, wie sie es so schön nannte, ziemlich dürftig aus. Vielleicht war ich damals nur zu dumm, oder zu abgelenkt, um über mein Glück oder Unglück zuverlässig Buchhaltung zu führen, oder vielleicht habe ich einfach immer nur vergessen, beherzt in das Bohnensäckchen zu greifen, wenn es mir gut ging, weil ich ausgerechnet dann anderweitig beschäftigt war. Jedenfalls fiel bei mir die Bilanz meistens negativ aus."

„Und was ist aus der Frau geworden? Diese Amerikanerin?" wollte Natascha wissen. Sie grinste breit.

„Sie war irgendwann weg. Hatte wahrscheinlich höllische Panik, dass ich ein Idiotenmagnet bin, so einer der das Unglück immer anzieht. Solche Leute gibt es. Oder vielleicht dass ich nicht imstande wäre, eins und eins zusammenzuzählen. Egal, sie wird sich gedacht haben, mit so einem wie mir, der nicht einmal korrekt Bohnen in der Waagschale halten kann, kann eine moderne, emanzipierte Frau keine Existenz aufbauen!"

Dann schliefen sie miteinander. Das Bett, auf dem sie lagen, stand im Wintergarten auf der Dachterrasse des Gebäudes. Wenn sie nicht gerade miteinander beschäftigt waren, lehnten sie sich aufrecht in die Kissen und schauten über die umliegenden Dächer. Natascha fand es sensationell schön. Ein Großteil der Stadt mit ihren Lichtern lag ihnen zu Füßen und in der Ferne waren sogar die Silhouetten der Berge noch erkennbar. Imposante finstere Granitmassive, wild durcheinander aufgetürmt und fast alle mit vielen kleinen Lichtpunkten gesäumt. Ein paar davon dürften wohl zum Goldenen Sonnenhof Talblick gehören, kam es ihr.

Und über allem thronte in dieser Nacht der Vollmond: groß, rund und atemberaubend in seiner prachtvollen Schönheit. Die Zeit des Werdens war nun vorüber, das wusste Natascha. Venus würde Ausgleich schaffen, während der Einfluss des Mars sogar nach Konsequenzen drängeln würde.

Siebenundzwanzigstes Kapitel

Torsten sank langsam etwas tiefer in sein Sitzpolster auf der Rückbank des Taxis und gähnte zum wiederholten Mal. Draußen huschte die schlafende Stadt wie im Zeitraffer an seinem Fenster vorbei und in der Dunkelheit wirkte Bozen auf ihn, wie eine verlassene Theaterkulisse. Die helle Mondnacht und die Straßenbeleuchtung tauchten alles, was er an sich vorbeiziehen sah in ein Licht, das jede Ecke, jedes Gebäude und jede Kontur messerscharf hervorhob. Ein entrücktes Schattenspiel, das den Straßenzügen jeden Anflug von Farbe zu rauben schien, gleichzeitig aber eine bestimmte Gravität, eine Art stoische Ernsthaftigkeit verlieh, die bei der alltäglichen Flut von Licht und Lärm und Geschäftigkeit nicht mehr wahrnehmbar war. Es war bereits die fünfte Nacht ihres Urlaubs, aber erst jetzt wurde ihm bewusst, dass sie sich im Süden befanden. Und dass der Süden – wenn er ruht – unaufhörlich aber sanft dazu ermutigt,

Platz im Herzen zu schaffen, indem man auch Trauer oder Einsamkeit zulässt. Nur die Verzweifelung ist dem Süden fremd.

Torsten holte tief Luft.

Er hatte gerade richtig Glück gehabt. Schon kurz nachdem er Inas Wohnung verlassen hatte, fand er einen Wagen, dessen Fahrer bereit war, ihn ins Hotel zurückzufahren. Innerlich hatte er schon das Schlimmste befürchtet: Dass er nämlich den ganzen Weg zum Bahnhof zu Fuß zurücklegen müsste, bevor er ein Taxi finden würde. Ina war in Sachen Orientierung oder Organisation keine Hilfe gewesen: Sie hatte tief und fest auf dem Sofa geschlafen, als er ging. So blieb ihm nur übrig, das Dachfenster zu schließen und die Wohnungstür hinter sich ins Schloss fallen zu lassen. Unten auf der Straße, hatte er eine beliebige Richtung eingeschlagen um die Suche nach einer Heimfahrtmöglichkeit einzuleiten.

Er fühlte sich gerade ziemlich bescheiden. Ein bisschen ausgenutzt, so als wäre er ein Wegwerfartikel. Ina hatte tatsächlich sehr deutlich gesagt, dass sie nur Spaß wollte, reflektierte er. Das war wirklich so und er hatte sich gedacht, es wäre so auch in Ordnung. Aber sie hatte ihm eisern verschwiegen, dass sie nicht bereit war, im Gegenzug so etwas wie Nähe oder gar Verbundenheit aufkommen zu lassen. Ganz im Gegenteil: Stattdessen hatte sie sich genüsslich volllaufen lassen während sie etwas vom russischwerden erzählt hatte. Im Nachhinein war damit sichergestellt, dass sie beide sich gleich nach der Nummer, so wie es bei Frank Sinatra vor fünfzig Jahren geheißen hatte, in ein paar *Strangers in the Night* verwandeln. Er überlegte was genau ihn daran störte. Es war wohl nur ein One-Night-Stand gewesen. Ist doch irgendwie auch nett, oder?

„Ich konnte nix mitbestimmen. Hab' ich irgendwie alles so nicht verdient!" versuchte er es sich selbst zu erklären und sich nebenbei auch zu trösten. Gleichzeitig fing er an, etwas an sich selbst zu zweifeln. Er konnte sich beim besten Willen nicht vorstellen, dass Ina sich jedes Mal die volle Breitseite gab, wenn sie mit einem Typen ins Bett stieg. Lag es also an ihm, dass sie sich die Kante gegeben hatte? War er womöglich anders gar nicht auszuhalten gewesen? Vielleicht hatte er's einfach von Anfang an verbockt? Vielleicht hätte er auch nur fröhlich mitsaufen müssen, dann wäre er womöglich in der Früh neben ihr aufgewacht? Vielleicht war es genau das, was ihn störte: Die Tatsache, dass es Ina offenbar völlig egal war, ob er ging oder nicht...

Torsten wurde abrupt hellwach, als der Wagen mit einem sanften Ruck vor dem Eingang des Hotels zum Stillstand kam. Er gähnte herzhaft, während er das Geld für den Fahrer aus seiner Hosentasche fischte.

„Fast drei Uhr," dachte er als er am Parkplatz stand und zuschaute wie der kleine Fiat langsam davonfuhr. Er streckte seinen Rücken etwas, um sich gerade aufzurichten und strich sich mit den Händen übers müde Gesicht.

„In der Früh ist erst einmal Ausschlafen angesagt. Hoffentlich macht Natascha nicht gleich irgendwelchen Stress..."

Dann fing er kurz an, zu überlegen. Ach ja, Natascha. O, verdammt! Am besten wäre es wohl, sie bekäme es gar nicht mit, wenn er kommt. Das Sofa. Das war's! Er würde einfach im vorderen Raum auf dem Sofa schlafen, dann müsste er das Schlafzimmer heute Nacht gar nicht betreten. Alles andere würde sich dann morgen ergeben...

Als er an die Rezeption ankam, stand Maurizio da und lachte ihn freundlich an. In der Hand hielt er schon das Brett mit dem Zimmerschlüssel bereit.

„Pronto!" sagte er zufrieden während er einen der beiden Schlüssel überreichte, die in einem Fach hinter der Rezeption lagen.

„Buonanotte!"

„Scheiße!" verdichteten sich die Gedanken in Torstens Kopf. Wenn Maurizio ihm den Schlüssel jetzt überreichte, während der zweite noch dort lag, dann konnte das ja nur bedeuten, Natascha war nicht...

Der Süden nagte jetzt ganz gewaltig an ihm. Er wollte geliebt werden.

Achtundzwanzigstes Kapitel

Es war nun ganz still draußen vor der geöffneten Tür von Stefanos Wintergarten. Nur noch die Katzen schlichen lautlos durch die Straßen unter ihnen und, irgendwo in der nächtlichen Ferne, schlug eine Kirchturmuhr zur vollen Stunde. Es war ein Uhr morgens.

„Sag' mal: Glaubst du eigentlich an das Schicksal? Dass es im Leben so eine Art Vorbestimmung gibt?" wollte Natascha wissen und unterdrückte ein leichtes Gähnen. Sie lag fast quer auf dem Bett, locker mit einem weißen Laken zugedeckt, ihr Kopf auf Stefanos Bauch ruhend.

Er lachte leise vor sich hin.

„Ach nein!" antwortete er belustigt. „Überhaupt nicht. Seit meiner leidvollen Erfahrung damals als Greenhorn mit der Amerikanerin, nicht mehr! Ich denke, sie hat mir den Glauben an alles Überirdische endgültig genommen! Inklusive Kirche, sehr zum

Bedauern meiner Familie. Sie warten bis heute alle darauf, dass ich mich an einem hoffentlich nicht all zu fernen Tag endlich wieder auf den Weg der Tugend zurückbegebe. Kannst dir wahrscheinlich vorstellen, wie das aussehen soll: Beichtstuhl, Marienprozessionen und Weihrauch, hübsche Braut und natürlich ein ganzer Stall voller Enkelkinder. Wie sich das hier nunmal gehört!"

In einem länglichen Spiegel, einem gläsernen Rechteck, das an einer Holzstaffelei vor der einzigen durchgehenden Wand des Wintergartens platziert war – die gleiche Wand, an dem das Kopfende des Betts stand – konnte Natascha den Vollmond aus dem Augenwinkel sehen. Es kam ihr so vor, als würde der Mond versuchen, den Raum indirekt in Beschlag zu nehmen, mit seinem Licht den Wintergarten gänzlich zu umarmen. Als führte der Mond eine unüberhörbare Botschaft mit sich, ein Geheimnis, das er unbedingt loszuwerden versuchte.

„Aber so kann man bestimmt auch glücklich sein, oder?" bohrte sie nach.

„Natürlich!" erwiderte Stefano. „Aber Glück ist immer relativ. Das weißt du ja auch! Richtig glücklich sind wir leider erst dann, wenn wir meinen, glücklicher zu sein als die Norm. Bei den Philosophen heißt es, Glück zu erlangen sei deswegen so schwer, weil wir immer glauben, dass die Anderen viel glücklicher sind, als es tatsächlich der Fall ist."

„Vielleicht muss man sein Glück nur suchen," schlug Natascha vor. „Oder ihm ab und zu hinterherlaufen. Aber es muss nicht immer von jemand anders abhängig sein, oder?"

„Ganz schwierige Frage..." gab Stefano zu bedenken. „Wer kann schon behaupten, ganz alleine mit sich selbst glücklich zu sein? Dazu gehört immer auch noch etwas anders: Personen, Aufgaben oder ein schöner Ort, zum Beispiel. Irgendetwas, wofür es sich lohnt, zu arbeiten oder davon zu träumen. Oder eventuell sogar etwas zu riskieren!"

Dann schwiegen sie beide wieder. Natascha war inzwischen hundemüde, gleichzeitig wusste sie, dass sie in dieser Nacht Schlaf niemals zulassen würde oder konnte. Draußen vor der geöffneten Tür war das Licht des Mondes so hell, dass es tiefe Schatten in den Raum und auf die Dachterrasse warf.

Stefano lag völlig regungslos und still da, nicht schlafend, aber doch in einem angenehmen Dämmerzustand, den jeder kennt, wo die Grenze zwischen Entspannung und Traum kaum noch wahrnehmbar ist, wo man ruht, während jede einzelne Nervenzelle empfindlich unter der Haut auf der Lauer liegt, um sekundenschnell einen Flächenbrand zu entzünden.

Ein paar Minuten vergingen, dann schob Natascha das Laken sanft beiseite und fing an ihn zu streicheln und zu küssen, lang und lustvoll, am Hals und dann auf seiner Brust, langsam und sinnlich über seinen Bauch hinweg wandernd. Stefano lag mit seinem Kopf in ein Kissen gebettet und ließ in diesem Moment alles zu, außer Schlaf. Nach einer Weile legte sich Natascha wortlos auf ihn und sie begannen abermals sanft im betörenden Halblicht miteinander zu schaukeln. Es dauerte nicht lang bevor sie spürte wie er sich kraftvoll an ihr festkrallte, so als würde er mit ihr verschmelzen und ihr dabei in dieser Nacht keinen einzigen Atemzug mehr ermöglichen. Stefano schnappte selbst nach Luft wie ein gestrandeter Fisch es tun würde und presste sie mit aller Macht an sich.

„O! Il mio Dio…" entfuhr es ihm in diesem Moment. „Mein Gott, Verena!"

Neunundzwanzigstes Kapitel

Es war drei Uhr morgens als Nataschas Taxi forsch in die Einfahrt des Hotels einbog. Die Straßen von Bozen waren um diese Stunde gespenstisch leer. Außer einem einzigen Auto, ebenfalls ein Taxi, das ihnen unmittelbar vor dem Goldenen Sonnenhof Talblick entgegengekommen war, bewegte sich nichts auf den Straßen. Sie saß schweigend auf der Rückbank im Dunkeln und hielt sich mangels Alternativen an ihrem iPhone fest. Früher waren die Mädels noch, kam ihr spontan der Gedanke, bei solchen Ausflügen mit dem BUKO on Tour gewesen – dem Beischlafutensilienkoffer, wie man ihn damals so schön genannt hatte – aber heutzutage, im aufgeklärten, interaktiven, körper-betonter post-Babyboomer Zeitalter des digitalen Smartphones gehörte die ganze Hardware längst der Vergangenheit an. Die Zeiten damals waren sowas von analog gewesen! Allenfalls eine kleine Handtasche brauchte

Frau heute noch. Und ein Smartphone. Fortschritt konnte manchmal auch wie Einsamkeit empfunden werden, seufzte sie innerlich.

Am liebsten hätte sie einfach losgeheult, als sie ins Taxi stieg und die Tür hinter sich zuzog. Stefano hatte sich zwar äußerste Mühe gegeben, zu erklären, zu beschwichtigen, um sie zu beruhigen und auch zu trösten. Aber letztendlich musste auch er zugeben, dass sein Ausrutscher im Eifer des orgasmischen Gefechtes, wohl darauf zurückzuführen war, dass ausgerechnet ihre Freundin Verena – über die in den letzten Tagen so viel gesprochen wurde im Rifugio! – in seiner Fantasie scheinbar längst eine Art Zuhause gefunden hatte. Verena hatte sie einst ins Rifugio geschickt und nun residierte sie, ohne es zu ahnen, selbst dort. Und man konnte ihr überhaupt keine Schuld daran geben. Es war nun Verena, die wie eine Fee durch Stefanos Träume zog und sich in seine Sehnsüchte einnistete. An sie – Natascha – würde er wohl erst wieder denken, wenn er am Morgen das Rifugio aufsperrte. Es war alles so unglaublich kompliziert und ungerecht! Den ganzen Berg hinauf kämpfte sie, mutterseelenallein auf dem Rücksitz, tapfer gegen die Tränen.

Was hatte sie denn bloß geritten, dass sie überhaupt so unglaublich viel über Verena erzählt hatte? Was war an ihr, an der Erzählung, was einen Mann wie Stefano so gnadenlos anzutörnen schien? Konnte doch nicht sein, bloß weil sie noch zu haben war?

Und überhaupt:

Warum lief Verena denn überhaupt noch als Single in der Landschaft herum? fragte Nataschas Kopfkinostimme wohl zum hundertsten Mal in dieser Nacht. Sie war ratlos. Perplex. Am Boden zerstört.

Worauf hatte sie denn eigentlich gewartet? Auf einen Arzt vielleicht? Wollte sie etwa einen Anwalt? Einen der beides konnte? Vielleicht auf George Clooney? Inzwischen vergeben. Pech, meine liebe Verena! Sie sagte ja selbst schon immer, die coolsten Typen waren immer alle schon tot oder verheiratet, was oftmals irgendwie aufs Gleiche hinauslief. Oder eben schwul...

Oben angekommen, kletterte Natascha rasch aus dem Taxi und trat in das Halbdunkel des Rezeptionsraums. Im kleinen Büro hinter dem Tresen brannte noch Licht. Aus der offenen Tür trat einen kurzen Augenblick später, mit einem etwas verdutzten Gesichtsausdruck, Maurizio. Eben jener Maurizio, der sie und Torsten Dienstagnachmittag hoch oben am Berg ihrem Schicksal überlassen hatte!

„Pronto!" begrüßte er sie verlegen und fing an, in Richtung Schlüsselbrett zu gestikulieren. „Mr. Wintersenn..." sagte er während er auf einen beliebigen Schlüssel zeigte. „Ääääh, cinque minuti fa..."

Er hielt seine Hand mit fünf gespreizten Fingern hoch. Seine Tatze kam ihr riesig vor.

Natascha fing auf der Stelle an zu weinen. Nicht weil Torsten, wie sie gerade erfuhr, scheinbar erst vor fünf Minuten den Schlüssel geholt hatte, sondern weil mit einem Mal der ganze aufgestaute Frust und die Trauer über ihren Abschied von Stefano sie überrollte.

„Se aspettano! Tutto diventa bene!" versuchte Maurizio sie hilflos zu trösten. „Everything gut..."

Er schaute mitfühlend um sich. Links, rechts. Und nochmals links, rechts...

„Ich brauche ein anderes Zimmer!" flehte sie ihn an, während sie ein Taschentuch hervorkramte und auf ein paar Schlüssel deutete, die noch hinter ihm in den Regalfächern lagen. „Ich muss schlafen!"

Maurizio war völlig überfordert.

„Nessuna camera più..." stammelte er während er verneinend seinen Kopf hin und her schüttelte.

„Wer kann mir ein anderes Zimmer organisieren?" wollte sie wissen. Sie wurde etwas lauter in ihrer Verzweifelung. „Chi? Chi? Sage es mir, bitte! Wer?"

Da kapitulierte Maurizio und entschwand hilflos gestikulierend in das kleine Rezeptionsbüro im Hinterraum. Er machte die Tür lautlos und vorsichtig hinter sich zu. Natascha konnte vom Tresen aus durch die Glasscheibe daneben beobachten, dass er verzweifelt versuchte, zu telefonieren. Einen Augenblick später öffnete sich die Tür wieder.

„Un momento! Un momento!" appellierte er an sie mit ernstem Gesichtsausdruck. Er deutete in Richtung Lobbybereich und drückte auf einen Schalter. Daraufhin brannte dort, am Kaminsims, über dem der ausgestopfte Hirschkopf souverän wachte, ein dezentes Licht.

Keine fünf Minuten später trat eine junge Frau mit sehr verschlafenen Zügen, leicht verwuscheltem langen Haar und einem knallgelben Schlafshirt mit Hello-Kitty-Motiv an Natascha heran.

„Ist was nicht in Ordnung?" fragte sie mit verunsicherter Stimme. Es war die junge Chinesin von der Rezeption.

Natascha stand auf und wischte sich die Augen trocken.

„Ich brauche ein anderes Zimmer. Bitte!"

Die junge Frau verzog das Gesicht etwas betreten und antwortete leise:

„Es tut mir sehr leid. Wir sind voll. Hier im Haus voll. Es gibt keine Zimmer mehr …"

„Kein anderes Zimmer mehr frei?" wollte Natascha diese Hiobsbotschaft bestätigt wissen. Es schossen ihr die ersten Tränen wieder in die Augen.

„Nein. Tut mir leid!" sprach die junge Frau sanft und legte ihre Hand auf Nataschas Arm. Dann erkundigte sie sich:

„Ist was nicht in Ordnung mit Zimmer? Achtachzig nicht gutes Zimmer?"

„Doch!" antwortete Natascha während sie nach Worten rang. Sie unterbrach kurz, um sich die Nase zu putzen. Sie ließ das Taschentuch wieder in ihre Jackentasche verschwinden und fuhr langsam fort:

„Das Zimmer ist schön. Aber ich bin einfach so unglücklich…"

Die Chinesin schluckte fest bei diesen Worten.

„Sie sind nicht glücklich?"

„Nein."

Natascha schwieg dann. Irgendwo im Raum tickte eine Uhr geduldig vor sich hin, während die beiden Frauen sich wortlos anschauten.

Endlich bewegte sich die junge Chinesin wieder. Sie strich sich die Haare aus dem Gesicht, holte tief Luft und trat ein wenig näher an Natascha heran.

„Nicht glücklich!" schob Natascha nach und schüttelte den Kopf. „Die Toilette ist kaputt, wissen Sie?"

„Oh! Das ist nicht optimal!" gab die junge Frau aufgeschreckt zu und begann, verständnisvoll zu nicken.

„Nein. Überhaupt nicht gut…" bestätigte Natascha ihre Einschätzung. „Nicht optimal. Sie müssen unbedingt jemand schicken, um es zu reparieren."

„Jetzt?" fragte die Chinesin verunsichert nach. Ihr Gesichtsausdruck verfinsterte sich etwas während sie einen Blick auf eine Uhr warf.

„Klar. Am besten gleich!" stimmte Natascha zu.

„Das geht aber nicht. Leider. Es ist mitten in der Nacht."

„Hmm, ich verstehe. Ab wann kann jemand zum Nachschauen hingehen?" wollte Natascha dann von ihr wissen.

„Nun…" die Rezeptionistin verzog das Gesicht nochmals kurz während sie überlegte. „Maurizio kann frühestens um sechs Uhr jemand vorbeischicken."

„Das reicht für meinen Mann. Das ist völlig in Ordnung!" stimmte Natascha ihrem Vorschlag schnell zu. „Mein Mann wird sehr gerne aufmachen. Er wird sehr glücklich sein."

„Und Sie gehen dann wieder in Achtachzig wenn Klo repariert?"

„Nein, ich kann wahrscheinlich noch nicht." Natascha schüttelte den Kopf abermals mit ernster Miene. „Erst wenn ich wieder glücklich bin."

„Sie sind noch nicht glücklich, wenn Toilette wieder OK ist?"

„Nicht ganz. Mein Mann, versehen Sie?"

„Ich glaube ja…" versicherte die junge Frau, was nicht wirklich stimmte „Verstehe. Er glücklich aber Sie nicht. Maurizio wird um sechs Uhr Hausmeister schicken…"

Dann trat sie noch näher an Natascha heran.

„Hören Sie…" flüsterte sie beinah konspirativ. „Es gibt Zimmer für Personal. Kollegin ist heute Abend nicht da, hat frei. Leider nur eine Nacht. Wollen Sie heute dort schlafen?"

„Ja, bitte. Sehr gerne," stimmte Natascha zu.

„Und Sie sind dann glücklich?"

„Bestimmt!" versprach Natascha und lächelte müde aber hoffnungsvoll.

Dann ließ sie sich noch die Badetasche, die sie am Vortag an der Rezeption deponiert hatte, von Maurizio aus dem Nebenraum holen. Anschließend folgte sie brav der jungen Chinesin.

Natascha hatte plötzlich eine Eingebung, die Umrisse eines Plans im Kopf. Sie war entschlossen, ihrem Glück auf die Sprünge zu helfen.

Oder falls nötig, dafür zu kämpfen.

Dreißigstes Kapitel

Obwohl sie erst um kurz nach drei ins Bett gefallen war, tat Natascha zunächst kein Auge zu. Aufgewühlt von der ganzen Aufregung des Vortages und insbesondere der Erlebnisse der Nacht, konnte sie eigentlich nur auf der schmalen Matratze liegen, die Augen fest zukneifen und hoffen, dass der Erschöpfungszustand sie doch noch rechtzeitig einholen würde bevor der neue Tag anbrach. Sie machte sich dabei keine Illusionen: Der Donnerstag würde ihr ein ganze Menge Anstrengungen abverlangen. Es würde eine Aufforderung zum Tanz werden, quer durch ein unübersichtliches Minenfeld, auf dem Wunsch und Wahrheit sich bei jeder Gefühlsregung mit Inbrunst bekriegten.

Gegen neun Uhr war sie hellwach obwohl sie erst um fünf oder sechs eingeschlafen war. Sie blieb einen Moment lang auf dem kleinen Bett liegen und schaute sich im Raum um. Hierbei stellte sie fest, dass ihre

Notunterkunft eher einer Besenkammer als einem Hotelzimmer glich, ein winzig kleiner schmuckloser Raum mit kaum mehr als einem Bett, einem Tisch und einem Stuhl ausgestattet. Nach dem Aufstehen genügte ihr ein einziger, flüchtiger Blick in die Dusche um flink zu der Überzeugung zu gelangen, dass sie nicht länger hier weilen würde als absolut nötig. Sie beschloss, dass ihr der Wellnessbereich für die Morgentoilette besser entsprach.

Schnell machte sie eine Bestandsaufnahme vom Inhalt der Tasche, die sie glücklicherweise am Vortag nach dem Schwimmen abgestellt hatte. Nachdem sie sich vergewissert hatte, dass sie alles dabeihatte, zog sie sich an und packte zügig die wenigen Sachen wieder ein, die sie in der Nacht benötigt hatte.

Kurz bevor sie das Zimmer verlassen wollte, stöpselte sie als letztes noch das Netzkabel ihres iPhones aus und stopfte es ebenfalls in die Tasche. In diesem Augenblick war sie heilfroh, dass sie am Vortag noch rechtzeitig daran gedacht hatte, es einzupacken.

Dann schaute sie auf das Display und überlegte. Kurzentschlossen tippte sie eine SMS an Torsten:

He! Hast du Lust, mich zum Frühstück einzuladen?

Kaum hatte sie das Zimmer verlassen und sich in Richtung Aufzug begeben, meldete er sich schon per SMS bei ihr.

Wo bist du? wollte er wissen.

Bevor sie in den Aufzug stieg, schrieb sie zurück:

Nicht wichtig. Ja oder nein?

Als sich die Türen vom Aufzug ein paar Sekunden später wieder öffneten, war seine Antwort bereits da:

Ja. Wo bist du?

Im Hotel. Frühstück um 10. Hab um 11 einen Termin in der Stadt.

Natascha war sehr stolz auf sich selbst, dass sie den Termin bei der alten Kartenlegerin, angesichts aller Turbulenzen und der extrem verkürzte Nacht, nicht vergessen hatte. In Windeseile durchlief sie alle ihrer Meinung nach nötiger Stationen des Aufhübschens im hoteleigenen Wellnessbereich und setzte sich, als sie mit ihrem Spiegelbild soweit zufrieden war, spontan auf eine Liege unweit des Aufzugs. Sie wollte sich eine kurze Verschnaufpause gönnen, bevor sie sich mit Torsten auseinandersetzen würde.

Es war jetzt 9.40 Uhr.

Sie hatte ungefähr noch eine Viertelstunde Zeit. Mit einem gekonnten Griff in die Tiefen der Tasche kramte sie ihr iPhone wieder hevor und warf einen neugierigen Blick auf das Display. Ihre *Luna+Liebe*-App hatte bereits einen adäquaten Rat für den weiteren Tagesverlauf parat. Sie entschied sich, diesmal sofort nachzusehen. Die Infos konnten womöglich nützlich oder gar entscheidend sein für den weiteren Tagesverlauf, egal ob bei Torsten oder nachher bei der Kartenlegerin.

Ihr Optimismus ist ungebrochen. Sie erleben gerade fantastischen Sex! Aber Vorsicht: konzentrieren Sie sich. Dieser Monat hilft Ihnen nur dann, ihr inneres Leben ins Lot zu bringen, wenn Sie aktiv mitwirken.

Sie verzog das Gesicht etwas. Es war eine ziemlich strenge Botschaft, wenn man sie vor dem Hintergrund der angemahnten Konsequenzen in Zusammenhang mit Mars sah. Sie las weiter:

In der Liebe sollten Sie endlich mehr Diplomatie walten lassen. Sie können durch Kompromisse bei dem anderen Geschlecht punkten!

Nachdenklich scrollte sie sich schnell in ihr eigenes Profil. Das musste sie jetzt sofort tun. Es beruhgte sie, nachlesen zu können, dass sie ein eleganter, sinnlicher und vor allem friedliebender Mensch war. Stimmt! Aber leider auch kapriziös, indiskret und verantwortungslos.

Scheibenkleister! zischte sie leise und verzog das Gesicht ein wenig.

Und wie war das bei Torsten nochmal? Sie wischte ein paar Mal flott über das Display. Da stand, dass er strategisch, wohlerzogen und selbstsicher wäre. Treu, zuverlässig und auch sicherheitsorientiert. Stimmte eigentlich in etwa. Treu? Na ja, hoffentlich. Aber auch undiszipliniert, eitel und respektlos, stur, misstrauisch, faul, eifersüchtig. Stimmte alles ebenfalls, keine Frage!

Und dann stellte sie sich noch eine Frage: Wie stand es dagegen um Stefano? Sie scrollte schnell zurück, tippte sein Geburtsdatum ein und las gebannt. Er war Widder, das wusste sie. Und auch, dass er im chinesischen Horoskop dem Tierkreis der Schlange angehörte. Das war möglicherweise nicht so wichtig, aber allein diese Kombination klang für sie irgendwie unheimlich oder sogar schaurig. Das Resultat ihrer Online-Recherche konnte sie prompt nachlesen: Verlässlich, zielstrebig, diszipliniert, selbstbewusst, kultiviert und diskret. Doch, das konnte und würde sie sogar mehr oder weniger unterschreiben. Dann las sie weiter: egoistisch, impulsiv, prahlerisch, anmaßend und selbstquälerisch.

Na, das hätte ja richtig heiter werden können! sinnierte sie während sie zur Uhr hochschaute. Sie musste jetzt los. Dem Mondkalender nach wäre heute eigentlich Erfüllung angesagt...

Das Erste was ihr auffiel, als Torsten auf sie zuschritt war, dass er sehr müde wirkte. Sie schaute interessiert zu, wie er sich wie in Zeitlupe am Tisch niederließ.

„Guten Morgen! So richtig taufrisch siehst du aber heute nicht aus," begrüßte sie ihn.

„Nee, ich hab' voll den Brummschädel heute," sagte er und beäugte sie so, als würde ihr jeden Moment eine zweite Nase sprießen.

„Wo warst du denn?" wollte er wissen und stöhnte leicht vor sich hin.

Er schien heute richtig zu leiden, nahm Natascha zur Kenntnis, als sie noch einen Schluck Jasmintee trank und dann antwortete.

„Ich hab' da hinten in einem anderen Zimmer übernachtet."

Sie deutete irgendwo nach rechts. Torstens Blick verriet, dass er gerade gar nichts verstand.

„Habe ich einfach gebraucht..." fügte sie hinzu während sie eine Erdbeere aus der kleinen Schale auf dem Tisch vor sich fischte. „Soll ich dir einen Kamillentee bestellen? War wohl ziemlich spät bei dir gestern?"

„Nee, danke!" brummelte er leise zurück. „Es stand so ein bescheuerter Hausmeister heute Morgen schon um sechs im Zimmer und wollte unbedingt die Toilette reparieren! Er und seinen Kumpanen haben mich an Gustavo und Gianni erinnert. Nur diesmal mit Rohrleitungszangen im Gepäck!"

„Um sechs Uhr schon? Zu zweit?" Natascha war sichtlich beeindruckt. Das chinesische Mädel hatte wirklich alle Hebel in Bewegung gesetzt. Man konnte tatsächlich Dämonen für sich mobilisieren, wenn man oder Frau es klug anging! Oder Hausmeister, sie sind sowas Ähnliches wie Dämonen.

„Ja, um sechs! Er war auch verdammt hartnäckig, sagte dass du etwas beanstandet hättest."

„Stimmt," gab sie zu und bemühte sich, dabei nicht zu schmunzeln. „Ich konnte aber nicht wissen, dass er versuchen würde, dich deswegen aus dem Bett zu werfen. Jetzt hast du dir aber einen Tee verdient …"

„Nee, Kaffee. Ich hasse Kamillentee," gab er resigniert zurück. „Immer noch, das weißt du doch. Als ich klein war, haben wir in der Familie alle Mitglieder unserer hauseigenen Goldhamsterkolonie nacheinander damit zu Tode therapiert."

„Doch, ich erinnere mich wieder. Sorry! Es war ja auch nur ein gut gemeinter Vorschlag..." sagte Natascha in einem sehr versöhnlichen Tonfall.

„Ist schon gut!" murmelte er und versuchte einem vorbeieilenden Kellner die von ihm getragene Kaffeekanne abspenstig zu machen. Der Kellner blieb eisern, versprach aber, gleich wiederzukommen.

„Warum bist du gestern abgehauen?" wollte Torsten wissen.

„Weil ich mich geärgert habe..." antwortete Natascha und verrührte dabei langsam das Obst in dem Schälchen vor sich mit einem Klecks Rahmjoghurt. „Und vor allem, weil ich wissen wollte, ob ich dich vermissen würde."

„Und?" hakte er nach.

„Glaube schon. Aber es muss sich was ändern. Du oder ich. Oder vielleicht wir beide."

Sie leckte den Löffel ab und legte ihn auf einem kleinen Teller neben sich.

Ein junger Kellner schenkte Torsten währenddessen endlich die ersehnte Tasse Kaffee ein. Als er fertig war und sich wieder entfernen wollte, griff Torsten nach der Kanne und hinderte den jungen Mann daran, sie mitzunehmen. Der Kellner gab sich zwar galant geschlagen, aber erst nachdem er die Zustimmung erhalten hatte, die Tischdecke rund um den Abstellplatz der Kanne gründlich fegen zu dürfen.

„Du, hör mal…" sagte Natascha als er wieder weg war. „Ich muss schon um elf in die Stadt sein. Wo finde ich dich danach?"

„Wo musst du hin?" wollte er wissen. „Ich kann dich ja fahren. Ich warte so lange."

Er schien es ernst zu meinen.

Plötzlich dämmerte Natascha die wahre Bedeutung des Artikels über Dämonenmedizin der Shang-Kultur, den sie neulich auf der Liege im Spa gelesen hatte. Darin hieß es: sie sind überall und nutzen die Schwächen der Menschen um anzugreifen. Geschützt ist nur, wer ausreichend starke Schutzgeister und Dämonen für sich selbst mobilisieren oder solche

Wesen zu seinem eigenen Beistand gewinnen kann, deren Position in der metaphysischen Hierarchie höher ist als die der Angreifer. So hieß es doch! Oder so ähnlich...

Sie besaß plötzlich die Gewissheit, für alle Eventualitäten bestens gewappnet zu sein. Also griff sie Torstens Vorschlag auf.

„Dann müssten wir ja gleich los. Kennst du zufällig die Piazza Duomo? Da in der Nähe muss ich nämlich hin."

Torsten leerte seine Tasse ein zweites Mal. Dann standen sie auf und verließen gemeinsam den Frühstückstisch.

Der Weg vom Hotel in die Innenstadt war zügig zurückgelegt. Als Torsten vor dem Verlassen des Parkplatzes die Piazza Duomo eingab, hatte das Navi eine voraussichtliche Fahrzeit von nur 16 Minuten angezeigt. Durch das Überfahren einiger tiefgelber Ampeln, hatten die Beiden auf dem Wege sogar noch ein paar Minuten gutgemacht.

An einer belebten Kreuzung unweit des Zieles blieben sie direkt hinter einem älteren VW Käfer stehen, der ganz offensichtlich dauerhaft und seit Jahrzehnten in diakonischer Mission Gottes unterwegs war, wie die überdimensionalen Beschriftungen auf dem Wagen unübersehbar proklamierten: *Onore al sangue di Gesù* und, gleich auf Deutsch dazu, *Ehre sei dem Blute Jesu*. Darunter, etwas kleiner geschrieben, am Motorraumdeckel direkt vor ihren Augen, konnten sie einen kleineren Schriftzug lesen mit der Botschaft:

Mitfühlende und tröstende Liebe für Gott, der mehr an unserer Sünde leidet als wir selber.

Am Steuer des Wagens in der Pole-Position vor ihnen saß eine beleibte Nonne in voller Montur und bediente auffallend routiniert ein TomTom während sie darauf wartete, dass die Ampel endlich auf grün umsprang.

Unvermittelt kam Torsten die Erinnerung an den heftigen Streit, der damals entstanden war als sie sich auf dem Weg zum Shopping-Outlet völlig verfranst hatten und er sich unschmeichelhaft, ja sogar boshaft, über Nataschas angeblich schrumpfenden Hippocampus geäußert hatte – genauer: ihren aus seiner Sicht nichtvorhandenen Orientierungssinn. Diesen Fehler wollte er definitiv kein zweites Mal begehen, soviel war sicher. Nur, unkommentiert wollte er ihre Beobachtung über die fahrende Pinguine auch nicht lassen. Darum sang er, ganz passabel an beste liturgische Tradition angelehnt:

„Die Wege des Herrn sind manchmal unergründlich. Das Navi dagegen, das irret sich nicht…"

Natascha saß auf dem Beifahrersitz und fing an zu schmunzeln, während sie just in diesem Augenblick darüber sinnierte, ob es denn plausibel wäre, dass Gott in der Tat mehr an ihren Sünden leiden könnte als sie es manchmal selbst tat. Ging das denn überhaupt theoretisch? Wie auch immer, ein Gott, der ihr derart gütig zugetan wäre, hätte in jüngster Zeit wohl Einiges wegzustecken gehabt!

Als die Ampel endlich grün anzeigte, fuhr Torsten wieder los. Er war beflügelt davon, dass seine Frau scheinbar Gefallen an seinem Scherz gefunden hatte.

Einunddreißigstes Kapitel

Als sie nur wenig später in der Nähe des Piazza Duomo ankamen, übernahm Natascha die Führung und lotste Torsten direkt in die Straße, in der sich die kleine Gelateria befand, in der sie am Vortag gesessen hatte. Die Ankunft war eine Punktlandung: die Bratpfannenkirchturmuhr schlug gerade elf Uhr, als sie hastig aus dem Auto ausstieg. Natascha pausierte an der noch geöffneten Autotür und deutete auf die Eisdiele ein paar Meter vor ihnen.

„Wenn ich fertig bin, gehe ich da rein. Wenn du Lust hast, kannst ja da auf mich warten. Ansonsten rufe ich dich dann einfach an. Tschüß, bis gleich!" Sie machte die Tür zu und huschte davon. Während Torsten langsam wieder anfuhr, kreuzte sie die Straße hinter dem Wagen und verschwand binnen Sekunden in einem der Gebäude.

Natascha saß der alten Frau am Tisch gegenüber und lauschte immer noch angestrengt. Die Wahrsagerin hatte schon fast alle Karten umgedreht und befand sich in einem ununterbrochenen Redefluss:

„Ihre Seele geht immer zu Fuß. Verstehen Sie? Sie sind impulsiv, ganz impulsiv. Und Sie sind ihrer wahren Gefühle oftmals weit voraus. Sie müssen deswegen immer wieder Rechenschaft ablegen. Glauben Sie jedenfalls. Sie handeln schnell. Sehr schnell. Für den Körper. Und für ihren Geist. Sie sind ungeduldig aber Sie vertrauen doch. Trotzdem. Immer wieder. Darauf, dass die Seele Sie wieder einholt. Freunde, die keine mehr sind, werden sich von alleine ausblenden. Sie werden verschwinden – nein, nicht richtig verschwinden! Diese Leute neutralisieren sich, ganz von selbst. Bald. Es löst sich dann etwas bei Ihnen, es bleibt nur das, was wichtig ist. Und Ihre Seele, sie holt Sie immer wieder zuverlässig ein. Und rechtzeitig…"

Sie schaute nun von den Karten auf und blickte Natascha tief in die Augen. Ihre Gesichtszüge wirkten sehr streng dabei.

„Sie haben nun noch drei Fragen offen, die Sie an mich stellen können."

Natascha holte tief Luft und lehnte sich über die Tischkante. Sie hielt die Fingerspritzen an die Schläfen, während sie dort saß, so als würde sie beim Nachgrübeln gleich Schrauben festdrehen.

„Sind die Stimmen meiner Vergangenheit wichtig für meine Zukunft?" wollte sie wissen.

Die Wahrsagerin drehte eine Karte um. Sie war schwarz. Natascha sah sie nicht genau aber es war irgendein Pik..

„Nein!" kam die knappe Antwort.

Natascha schloss die Augen fest und fragte weiter:

„Kann ein Mensch, den ich meine zu lieben, mich nur stellvertretend für jemand anders lieben?"

„Ja," sagte die Alte als sie die zweite Karte umgedreht hatte. „Sie haben eine letzte Frage noch…"

„Ich weiß, ich weiß..." hauchte Natascha konzentriert, während sie versuchte, ihre Frage möglichst treffend zu formulieren.

„Ist es möglich, dass ich diese Person – diesen jemand anders – schon lange kenne?"

Sie sah, dass die dritte und letzte Karte eine rote war. Die alte Frau lehnte sich zurück.

„Ja."

Dann war einen langen Moment des Schweigens bevor die Wahrsagerin die Stille wieder behutsam brach. Sie räumte die Karten beiseite während sie sich mit leiser Stimme erkundigte:

„Sie sagten gestern, Sie wollten anschließend noch über Aura sprechen? Über Aura und Störfelder, so wie Sie sich ausgedrückt haben? In Ihrem Liebesleben?"

Natascha nickte stumm und strich sich ein paar Haarsträhnen aus dem Gesicht.

„Gut, ich erzähle Ihnen das, was ich sehen kann..." fing die Alte an und fixierte Natascha mit einem langen und intensiven Blick. Dann drehte sie ihren Blick plötzlich weg und schien sich augenblicklich in der

Flamme einer Kerze zu verlieren. Sie sprach jetzt mit geschlossenen Augen, so als würde das, was sie sah, verblassen, wenn sie die Augen wieder öffnen würde. Leise, fast bedächtig fing sie an:

„Sie sind eine sehr stolze Person. Sie kommen niemandem entgegen. Oder nur ganz selten. Sie sind nicht aggressiv in der Liebe. Nein, Sie sind eher selbstzufrieden. Und Sie strahlen immer Überzeugung aus. Auch dass der Mann, den Sie lieben, ihren Stolz wertschätzen muss. Wenn Sie jemanden verführen, dann, weil Sie selbst nach Anerkennung suchen. Sie sind verführerisch. Sie sind aber meistens nicht bereit, um Beachtung zu kämpfen. Nein, Ihre Waffe ist das Schweigen. Sie müssen auch niemals laut werden. Das Schweigen reicht schon, es lähmt den Gegner. Auch unter Umständen den Mann, den Sie vielleicht lieben oder lieben möchten. Sie erreichen fast alles. Sie sind schön und Sie wollen es auch sein, nicht bloß um zu verführen, sondern auch, um zu kontrollieren. Sie wollen herausfordern, Sie sind wollüstig. Sie sind beim Sex stark und Sie wollen gerne hierfür bewundert werden. Hieraus ziehen Sie ihr Vergnügen. Sie sind eine natürliche Frau und Sie sind auch Optimistin. Sie sind manchmal leidenschaftlich, manchmal kreativ. Aber selten beides gleichzeitig. Das Glück, das Ihnen im Leben zuteilwird, fliegt Ihnen auch manchmal über die körperliche Liebe zu. Wenn Sie auch sexuell begehrt werden, kommt das Glück auf Sie zu. Sie wollen strahlen und auch dabei gesehen werden. Und dass derjenige, der Ihnen nahekommen darf, diese Gunst auch selbst als Glücksfall empfindet. Sie lieben gerne, aber Sie sind in Zukunft nicht immer treu. Sie genießen zwar den Augenblick aber es reicht nicht immer: Es könnte noch etwas Anderes geben… Sie verlieben sich schnell und sie wollen immer mehr. Sie benötigen immer eine starke Gegenliebe, sonst können Sie sich selbst und einem anderen Menschen nur schwer treu bleiben."

Während sie zuhörte, fühlte sich Nataschas Mund so trocken wie ein Stück altes Toastbrot an. Ihr Kopf war schwer wie Blei. Sie war kaum in der Lage zu sprechen, brachte aber dann doch mühsam eine Frage heraus:

„Ich habe verstanden, glaube ich wenigstens. Ich erkenne Einiges wieder. Aber was ich unbedingt wissen muss: Gibt es jemanden, eine Art Rivalin unter Frauen, die mir mein Glück abspenstig machen will?"

Die alte Lady hatte die Augen immer noch nicht geöffnet. Sie überlegte kurz bevor sie wieder zu sprechen anfing:

„Ich glaube, ich sehe es anders. Es gibt jemanden der Ihr Glück trüben könnte, aber – zumindest hier und jetzt – kann ich nicht erkennen, dass diese Person das ausdrücklich tun will. Um Sie zu treffen oder zu verletzen, meine ich. Wenn Ihre Wege sich kreuzen, dann nur zufällig. Diese Person agiert ganz alleine und nur für sich selbst, nicht gegen Sie. Sie ist sehr sinnlich, auch gefährlich wie ein Tier. Wie ein Skorpion, glaube ich. Sie ist erotisch und sie weiß das. Sie ist auch sehr anspruchsvoll, agiert instinktiv und nutzt ihre Chancen. Sie ist verführerisch und sehr bestimmend, wenn sie sich auf die Suche nach ihrem eigenen Glück begibt.

Sie ist wild, benötigt einen sehr starken Partner. Und sie sollte niemals unterschätzt werden: Wenn sie ein Feuer entfacht…"

Dann schwieg sie vielsagend. Natascha nahm erstmals wahr, wie laut die Uhr im Raum tickte.

Sie schaute die Wahrsagerin mit großen, fast ängstlichen Augen an und wollte wissen:

„Was passiert dann? Was passiert, wenn sie ein Feuer entfacht?"

Die Alte lehnte sich in ihrem Stuhl zurück und seufzte laut. Sie öffnete die Augen und schaute Natascha eindringlich an.

„Dann gibt es vielleicht keine Rettung mehr."

Zweiunddreißigstes Kapitel

Nachdem Natascha aus dem Auto ausgestiegen war, musste Torsten nur noch kurz weiterfahren. Es waren höchstens ein- oder zweihundert Meter, dann fand er einen Parkplatz. Er stellte sein Auto ab und bewegte sich forsch zum nächsten Parkscheinautomaten, in seiner Hosentasche bereits nach Kleingeld kramend während er ging. Als der Automat mit einem leisen Rattern den kleinen weißen Zettel ausspuckte, nahm er ihn und legte ihn vorschriftsmäßig gut sichtbar auf das Armaturenbrett. Es war gerade in jenem Moment, als er unverhofft aus dem Augenwinkel etwas Irritierendes erspähte, etwas, an dem sein Blick unwillkürlich hängenblieb. Es war genau so, wie wenn sich ein neuer Pullover an einem Holzspan verheddert und man instinktiv innehält, weil er sich sonst aufzulösen droht. Was Torsten sah war eigentlich nichts Ungewöhnliches: nur die Statue eines Mannes, etwa lebensgroß, auf einem massiven Podest aus grauem Stein stehend, nur wenige Meter vom Straßenrand auf der gegenüberliegenden Seite entfernt. Aber in diesem Augenblick, als die Autotür zufiel, wurde ihm plötzlich ein bisschen unheimlich.

Er erkannte die Figur sofort wieder. Es war ein Mann mit weitschweifendem Blick, dessen bronzener Umhang ausladend und tapfer der jahrhundertlangen Belagerung von Federvieh und den Hagel deren Kacke standhielt. Er schien ein mutiger Entdecker zu sein, der für ewig Ausschau halten musste. Nach Erkenntnis? Oder nach Amerika und der aufregenden Neuen Welt? Oder vielleicht nur nach einem vernünftigen Drink? Es war schwer zu sagen was genau der Mann im Visier hatte.

Aber Torsten wusste plötzlich, dass er genau diese Figur gerade gestern gesehen hatte. Zweifellos. Er hatte bei der Fahrt mit Ina leider nicht wirklich aufgepasst, wohin sie mit ihm gebraust war, bei ihrem gemeinsamen Nachmittagsausflug in die Stadt. Aber er war sich todsicher, dass er genau an diesem Ort gewesen war.

Während er überlegte und sich ein wenig verstört umsah, ging er langsam den kurzen Weg zurück zu der Eisdiele, die Natascha als Treffpunkt auserkoren hatte. Dort angekommen, musste er feststellen, dass der quirlige kleine Laden sehr gut besucht war. Es gab nur einen einzigen freien Tisch, nicht weit von der Kasse, fast direkt an der Strasse.

Torsten gähnte herzhaft, setzte sich hin und schaute müde auf das Treiben in der kleinen Strasse. Der Kellner erschien vor ihm und wartete stumm auf eine Bestellung, genau in dem Moment, als Torstens Blick an einer Tür haften blieb.

Es war nur eine Tür. Eine einzige Eingangstür, die sich etwas schräg versetzt auf der gegenüberliegenden Straßenseite befand. Es war aber genau jene Tür, hinter der sich eine schrullige alte Dame verbarg, die Tod, Teufel und Tabakrauchgestank aus sämtlichen Poren verströmte! In seinem Kopf setzte eine seltsame Unruhe ein. Innerhalb seines Schädels tönte es plötzlich wie ein Rauschen, einem kreischenden Gemisch aus Verwirrung und mentalem Shitstorm ähnelnd. Was machte er eigentlich gerade hier? Ausgerechnet hier und jetzt? Was hatte das alles zu bedeuten? Und: Wo war Natascha gerade? Doch nicht etwa…

„Hat der Herr viiiielleicht doch noch einen Wunsch?" forderte der Kellner ihn, immer noch eisern lächelnd, aber zwischenzeitlich spürbar ungeduldig geworden zur Bestellung auf. Mit verschränkten Armen stand er neben Torsten, seinen Stift in der rechten Hand im Anschlag, und klang jetzt leicht unwirsch, so, als würde er signalisieren, dass er gerne berufsbedingt bereit sei zu akzeptieren, dass der Kunde immer König ist, allerdings mit der nicht unerheblichen Einschränkung, dass man auch einen Louis XVI geköpft hatte, als man seiner überdrüssig war.

„Einen Espresso doppio…" sagte Torsten stockend und hielt mitten im Satz inne, so als würde er mit sich selbst hadern.

„Und einen Grappa dazu! Bitte."

„Buono!" bestätigte der Kellner mit nun entspannter Miene und verschwand.

Trotz bleierner Müdigkeit rasten die Gedanken plötzlich wieder mit Lichtgeschwindigkeit durch Torstens ermattete Birne. War Natascha womöglich gerade dabei, sich von der alten Lady im Haus gegenüber auch die Karten legen zu lassen? Bei dem Gedanken rutschte er ein paar Mal unruhig auf seinem Stuhl hin und her. Was wäre wenn, nur `mal angenommen, ihre Zukunft komplett anders aussehen würde als die, die ihm prophezeit worden war? Wie zum Kuckuck sollte er das denn überhaupt erfahren? Wenn's doch so wäre, dann wären Natascha und er fertig miteinander! Und er hätte noch nicht einmal die Chance, etwas daran zu ändern.

„Wie unfair ist das denn?" stellte er sich mental die bange Frage. „Scheiß Schicksal!"

Vielleicht war diese alte nicotinsüchtige Schachtel dort drüben gerade dabei, die Vergangenheitsform anzuwenden, wenn sie auf Nataschas Ehemann zu sprechen kam? Aber konnte es denn sein, dass sie

Natascha mit ihm in Verbindung brachte? Wie sollte sie? Hat er gestern Nataschas Namen womöglich erwähnt? Nein?! Oder doch? Er konnte sich nicht mehr genau erinnern aber eine dunkle Ahnung, ja Befürchtung, manifestierte sich zunehmend. Die Alte würde zweifelsohne kombinieren können! Aber was war mit Ina? Soweit er sich erinnern konnte, hatte alles, was er gestern vernommen hatte, eindeutig für Ina gesprochen. Oder hatte diese Klugscheißerin doch Carola gemeint? Das musste es gewesen sein! Eine Verwechselung! Das mit Ina hatte sich ja scheinbar schon erledigt. Es konnte alles noch gut werden. Aber nein! Warum war Natascha jetzt hier, offenkundig von derselben Idee beseelt wie Ina? In was für einem Film befand er sich eigentlich gerade?

Torsten rückte seinen Stuhl etwas zurecht, während der Kellner, leise vor sich murmelnd ein kleines ovales Tablett mit Kaffee und Grappa auf den Tisch stellte. Dann verschwand er mit einem Grinsen rasch wieder.

Als der Kellner weg war, rührte Torsten etwas Zucker in seinen Kaffee und nippte vorsichtig an der Tasse. Dann stellte er sie wieder auf den Unterteller und nahm stattdessen das Gläschen Grappa in die Hand.

War denn die Nacht bei Ina eigentlich so etwas wie eine Sünde gewesen? Was wäre, wenn das alles nicht direkt etwas mit Natascha zu tun hätte? Wenn es etwas wäre was er nur mit sich selbst ausmachen musste? Wäre er wirklich verpflichtet, Natascha davon zu erzählen? War er denn überhaupt untreu gewesen, bloß weil er etwas getan hatte, was ihm in diesem Augenblick gutgetan hatte, weil er sich von Natascha nicht verstanden gefühlt hatte? Alleingelassen! Vielleicht war es so, dass er sie gar nicht so sehr betrogen hatte, sondern vielmehr sich selbst treu geblieben ist? Das war's! Das war die Erklärung dafür, was passiert war!

Er leerte das Gläschen, das er in seiner Hand hielt, und schüttelte sich.

Das war's, versicherte er sich nochmals. Er war beruhigt, dass das Kind in seinen Augen nun einen Namen hatte. Es war eine Erklärung, die stimmig war. Er hatte zwar etwas getan, was in diesem Moment nur für ihn gut gewesen war, aber das war ganz bestimmt nicht gegen Natascha gerichtet gewesen. Niemals! Er liebte sie immer noch. Ganz gewiss! Hauptsache, es würde wieder alles gut werden zwischen ihnen.

Er blickte auf die Uhr und überlegte, ob er noch genügend Zeit hätte, um die Sache mit Carola durchzusprechen. Leider kam nur ihre Mailbox. Torsten beendete die Verbindung ohne eine Nachricht zu hinterlassen.

Natascha trat aus der Tür. Aus dem düsteren Kämmerlein der Kartenlegerin kommend, versuchten ihre Augen krampfhaft den Lichtverhältnissen an diesem sonnigen Tag gerecht zu werden. Während sie in ihrer Tasche nach der Sonnenbrille kramte, hallten die Worte der alten Dame in ihren Ohren wie eine finstere Drohung:

„Dann gibt es vielleicht keine Rettung mehr…"

Irgendwie machte die Vorstellung ihr plötzlich Angst. Und das lag sicher nicht daran, dass ihr ein Leben ohne Torsten unmöglich erschien, sondern weil es ihr innerlich widerstrebte, dem Schicksal oder gar dem Zufall soviel Macht über das Leben zuzugestehen, dass ihr keine Chance, keine Handhabe blieb, selbst über ihre Beziehung und Ehe zu bestimmen. Das wäre eine kolossale Niederlage für sie! Selbst über den Mond kam sie ins Grübeln. Er war bestimmt enorm wichtig – immer noch! – aber sie konnte es sich in diesem Moment nicht vorstellen, dass eine moderne, aufgeklärte Frau es einfach zulassen würde, sich die Kontrolle über das eigene Glück und Leben absprechen zu lassen bloß, weil eine höhere Macht es so bestimmte? Wenn ihr ein gläubiger Katholik so etwas erzählen würde, hätte sie ohne zu zögern eine Antwort parat gehabt. Sie bemühte sich bei dem Gedanken, ein kurzes Schmunzeln zu unterdrücken.

Natascha stand am Straßenrand und fing an zu überlegen. Warum war Torsten gestern hierhergekommen? Hatte er ernsthaft etwas über die Zukunft erfahren wollen? Oder hatte er vielleicht die Alte rekrutiert, um ein schlüssiges Bild über seine Vergangenheit zu bekommen? Man sagt ja immer, die Vergangenheit wäre das Fundament, auf dem die Zukunft gebaut wird. Wenn nicht Torstens Vergangenheit eine Großbaustelle war, wessen Vergangenheit dann?

Und sie selbst? War sie nur hier, weil Torsten es am Vortag ebenfalls gewesen war und sie ihn zufällig dabei erspäht hatte? Oder vielleicht doch wegen der tintensüchtigen Tussi? Konnte ja auch sein. Aber bevor ihr Blut hierüber richtig in Wallung geraten konnte, wich sie innerlich einen Schritt von der Gefühlsklippe zurück: Es gab ja schließlich auch ein Grund, warum sie selbst zu jener Zeit in der Gelateria gewesen war. Und dieser Grund hatte mit einem Mann zu tun, den sie erst kürzlich kennengelernt hatte.

Na ja, die Sache mit Stefano ist gründlich in der Hose gegangen... dachte sie fast entschuldigend und amüsierte sich spontan über die herrliche Zweideutigkeit des Gedankens.

Sie hatte, ohne es bewusst gewollt zu haben, sehr viel für Stefano empfunden. Sie war verknallt gewesen und sogar eifersüchtig auf seine amerikanischen Kundinnen. Alles durchlebte sie wie in Zeitraffer wegen eines Mannes, von dessen Existenz sie am Wochenanfang noch nicht die geringste Ahnung gehabt hatte. Zuerst war sie durch Verena regelrecht ins Rifugio getrieben worden, auch wenn sie noch nicht ganz begriffen hatte wieso, lediglich von der Aussicht beflügelt, Facio ein für alle Mal ordentlich zu erziehen. Dann hatte sich das Blatt gewendet. Zwischenzeitlich war sie selbst durch die Anziehungskraft eines Mannes bewegt worden, der sie zu verstehen schien – und das wahrscheinlich immer noch tat. Nur dass sie ihm selbst mit ihren Erzählungen den Weg in Richtung Verena vorgezeichnet hatte. Komisch: Es kam ihr vor, als hätte sich ein großer Kreis um sie herumgeschlossen. So als hätten sich über sie zwei Menschen gefunden, die sich noch nicht in dieser Welt begegnet waren!

Es war schon irgendwie seltsam. Erst die Verwirrungen durch Verenas nerviges Schubsen in Richtung Fabio. Aber anstatt Verena beweisen zu können, dass Fabio ihrer Aufmerksamkeit gar nicht würdig war, war sie selbst nichtsahnend in eine Art Gefühlsfalle getappt. Weil ihr etwas fehlte? Sie konnte noch nicht einmal klar sagen, ob es sich hier um irgendetwas Elementares handelte oder bloß um ein flüchtiges Bedürfnis. War sie unverschämt gewesen? Hatte sie Stefano benutzt? Oder war es umgekehrt? Er mochte sie bestimmt, aber gedanklich war er schon längst bei Verena. So viel war im Nachhinein klar.

Aber wohin wollte Natascha? Sie selbst? Was wollte sie? Sich selbst glücklich wissen oder doch jemand anders? Stefano? Eine italienische Schwiegermutter womöglich? Konnte sie denn überhaupt eine italienische Schwiegermutter glücklich machen ohne einen Stall voll Kinder aus ihrem Leibe qualvoll herauszuquetschen? Wenn man hierzulande zu Mama fährt, das wusste sie instinktiv, musste die ganze Brut im Schlepptau sein. Stefano schien das alles reichlich egal zu sein, aber er hatte als Sohn ziemlich leicht reden: Wenn sie sich für ein Leben an seiner Seite hätte entscheiden können, dann hätte sie, und nicht er, tagtäglich um die Anerkennung der werten pastakochende Mama kämpfen müssen! Und womit hätte sie denn bei der Grande Dame punkten können? Dass sie sämtliche Don-Camillo-Filme gesehen hatte? Sicherlich nicht damit, dass sie zum Broterwerb – mehr oder minder erfolgreich – betagte Heilssuchende möglichst zahlreich nach Hessen lotsen sollte! Nein, es war nicht alles perfekt, aber das Leben bot auch andere Möglichkeiten.

Natascha schaute rasch nach links und rechts und trat nun entspannt über die kleine Strasse in Richtung Gelateria. In diesem Augenblick hatte sie schon eine wichtige Entscheidung gefällt: Sie würde die Ereignisse des Vortags nicht thematisieren, wenn sie die Gewissheit hatte, Torsten würde es genauso handhaben. Sie ahnte, dass nicht nur bei ihr im Keller irgendeine Leiche schlummerte, die dem ehelichen Frieden dienlich sein konnten. Geschichten, die mal lebendig waren, aber jetzt genau so leblos wie Ötzi. Alles Eismänner. Nur nicht so kalt. Diese Dämonen von denen neulich die Rede war, deren Beistand sie vielleicht noch benötigen würde, konnten sicherlich auch schweigend sehr mächtig sein.

Neugierig wäre ich aber trotzdem schon... durchflog der Gedanke ihren Schädel, während sie sie loslief. Im Nu hatte sie die kleine Strasse überquert. Ihren Torsten fand sie in der Gelateria sitzend, angestrengt in sein Handy starrend während er auf sie wartete. Er hatte genau auf dem Stuhl Platz genommen, auf dem die mysteriöse Lady nur einen Tag vorher gesessen hatte.

Dreiunddreißigstes Kapitel

Natascha war mit einem Mal wie vom Donner gerührt. Sie hatte sich gerade zu ihrem Mann setzen wollen und war dabei, ihr iPhone auf den kleinen Tisch zu legen, als sie sah, dass sie eine Mitteilung von Verena bekommen hatte. Während Torsten lärmend seinen Stuhl etwas zur Seite rückte, um ihr den Zugang zum Platz gegenüber zu erleichtern, blickte sie ungläubig auf das Display und blieb wie angewurzelt stehen. Darauf war zu lesen:

Meine Liebe! Ich verstehe die ganze Welt nicht mehr! Wahrscheinlich glaubst du es mir nicht, aber gestern Nacht bin ich deinem Ex begegnet. Er saß beinah kamasutraverdächtig mit Torstens Ex ('!!!!) auf einem großen Kissen vor einem Shisha-Café. War alles fast nicht mehr jugendfrei, kurz vor der Fußgängerzone war das, den Laden kennst du. Ruf mich bitte heute noch an! Bitte!

„Ist was?" wollte Torsten wissen als er zu ihr hochblickte. Er knackte in diesem Augenblick mit den Gelenken seiner Hand so effektvoll laut, dass das ganze Leben in der Gelateria für einen kurzen Atemzug zum Stillstand zu kommen schien. Die beleibte Mutter der Kompanie am Tresen starrte Torsten mit einem spürbaren Maß an Verachtung an.

Natascha war wie benebelt. Sie setzte sich wortlos hin und holte dreimal tief Luft.

Dämonen im Anflug.

„Alles Okay?" wollte Torsten wissen. Diesmal klang seine Stimme etwas besorgter.

„Ja, ja…" bestätigte Natascha und strich sich nervös ein paar Haare aus dem Gesicht. „Alles in Ordnung. Verena hat geschrieben."

„O Gott! Schwester Eisenherz!" lästerte Torsten los. Seiner Meinung nach konnte Verena kein Quäntchen Empathie für aufrichtig leidende Menschen empfinden. Er fand es daher eigentlich nur konsequent von ihr, dass sie damals ihr Krankenschwesterleben in der Kurklinik aufgegeben hatte, um in Frankfurt BWL oder so was Ähnliches zu studieren. So mutierte sie, akademisch beschleunigt und bescheinigt, in seinen Augen von einer gewöhnlichen Schreckschraube zur Heuschrecke, deren Aufgabe es einmal sein würde, das Leben aus Firmen auszusaugen und sie anschließend leblos wieder auszuspucken.

Natascha hatte allerdings keine Lust, heute hierüber zu diskutieren oder sich provozieren zu lassen. Sie lehnte sich beinah bedrohlich mit dem Oberkörper nach vorne und fixierte Torsten, so als würde sie ihn mit ihren glühenden Augen auf der Stelle zu einem glibberigen Haufen proteinhaltiger Zellrestengötterspeise frittieren, wenn er nicht sofort und auf der Stelle um Absolution bat. Genau so wie es eine zickige Alienbraut auf der Kinoleinwand auch tun würde.

„Sie ist meine beste Freundin!" zischte sie mit unterkühlter Stimme. „Merk dir das endlich."

Torsten sah seinen Fehler sofort ein und ruderte zügig zurück. So würde es mit der Harmonie nichts werden.

„Tut mir leid… Äh, entschuldige, bitte!" murmelte er nun reumütig und lehnte sich wieder zurück in seinen Stuhl.

Diese Handlung Torstens nahm wiederum der abseitsstehende Kellner, der dank einer gewissen Schrulligkeit auch einen ganz passablen niederen Schurken bei James Bond abgegeben hätte, als unmissverständliches Zeichen um endlich zwecks Bestellungsannahme vorzupreschen.

„Pass' auf! Hier kommt der Lächler!" flüsterte Torsten in Nataschas Richtung. „Ich hoffe, du weißt schon, was du trinken möchtest?"

Schon stand er da am Tisch.

„Die Dame möchte bestellen?" erkundigte er sich während er mit festgefrorenem Lächeln über ihre Köpfe hinwegschaute. Die Artikulation vergeigte er komplett.

„Die Daaahm-e möchte beestell-en?"

Vermutlich hegte er die Ansicht, dass es so anspruchsvoll kultiviert klingen würde. Höflich herablassend, wie ein betagter Wiener Kellner, der unmittelbar vor der Verrentung steht. Oder zumindest so erhaben wie bei dem altersmäßig fortgeschrittenen Butler von „Dinner for One".

Natascha ignorierte ihn.

„Wann hast du das letzte Mal mit Carola gesprochen?" wollte sie von Torsten wissen.

„Och…. Ich glaub', das ist schon eine ganze Weile her," log Torsten, während er an das unerfreuliche Gespräch am Vortag dachte und so tat, als müsse er verschärft überlegen. „Warum?"

„Sie haben schon gewäääählt?" unternahm der Kellner einen erneuten Versuch, mit ihnen ins Geschäft zu kommen. Gleichzeitig strengte er sich weiter an, über ihren Köpfen hinwegzuschauen, um es bloß nicht zu einem schnöden Blickkontakt kommen zu lassen. Er war ja schließlich ein sehr wichtiger Mann hier, darum blieben seine Augen demonstrativ an einem baufälligen Häuschen auf der gegenüberliegenden Straßenseite hängen. In den arg verstaubten Fenstern konnte er heute schon zum hundertsten Mal lesen, dass es dort einmal 30% auf alles gegeben hatte.

Natascha dachte blitzartig nach. Oliver war ein echter Arsch. Aber, im Nachhinein betrachtet, hatte sie sich auf ihren weiblichen Instinkt doch verlassen können. Sie hatte das letzte Telefonat also richtig gedeutet. Aber ausgerechnet mit Carola! So ein Idiot. Kein Wunder, dass er das Telefonat so abrupt hatte enden lassen. Er hätte ja Charakterstärke beweisen müssen, um ihr sowas zu erklären. Beichten hätte er müssen! Sie schwor sich: Sie würde ihn nie wieder konsultieren, dieser Trottel hatte sowieso von nix eine Ahnung!

„Wieso fragst du?" drängte Torsten auf eine Erklärung. Er war völlig verunsichert.

„Zu Trinken, vielleicht?" insistierte der Lächler. Sein Blick verfolgte scheinbar fasziniert einen Bauarbeiter, der gerade in diesem Moment drüben eine speckige, vergilbte Kloschüssel aus dem Gebäude trug.

„Ich glaub' sie vögelt neuerdings mit Oliver rum."

„Versteeeeehe!" erwiderte der Kellner etwas geistesabwesend. „Es kommen also noch Herrschaften dazu?" Dann hielt er plötzlich inne. Er schien sich jedoch selbst nicht mehr ganz sicher zu sein, ob er gerade die richtige Schlussfolgerung gezogen hatte.

„Nein!" herrschte ihn Natascha frostig an. „Niemals!"

Der dauerlächelnde Kellner meinte plötzlich, eine deutlich spürbare Verkrampfung seiner eigenen Gesichtsmuskulatur zu registrieren. Er versuchte sich selbst Mut zu machen: Die Saison würde ja bald vorüber sein, dann wäre alles wieder gut. Dann setzte er zum erneuten Versuch an. Dabei bemühte er sich, seinen Gesichtsausdruck auf neutral zu schalten.

„Vergiss es!" entfuhr es Torsten, bevor der Kellner noch etwas sagen konnte. „So verzweifelt ist sie noch nicht!"

Viel schlimmer noch als die Vorstellung, was Carola wohl gerade gemacht hatte, als er versuchte, sie anzurufen, war die gnadenlose Einsicht, dass er künftig auf sich selbst gestellt sein würde. Seine vertraute Carola hätte hiermit bewiesen – wenn denn alles stimmen sollte, was Natascha gerade sagte – dass sie selbst absolut fehlbar war! Wenn sie mit Oliver herummachte oder gar liiert wäre, dann konnte sie unmöglich ihm mit Rat und Tat zur Seite stehen! Sie wäre ziemlich unglaubwürdig. Besonders, wenn er mit ihr über seine Beziehung zu Natascha sprechen würde...

„Aber nein! Verzeihung!" versuchte sich der Kellner zu rechtfertigen, da er sich soeben von Torsten angesprochen fühlte. „Sie haben mich falsch verstaaaanden, wissen Sie?"

Natascha drehte sich zu ihm um.

„Was wollen Sie denn überhaupt hier?" fragte sie ihn in einer Tonlage, die entweder Einsicht oder Unterwerfung von ihm verlangte. „Sie können sich doch nicht so einfach in unser Gespräch einmischen! Wie wäre es, wenn Sie einfach unsere Bestellung aufnehmen würden? Ich bräuchte jedenfalls einen anständigen Cappuccino..."

„Ich auch!" warf Torsten ein. „Und noch zwei Grappa dazu. Bitte!"

„Wieso zwei?" wollte Natascha geklärt wissen.

Der Kellner blieb wie angewurzelt auf der Stelle stehen, so als müsste diese elementare Frage abschließend erörtert werden, bevor er sich n seiner Mission wieder in Bewegung setzen konnte.

Torsten schaute ihn streng an.

„Hören Sie: Wenn Sie zwei Grappa verkaufen wollen, dann müssen Sie aber jetzt ganz schön flott sein!"

Der Kellner nickte nur noch stumm und drehte sich weg. Dabei war das Lächeln gänzlich aus seinem Gesicht verschwunden.

„Willst du uns jetzt abfüllen?" fragte Natascha.

„Nein, nicht unbedingt. Aber mit dir feiern!" sagte Torsten. Von seinem Sitzplatz aus gesehen, schaute er an Natascha vorbei und sah direkt auf die Schaufenster der anderen Straßenseite. Eines davon proklamierte in schönster Schrift: *La Libertà Grande*.

„Feiern? Was denn?" fragte sie, jetzt doch ordentlich neugierig geworden.

„Die große Freiheit, Sweetie!" Torsten lachte herzhaft. „Ja, wir feiern ab heute miteinander die große Freiheit!"

Vierunddreißigstes Kapitel

Natascha plauderte gutgelaunt und wechselte mit dem Telefon vom rechten zum linken Ohr. „Also, paß' mal auf... Ich muss jetzt endlich auflegen sonst hab' ich gleich wieder Männerstress. Ich bin nämlich mit Torsten auf einen Drink verabredet und inzwischen ziemlich spät dran. Er wäre am liebsten vorhin noch in der Eisdiele sitzengeblieben aber das konnte ich mir nach der Kartentante einfach nicht mehr antun, also muss ich mich bald..."

Sie blickte flüchtig auf die Uhr.

„Du, gar kein Problem!" unterbrach Verena. „Ganz lieb von dir, dass du dich gleich heute gemeldet hast. Ich war schon ganz aufgeregt! Bin's ja eigentlich immer noch. Oder schon wieder!"

Sie schwieg für einen Sekundenbruchteil, so als würde sie beim Tauchen einmal kurz Luft holen. Dann fuhr sie fort:

„Und du meinst wirklich, dass ich mir das Profil von diesem Stefano angucken soll? Echt?"

„Unbedingt! Er ist absolut reizend."

„Und du hast gesagt, er sieht wirklich gut aus?" hakte Verena zum wiederholten Male nach. „Und solo ist er auch?"

„Ja-haah!" bestätigte Natascha. „Du darfst es mir glauben: Mein Gefühl sagt mir irgendwie ganz deutlich, ihr würdet euch blendend verstehen."

„Da bin ich aber gespannt. Manchmal denkt man sich, es tut sich überhaupt nix mehr auf der Beziehungsebene, weißt du? Dass die Sahneschnittchen alle verheiratet, tot oder schwul sind. Und dann gibt's doch wieder einen Grund, neugierig zu sein. Anfang der Woche, da hatte ich so eine Phase. Da war ich richtig bescheiden drauf, das kannst du mir glauben!"

„Hab' ich schon mitbekommen," sagte Natascha schelmisch. „Da hatten wir doch telefoniert, als du dich über deine Tage beklagt hast. Remember?"

„Es war ja auch total scheiße!" protestierte Verena lachend.

„Natürlich, my dear!" frohlockte nun auch Natascha und versuchte, sie mit Humor zu beschwichtigen. "Wir können uns jederzeit darüber austauschen und uns immer wieder darüber amüsieren. Aber versuche du einmal, einem handelsüblichen Durchschnittstypen zu erklären, wie es sich anfühlt, wenn sich ein Kästchen mit hochexplosivem hormonellem Zündstoff monatlich auftut und plötzlich zahllose Fettnäpfchen um einen herum aufblühen. So zahlreich wie Blumen auf der Wiese aber genau so tückisch wie Minen! Der guckt dich an und fragt noch nicht einmal mehr nach Bahnhof. Sportschau ist dann angesagt. Vom vorletzten Samstag. Festplattenrecorder. Und dazu Pizza vom Lieferdienst…"

Beide Frauen kicherten noch als Natascha den nächsten Gesprächsfaden aufnahm.

„Aber die Geschichte mit Oliver macht mich immer noch ganz fertig, glaubst du?"

„Denke ich mir…" Verenas Stimme klang irgendwie richtig tröstlich. „Sowas hätte ich mir niemals träumen lassen. Mit Torstens Ex am rummachen. Stell' dir das mal bildlich vor!"

„O, lieber nicht. Der Typ hat einfach keinen Geschmack, keinen Stil mehr," motzte Natascha angefressen. „Manchmal komme ich mir ein bisschen unglaubwürdig vor, wenn ich daran denke, wie oft ich ihn schon Torsten gegenüber in Schutz genommen habe. Irgendwie fühlt Frau sich im Nachhinein wie ein Depp, oder?"

„Schon," stimmte Verena verständnisvoll zu. „Apropos Stil: Ich muss immer wieder daran denken, was du mir einmal erzählt hast… Dass er das A&F Logo auf deinem Pulli ganz plump und einfach mit Arsch und Friedrich kommentiert hat?"

„Primitiv, oder?" gab Natascha zurück.

„Voll asozial, dieser Typ!" sekundierte Verena belustigt und gleichzeitig empört.

Ihre Verabredung mit Torsten zum Essen im Hotelrestaurant an diesem Donnerstagabend war erstaunlich harmonisch verlaufen. Sie waren ewig sitzen geblieben, hatten dabei kaum etwas gegessen und kaum getrunken. Dafür hatten sie so viel wie schon lange nicht mehr miteinander gelacht, während sie sich einvernehmlich einem guten Vorsatz näherten: sich künftig nie wieder in eine Situation zu begeben, in der sie nur imstande wären, indirekt miteinander zu kommunizieren. Insbesondere gelobten sie einander lachend, Carola und Oliver, sowie alle sonstigen Vollpfosten und Sumpfblüten, sich ihrem eigenen unwahrscheinlichen Glück auf Erden zu überlassen. Sollten sie doch ihr Sexlife miteinander pimpen, wenn sie es so nötig hatten.

„Aber ohne uns!" kicherten sie.

Sie stießen darauf an, dass es in ihre Beziehung ab dem heutigen Tag nie wieder notwendig sein würde, Rückendeckung von irgendwelchen Verflossenen einzuholen, die sich ohnehin als völlig unfähig und unwürdig erwiesen hatten.

„Was hältst du davon, wenn wir noch kurz in der Bar Station machen?" schlug Torsten vor als sie das Restaurant verließen.

Natascha ging sofort auf die Idee ein. Nach dem Abendessen, das sich als wohltuend unkompliziert erwiesen hatte, war ein kurzer Stopp in der Hotelbar perfekt, um einen warmen Sommerabend gemeinsam ausklingen zu lassen.

Sie dachte nach. Auch wenn er bei ihr sonst zu den uneingeschränkten Favoriten unter den Cocktails zählte, würde es heute Abend kein Glücksbringer sein. Es würde heute stattdessen ein Frozen Cocktail sein, beschloss sie, während sie neben Torsten in der Abenddämmerung in Richtung Bar schlenderte. Irgendwas Leckeres, möglichst kryogenisch kalt müsste es sein, so dass selbst einem Eskimo das Fressbrett vereisen würde. So wie McDonalds es in seiner McFreeze-Werbung einmal formuliert hatte: inklusive Hirnfrostfröhlichkeit und Schockfrostbehandlung für Frust und Ärger.

Spontan kam ihr das Bild von dem Permafrost-Ötzi nochmals spontan in den Sinn.

Nein, ganz schlechter Vergleich. So ganz bestimmt nicht! brachte sich eine ihrer zahlreichen Hinterkopfstimmen tadelnd in die Überlegungen mit ein.

Die Botschaft war deutlich: Heute ist es warm draußen, richtig heiß. Es gibt sogar ein paar Palmen zu sehen. Darum muss etwas Erfrischendes her. Heute geht es nicht um Konservierung, schon gar nicht für die Ewigkeit. Umso mehr aber um Erfrischung im Hier und Jetzt! Ja, so ein Gin Tonic Granita-Style oder was richtig knallig Feminines wäre gerade richtig, passend zu einer modernen Frau. So ein Cosmo Slushy oder ein Mangorita, zum Beispiel. Keine Kompromisse, Mädel! Und bloß keine Gedanken mehr an Eismänner verschwenden!"

Auf diese Weise in ihrem Entschluss gestärkt, betrat Natascha mit Torsten die Hotelbar und saß kurz danach mit einem herrlich erfrischenden Cocktail in der Hand am Ende eines Loungesofas mit Blick über die stimmungsvoll beleuchtete Terrasse.

Leider blieben sie aber nicht lange alleine.

„Tach, schön! Dürfen wir gerade mal vorbei?" blubberte es aus einem von zwei Männern, die sich wenig geschmeidig an der Stelle vorbeischoben, wo Nataschas Kniescheiben mit ach und krach gerade mal zehn Zentimeter Abstand zu einem niedrigen gläsernen Beistelltisch hatten. Sie quetschten sich an Torsten vorbei und ließen sich dann auf das Sofa direkt neben ihm plumpsen.

„Tag! Bayern oder Schalke?" forderte einer der Männer Torsten heraus. Sein Blick war dabei übertrieben prüfend.

„Bayern natürlich!" erwiderte Torsten und lehnte sich grinsend zurück. In der Hand hielt er ein Weizenbierglas, dass er wie zum Beweis kurz auf Augenhöhe anhob.

Die beiden Männer grölten vor Begeisterung. Auch sie hielten Weizenbiergläser in der Hand.

„Dann bleiben wir. Hier sind wir goldrichtig!"

Sie stießen lachend mit Torsten an. Torsten drehte sich nach links um auch Nataschas Glas anzutippen.

„He, gehört die Kleine dazu?" wollte einer der Männer wissen und grinste.

„Ja, das ist meine Frau…" versuchte Torsten zu erklären.

„Na denn: guten Abend!" rief der Mann an Torsten vorbei. „Ich bin der Klaus. Und hier neben mir, das ist der Bernie. Wir sind nur auf der Durchreise."

Natascha lächelte höflich und gleichzeitig überraschend hilflos. Immerhin war es eine sehr gute Nachricht, dass die Beiden offenbar nicht ans Bleiben dachten.

„Wo wollt ihr denn hin?" fragte sie dann, um wenigstens etwas Smalltalk anzustoßen. „Und, äh… ich bin Natascha."

„Cool!" befand Bernie als sie sich vorstellte.

Klaus fing sofort an, zu erklären:

„Wir sind mit unseren Motorrädern auf dem Weg nach Sardinien. Wir machen nur für eine Nacht hier Station."

„Boah, echt?!" Torsten war beeindruckt. „Wie lange seid ihr schon unterwegs?"

„Gestern losgefahren…" meinte Bernie. „Ich in Bremen und Klaus in Berlin. Wir haben uns bei Hannover getroffen und dann in München abends Stopp gemacht."

„Wir mussten nämlich unbedingt ins Hofbräuhaus!" warf Klaus ein.

„Da war er noch nie vorher," ergänzte Bernie. „Ihr aber bestimmt schon, oder?"

„Ich schon, aber ganz lange her isses!" bestätigte Torsten.

„Ich nicht…" warf Natascha ein, aber es schien in diesem Moment niemanden sonderlich zu interessieren. Langsam dämmerte ihr, dass der Abend eine gewisse Eigendynamik entwickeln würde. Die Besatzung des schädelinternen Kopfkinos suchte derweil schon einmal nach dem Notausgang:

He, Mädel! Mach' dich zum Abflug bereit. Wir werden hier nicht mehr lange gebraucht!

Der Zeitpunkt um die Reißleine zu ziehen, offenbarte sich bald, nachdem die Männer Torsten über ihre Berufe aufgeklärt hatten: Klaus war Eigentümer eines Fachgeschäfts für sanitäre Anlagen, Bernie EDV-Techniker bei der europäischen Raumfahrtagentur ESA. Beides waren Bereiche für die ihr Gatte große, wenn nicht gar leidenschaftliche Affinität hegte.

Was folgte, versprach ein abendfüllender Diskurs zu werden, dessen Bogen schon bei der Kindheit begann, in einer Zeit, vor der die eigenen Eltern immer dreist behaupteten, alles sei damals viel besser gewesen als heute. Das lag wohl auch unter anderem daran, dass alles billiger war. Die vorgetragene Beweisführung hierfür reichte von den Einheitsweißmehlbrötchen – Klaus bestand drauf, dass sie Schrippen hießen – für 15 Pfennige, bis hin zu der Kugel Wassereis für 30 Pfennige beim damals einzigen, örtlich ansässigen Italiener, serviert in kleinen Alu-Retro-Schälchen, die damals noch nicht retro hießen, immer mit Kondenswasser anliefen und sicherlich nicht spülmaschinenfest waren. Letzteres juckte wohl nicht sonderlich, da es ohnehin kaum Spülmaschinen gab. Von wegen gute, alte Zeiten!

Nataschas Gedanken wanderten hierhin und dahin. Irgendwann ging sie gelangweilt dazu über, die kleinen rosafarbenen Schwimmkerzen am Tisch vor ihnen zu begutachten und stellte amüsiert fest, dass sie beim flüchtigen Hinschauen eine frappierende Ähnlichkeit mit einem Gebiss besaßen. Da die eine oder andere Kerze bereits mit Schieflage im Glas schwamm, überlegte sie sich ob die Beigabe von Kukident & Co. genügend Auftrieb gewährleisten würde, um die angeschlagenen Kerzen für den Rest des Abends zu retten.

Vielleicht würden die Typen sich bald wieder verziehen?

Leider hatte sie kein Glück. Ganz im Gegenteil: Angefeuert von Bernie waren die Männer bald bei Fäkalien im Weltall angekommen. Offenbar waren Torsten und Klaus zutiefst fasziniert über Bernies Schilderung der NASA Bioreaktortechnik, womit kostbares Wasser selbst aus der Kacke an Bord einer Raumkapsel zurückgewonnen werden kann. Sie teilten dabei unisono Bernies beruflich bedingtes Unverständnis für die bösen Russen, die scheinbar sogar heute noch verschissene Cosmonauterwindeln einfach aus den Sojuzkapseln feuerten.

„Womöglich sind die Sowjets noch für die Flecken am Mond verantwortlich!" grölten Torsten und Klaus auf dem Sofa.

Natascha schaute hierauf kurz nach oben. Der Mond war leider von der Terrasse aus noch nicht zu sehen.

War das ein guter Tag gewesen? fragte sie sich, während sie in den dunklen Himmel schaute.

Irgendwie schon. Es fühlte sich heute jedenfalls vieles wieder normaler an, als sie es in letzter Zeit empfunden hatte. Sie hoffte, es würde Torsten ähnlich gehen.

Jedenfalls beschloss sie, dass er hier zunächst gut aufgehoben war. Sie würde sich einfach zurückziehen und den Schlaf der Gerechten schlafen. Sie meinte die

Müdigkeit der letzten Nacht bis in die Knochen zu spüren.

Als sie endlich aufstand, um zu gehen, verstummte das Gespräch zwischen den Männern abrupt. Alle drei schauten Natascha mit fragendem Blicken an, bis Klaus sich hoffnungsvoll erkundigte:

„Gehst du noch mal Getränke holen?"

Als Natascha ein paar Minuten später alleine durch die Rezeption wandelte, um den Aufzug zu ihrem Zimmer zu nehmen, begegnete sie dort unerwartet einem jungen Mädchen, das herzlich lächelnd Langstielrosen austeilte.

„Eine Rose für Sie?" rief sie und reichte eine davon in Nataschas Richtung. „Bitte schön!"

Natascha bedankte sich, während sie freudig die Blume an sich nahm. Als sie sie in den Händen hielt und daran schnupperte, entdeckte sie ein buntes Kärtchen am Stiel. Es war eine Einladung zu einem Probetraining im hoteleigenen Fitnesszentrum.

„Warum nicht?"

Mit der freundlichen Unterstützung des Mädchens schaute sie die Fitnessangebote für die nächsten Tage auf einem kleinen Touchscreen an, der direkt neben der Rezeption an der Wand angebracht war und verriet dem Mädchen, dass sie bereits übermorgen abreisen würde.

„Kein Problem. Schauen Sie: Morgen um 3.30 Uhr ist zum Beispiel Pilates auf dem Programm."

„Eigentlich gar nicht so schlecht, die Idee..."befand Natascha und betrachtete einen Augenblick lang ein überdimensionales Plakat auf dem für den Fitnessbereich geworben wurde.

Kurzentschlossen willigte sie ein, den Kurs zu buchen. Dann ging sie schlafen.

Fünfunddreißigstes Kapitel

Der Nichtangriffspakt des Vortags, von den Eheleuten Wintersenn stillschweigend aber doch einstimmig beschlossen, hatte gehalten und sogar ein bisschen gut getan. Der beidseitig gezeigte Wille zur Deeskalation, sowie die gemeinsam gefühlte Verwunderung – oder war es schon psychologisch betrachtet ein nachweislich diagnostizierbarer Schockzustand? – über die neu zur Schau gestellte Einigkeit, die offenbar plötzlich und unerwartet zwischen Carola und Oliver herrschte, ließ sie beide gut, wenn auch räumlich voneinander getrennt, einschlafen.

Er bekam das Bett. Sie hatte das Schlafsofa im vorderen Raum für sich reklamiert.

Entsprechend angenehm ausgeruht schlüpfte Natascha dann in der Früh aus dem Bett und schaute zunächst etwas ungläubig auf die Uhr. Obwohl es scheinbar erst halb Acht war, war der ganze Raum mit einem warmen Sonnenlicht durchflutet. Es fühlte sich wohltuend gut an und machte Lust auf mehr. Natascha trat verschlafen ein paar Schritte bis ans Fenster, zog den Vorhang zur Seite und schaute fasziniert auf ein saftiges Meer von a pinem Grün und Grau und Blau. Dabei fiel ihr auf, dass der Tag einfach viel zu schön war, um auch nur eine einzige weitere Minute davon zu verschlafen!

In die Gänge! befahl die Birnenstimme mit voller Begeisterung.

Also tappte sie barfuss und leise ins Bad. Dort angekommen, entdeckte sie die hübsche rote Rose, die sehr provisorisch in einem Zahnputzbecher am Fenstersims zum übernachten abgestellt worden war. Vorsichtig tastete Natascha die samtigen Blätter der Blüte ab während sie auf der Schüssel saß und pinkelte. Und in diesem Augenblick erinnerte sie sich wieder daran, woher die Blume kam und warum sie sie erhalten hatte: gestern Abend als Geschenk an der Rezeption, verbunden mit einer Einladung.

Kostenlos und unverbindlich.

Zumba wurde auf einem Plakat angepriesen. Und BodyArt und Fatburners und Pilates.

Und dann, als sie zunehmend wacher wurde, fiel es ihr siedend heiß ein: Sie hatte sich gestern bereits für halb neun angemeldet. O ja! Sie würde den Tag mit Sport beginnen, das Frühstück konnte warten. Torsten würde sie notfalls nachher von drüben telefonisch wachklingeln.

Während sie sich noch die Zähne putzte, trug sie die Rose aus dem Bad und stellte sie bedächtig auf den kleinen Tisch neben ihrer Soloschlafstätte. Blitzschnell huschte sie ins Bad zurück, spuckte den Schaum aus, zivilisierte sich etwas vor dem Spiegel und zog rasch ihre Sportsachen an.

Nur wenige Minuten später stand sie unter freiem Himmel und atmete in tiefen Zügen die frische Morgenluft ein. Ein paar Minuten hatte sie noch zum Überbrücken, darum setzte sie sich auf eine Liege am Rande des Poolbereiches und zog ihr Telefon aus der Tasche, wischte kurz über das *Luna+Liebe* Symbol und las die für heute gültige Botschaft:

Sie haben zu viele Eisen im Feuer, entscheiden Sie sich!

So ein Blödsinn, dachte sie sich und verzog kurz das Gesicht. Doch nicht mehr heute! Oder vielleicht doch? Sie schaute noch einmal darauf um den Rest zu lesen.

Eigentlich wissen Sie ganz genau, was das Beste für Sie ist.

Ist ja gut! Sie beschloss, sich heute bei Stefano zu melden. Am besten per SMS. Immerhin war Venus mit im Boot, nahm sie beruhigt zur Kenntnis. Und das konnte ja nur bedeuten: Ausgleich schaffen!

Natascha verstaute das iPhone wieder und machte sich gutgelaunt auf den Weg in den Fitnessbereich. Als sie dort ankam, warteten insgesamt acht weitere Frauen mehr oder minder gackernd auf den Beginn des kostenlosen und unverbindlichen Happenings. Natascha scannte die anwesenden Damen flott durch die Glaswand und seufzte zufrieden in sich hinein, bevor sie den Raum betrat. Soweit sie das nach einer Runde ziemlich gelöste *Guten Morgens* beurteilen konnte, war hier alles gebührend vertreten: Die

Bandbreite der Anwesenden reichte von der Kategorie Sack Sülze bis zur möchtegern-Ironman-Finalistin.

Sie fühlte sich im Mittelfeld bestens aufgehoben. Die Stimmung unter den Ladies war fröhlich locker, alle waren irgendwie gechillt und einige davon sehr gesprächig. Ohne dass sie es so explizit miteinander abgesprochen hatten, bezogen die Damen pünktlich um halb neun Stellung in drei gestaffelten Dreierreihen. Natascha nahm einfach die Position links außen in der mittleren Reihe und musste unwillkürlich an eine Schafsherde denken, die sich blökend auf der Weide aufstellt, wenn die Tiere den Präsenz des Hirtenhunds wittern.

In just diesem Moment kam die Trainerin freundlich grüßend in den Raum und stellte sich ohne Umschweife direkt vor die Gruppe. Während sie ihre Trainingsjacke abstreifte und eine ganze Palette Körperkunst zum Vorschein kam, rief sie beschwingt:

„Also, Ladies: Guten Morgen nochmals und herzlich willkommen! Es geht gleich los. Wir werden uns ein paar Aufwärmübungen gönnen und dann gleich unserem Powerhouse widmen. Wer mich unter euch noch nicht kennt: Ich heiße Ina!"

„Hi! Wir kennen uns, glaube ich..." sagte Natascha nach der Pilatesstunde.

„Hallo. Hier vom Training meinst du?"

„Nein, nicht nur..." Natascha suchte bedächtig nach dem Anfang des Satzes, den sie aussprechen wollte.

„Echt?" fragte Ina. Sie hielt kurz inne und schaute Natascha plötzlich interessiert an.

„Ja, doch. Ich habe dich vorgestern zufällig gesehen. In der Eisdiele..."

Ina überlegte einen Sekundenbruchteil lang.

„Ach ja, stimmt! Ich war nach der Arbeit in der Stadt." Dann schien sie nochmals einen Augenblick lang nachzudenken. „Aber es tut mir sehr leid, ich kann mich nicht an dich erinnern."

„Nee, wahrscheinlich nicht!" pflichtete Natascha ihr bei. „Ich saß ein paar Tische weiter. Du hast glaube ich, auf jemanden gewartet. Da bist du mir aufgefallen."

„Stimmt!" bestätigte Ina und lächelte. „Jetzt weiß ich, was du meinst. Da habe ich auf einen Bekannten gewartet…"

„Auf Torsten."

„Ja, genau."

Ina zögerte kurz und schielte fast unmerklich auf die Teilnehmerliste, die sie zwischenzeitlich in der Hand hielt. „Dann bist du ja wahrscheinlich… Natascha, oder? Zimmer achtundachtzig?"

„Stimmt."

„Dann hast du wahrscheinlich auch gesehen, dass er von der Kartenlegerin kam? Oder?"

„Ja. Ich habe das alles aber nicht verstanden," gab Natascha verunsichert zu.

„Er wahrscheinlich auch nicht." Ina zuckte mit den Schultern während sie sprach. „Ich dachte, ich tue ihm einen Gefallen, wenn ich ihn dorthin bringe. Vielleicht habe ich mich doch getäuscht…"

„Woher kennst du ihn denn überhaupt?" wollte Natascha wissen.

„Von hier," antwortete Ina. „Er war einfach von jetzt auf gleich hier."

„Was wollte er?"

„Etwas zu trinken," erklärte Ina lakonisch. „Er wollte ein Bier. Zumindest war das sein Anliegen als er hier aufkreuzte. Draußen an der Bar, meine ich."

„Und dann?"

„Dann haben wir beschlossen, zusammen etwas zu trinken."

„Hier?"

„Ja," bestätigte Ina. „Und dann später noch in der Stadt."

„Und warum war er bei einer Kartenlegerin? Das ist eigentlich nichts für ihn."

„Doch," konterte Ina amüsiert. „Da gibt's immer was worüber es sich lohnen könnte nachzudenken…"

Natascha verzog das Gesicht.

„Was ist?" wollte Ina wissen. „Willst du mir sagen, dass du noch nie be einer Wahrsagerin oder so was Ähnlichem gewesen bist?"

„Doch, schon…" gab Natascha kleinlaut zu und dachte an die kettenrauchende *cartomanzia*.

„Na, also!"

„Und? Dass hat doch nichts zu sagen!" versuchte Natascha sich zu rechtfertigen.

„Vielleicht doch!" meinte Ina. „Ich meine, was wolltest du dort? Ich weiß nicht, wie es dir ging, aber ich denke, dass die meisten Menschen, die dort hingehen nur wissen wollen, wie sie am schmerzlosesten von jetzt in die Zukunft kommen. Sie projizieren in die Zukunft eine Art Selbstzweck hinein, anstatt an die eigene Perspektive als Weg in eine selbstbestimmte Zukunft zu glauben. Wen wundert's aber? Es ist alles einfacher, wenn man sich schon einmal damit abgefunden hat, dass alles vorbestimmt ist!"

„Aber so eine Leichtgläubigkeit ist doch Selbstbetrug!" empörte sich Natascha. „Und jede Art Betrug ist wiederum unmoralisch, finde ich…"

Ina überlegte kurz und erwiderte: „Unmoralisch ist nur, was verletzend ist. Für den anderen, meine ich.

Selbst verletzen kann man sich ja nicht, wenn man halbwegs nüchtern im Leben unterwegs ist. So mit der Moral, meine ich…"

„Ich weiß nicht so recht, ob das stimmt. Ob ich das unterschreiben könnte…" gab Natascha zu.

„Warum nicht? Bist du etwa eine Heilige?" forderte Ina sie scherzend heraus. Sie rieb sich den Nacken mit einem kleinen Handtuch.

„Na ja, nicht wirklich. Und ich gebe zu, dass ich vielleicht auch nicht immer moralisch tadellos bin …" gab Natascha fast schüchtern zu.

„Mach' dir doch nix draus! Was ist denn heutzutage noch wirklich moralisch?" fragte Ina und schaute nachdenklich in die Luft, so als würde sie eine Idee dort verfolgen. Dann fuhr sie mit gütiger Stimme fort:

„Ich meine: Wir schleppen alle irgendwelche wunderbaren Werte mit uns herum, von denen wir glauben, sie seien allgemein gültig. Weil man uns das so eingeimpft hat. Besonders wir Frauen sind für so etwas richtig anfällig. Gemein, oder? So sehe ich das. Und dann passiert was. Irgendwas. Manch einer ist plötzlich neugierig, der nächste ist womöglich nur vorübergehend gekränkt. Oder man hat plötzlich Angst, dass das Leben zu schnell an einem vorüberrauscht. Es muss gar nicht viel passieren, bevor man sich überlegt, ob man nicht besser ganz woanders hinpasst. Und die Mutigen, na ja, sie probieren es eben aus."

„Und was meinst du, was bedeutet das für eine Partnerschaft?" hakte Natascha hörbar verunsichert nach.

„Zunächst einmal gar nichts," antwortete Ina knapp und trocken.

„Warum denn nicht?" wollte Natascha wissen. Sie war jetzt leicht irritiert.

„Weil man zunächst einmal mit sich selbst beschäftigt ist. Manchmal muss man sich die eine oder andere Frage stellen und die Antworten dazu suchen. Die Moral erteilt dir höchstens ein Denkverbot. Du sollst am besten sämtliche Unklarheiten oder Widersprüche ausblenden! Das Unbekannte meiden. Es stimmt schon, dass du womöglich deine

Partnerschaft versenkst, wenn dir jemand anders besser gefällt und du dir erlaubst, es auszuprobieren. Aber ich persönlich glaube, es gibt mehr Ehen und Partnerschaften, die in die Hose gehen, weil man sich an die ach so tolle Moral hält. Weil man dazu neigt, dem Partner mit der Zeit die Verantwortung für die eigene Unruhe oder sogar das eigene Unglücklichsein gnadenlos zuzuschieben. Ich glaube, dass Ehrlichkeit meistens moralischer ist, als zum Beispiel eine erzwungene Monogamie. Aber das ist ja nur meine eigene Einstellung, es muss jeder für sich…"

„In Klartext heißt das: Du meinst, auch eine Frau darf manchmal impulsiv sein? Einer Versuchung nachgeben?"

Dies war gar nicht das Thema gewesen, worüber Natascha eigentlich etwas in Erfahrung bringen wollte.

„Klar, warum nicht?" antwortete Ina und grinste fast sympathisch. „Und vielleicht schätzt sie sich anschließend glücklich, wenn sie womöglich sogar die Bestätigung bekommt, ob beabsichtigt oder nicht, dass die eigene Partnerschaft oder Ehe gar nicht so außergewöhnlich grausam ist."

„Aber die Männer, die…"

Ina stellte sich vor Natascha, fasste sie mit beiden Händen an den Schultern und unterbrach sie. Dabei fiel Natascha die Tätowierung auf der Innenseite von Inas Oberarm auf.

Ce que femme veut, Dieu le veut.

„Auch die Männer!" lachte Ina leise und schaute Natascha eindringlich in die Augen, während sie ruhig weiterredete.

„Lass sie einfach machen. Alles ist besser, als sich auf irgendeine blöde Moral zu berufen. Weil es genau diese Moral ist, die uns Menschen zwingt, uns zu verleugnen. Vor anderen und auch vor uns selbst. Eine Freundin von mir wohnt in Deutschland, in einer kleinen bayrischen Großstadt. Einem tiefkatholischen Ort, in dem alles, vom Taxi bis zum Eishockeyverein, von einem Puff beworben oder gesponsert wird. Stell' dir so was vor: Du bist Mutti und musst in einer ruhigen Minute deinem Spross, der vielleicht nur

Eishockey spielen will, klar machen warum er, um Gottes Segen zu erhalten, beichten gehen soll, während gleichzeitig der Puff am Stadtrand genügend Kohle scheffelt, um meterweise Bandenwerbung und Trikots zu bezahlen!"

Dann ließ sie Natascha los.

„Das ist es, was ich als verlogene Moral empfinde: die Kerle die sonntags mit der Familie in der Messe sitzen und dabei so tun als ob, während man gleichzeitig dafür sorgt, dass Dienstleistungsvögeln eine tragende Säule der örtlichen *New Economy* bleibt. Und ich gehe jede Wette ein: Schon allein die Gewerbesteuer ist den Stadtvätern in diesem Augenblick bestimmt wichtiger als jede Moral!"

Nachdenklich hielt Natascha ein paar Sekunden lang inne. Dann fragte sie:

„Wahrscheinlich hast du Recht. Aber was hat das mit mir oder meiner Partnerschaft zu tun? Warum erzählst du mir das alles?"

„Weil ich nicht glaube, dass dein Mann wirklich so tickt. Was auch immer er im Leben sucht, ich glaube fest daran, dass es etwas mit dir zu tun hat …"

Natascha schluckte als sie dies hörte.

„Findet er dich gut?" wollte sie von Ina wissen. „Was habt ihr miteinander gemacht?"

„Das musst du ihn selbst fragen," antwortete Ina ohne den kleinsten Hauch an Coolness einzubüßen. Es war alles so verwirrend. Natascha konnte sie überhaupt nicht einschätzen. Einen Augenblick später sprach Ina weiter:

„Weißt du, manche Menschen wollen ihr Glück nur geschenkt bekommen. Ich könnte mir ehrlich vorstellen, dass dein Mann, dein Torsten, manchmal so ist. Andere sind erst richtig happy, wenn sie sich ihr Glück hart erarbeiten mussten. Vielleicht trifft das eher auf dich zu? Jedenfalls ist es nicht immer ganz einfach, wenn zwei Menschen so verschieden sind. Aber ich denke, er liebt dich. Spüre ich einfach so…"

„Okay, ich werde versuchen, ihn zu fragen." Nataschas Stimme klang resigniert und erleichtert zugleich.

Einen kleinen Moment lang redete keine der beiden Frauen etwas. Dann sprach Natascha wieder:

„Darf ich eine ganz andere Frage stellen? Hat eigentlich nix mit dem Ganzen zu tun…"

„Klar," stimmte Ina zu. „Schieß' los!"

Natascha streichelte die weiche Haut auf der Innenseite ihres eigenen Oberarms mit den Fingerspitzen.

„Hat das Tätowieren da sehr weh getan?"

Verneinend schüttelte Ina langsam den Kopf. „Nee, war überhaupt nicht schlimm. Und es war in noch nicht mal einer halben Stunde vorbei."

Natascha lächelte verlegen.

„Kann man sich so was auch hier in Bozen machen lassen?" erkundigte sie sich bei Ina.

„Logisch!" kam Inas Antwort. „Ich kann dir auch sagen, wo."

„Danke. Und noch was: Würdest du mir auch verraten, wann du Geburtstag hast?"

„Äh, Anfang November," antwortete Ina, nun etwas verwundert. „Warum ist dir das wichtig zu wissen?"

„Ach, nur so. Hat mich nur so interessiert..." erwiderte sie und ließ den Satz auslaufen ohne ihn fertig zu sprechen.

Sie ist Skorpion! hallte es lautstark in Nataschas Schädel während sie ihre Sachen einsammelte und immer wieder an die Wahrsagerin dachte.

Hast du gehört? Skorpion! Wie die Kartentante sagte! Ganz große Scheiße! Das hätte alles ganz gewaltig ins Auge gehen können! plärrten die Hinterkopfstimmen aufgeregt und wild durcheinander.

Sechsunddreißigstes Kapitel

Das Mittagessen im Hotel war einfach wundervoll: Natascha ließ sich Tortellini mit Seeteufel auf asiatischem Spargel und Zitronengrasschaum bringen, zum Nachtisch gab es ein leckeres Limettensoufflée an Milchreis-Eiscreme mit Grapefrucht.

Sie sprach wenig. Vor allem verriet sie Torsten keinesfalls, dass sie sich am Vormittag im Fitnesszentrum mit Ina unterhalten hatte. Torsten war ausgeschlafen und einfach froh, dass sie ihm heute zuhörte. Er erzählte über dies und jenes und auch über den Verlauf des restlichen Vorabends mit Klaus und Bernie, die inzwischen wohl buchstäblich über alle Berge waren.

„Die kennen echt eine Menge Leute, die beiden..." bemerkte Torsten leicht ehrfürchtig während er das Wasserglas in seiner Hand inspizierte „Auch Autosammler, zum Beispiel. Leute, die so richtig viele schöne, geile Autos in der Garage haben – Ferraris und so – aber nicht solche Typen, die sich damit lächerlich machen, weil sie am Wochenende mit dem Aston Martin zum Brötchenkaufen oder zum Friseur fahren, bloß um gesehen zu werden! Wir waren uns ziemlich einig, dass diese Typen nur so unterwegs sind, weil sie sonst befürchten müssen, sich in der reellen Welt mit schrumpfenden Hoden herumplagen zu müssen."

„Arme Schweine," bemerkte Natascha trocken und hielt nebenbei Ausschau nach dem Kellner. „Vielleicht sollten sie einfach die reelle Welt meiden. So gut es geht zumindest!"

Ein Espresso wäre jetzt genau richtig. Dann müsste sie entscheiden, ob sie nun in die Stadt fahren, oder es doch lieber bleiben lassen würde. Immer wieder ließ sie ihre Fingerspitzen sanft über die zarte Haut auf der Innenseite ihres linken Oberarms gleiten.

„Warst du heute Vormittag schon in der Muckibude oder vielleicht Schwimmen?" erkundigte sie sich bei Torsten.

„Nee," gab er zurück während er sich mit dem Stuhl prekär zurücklehnte. „Ich hatte das sogar gestern Abend den Jungs vorgeschlagen, weil ich dachte, es wäre bestimmt witzig, wenn wir Männer zu dritt was machen würden. Die haben aber dann abgewnkt..."

Er stutzte kurz und ließ den Stuhl wieder nach vorne kippen. Dann fuhr er fort:

„Heißt das vielleicht abgewunken? Wahrscheinlich schon, oder? Hmm, egal. Ins Schimmelparadies wollten sie nicht, haben sie gesagt. Echt, genauso haben sie es gesagt..."

„Schade!" sagte Natascha ein bisschen geistesabwesend und versuchte sich beim Kellner bemerkbar zu machen. Als dieser endlich zu verstehen gab, dass er gleich kommen würde, lenkte sie ihre Aufmerksamkeit wieder in Richtung Torsten.

Und bevor der Kellner am Tisch ankam, fragte sie:

„Du, eine kurze Frage: Können wir nach dem Essen in die Stadt fahren? Oder muss ich mir ein Taxi bestellen?"

Wie sie schon erwartet hatte, war Torsten nicht übermäßig begeistert.

„Waren wir doch gerade gestern. Was willst du denn schon wieder dort?"

„Na ja, ich denke nur, heute ist doch unser letzter Tag hier. Und ich hab' kürzlich was gesehen, was mir voll gut gefällt."

„Wissen ist bekanntlich Stärke und Stärke ist wiederum eine Art Macht," sinnierte Natascha vor sich hin. Dabei saß sie noch auf einem Sofa im Vorraum des kleinen Tattoo- und Piercingstudios, dass Ina ihr empfohlen hatte und erholte sich kurz von den Strapazen. Die ganze Prozedur war bei weitem nicht so schlimm gewesen wie sie es sich in ihren Vorstellungen ausgedacht hatte. Die kühle Salbe auf der noch frischen Wunde tat gut und das fertige Tattoo gefiel ihr schon jetzt ausgesprochen gut. Sie überlegte kurz, wie Torsten wohl reagieren würde, wenn er es erstmals sehen würde.

Die Sache mit der Macht war irgendwie schon fundamental wichtig. Sie war wissend, also war sie auch mächtig. Das war schon einmal sehr gut. Allerdings war sie nicht allwissend, das hieß wiederum, dass ihre Macht irgendwo begrenzt war. Das war nun eher schlecht, zumindest nach ihrer Empfindung. Sie wusste ja nicht so genau, was zwischen Torsten und Ina gewesen war, aber sie tröstete sich damit, dass er offenbar von gar nichts eine Ahnung hatte, was sie in den letzten Tagen so alles erlebt hatte. Das war jedenfalls eher vorteilhaft für sie.

Abermals dachte sie über die Dämonenlehre nach und über das Thema der Hierarchie im Allgemeinen. Mit Macht verhielt es sich nämlich genauso wie mit allen Dämonen: Die Stellung in der Hierarchie war ausschlaggebend. Wer Macht durch Wissen besaß konnte sich sicher wähnen, auf den Beistand von so etwas wie einem virtuellen Dämon zählen zu können.

Sie hob ihren Arm vorsichtig und schaute auf die schützende Folie.

Ce que femme veut, Dieu le veut war darunter zu lesen, für alle Ewigkeit unter die Haut geritzt. Es war Weisheit und Warnung zugleich.

Siebenunddreißigstes Kapitel

Die Nachricht an Stefano schrieb Natascha noch bevor sie ins Hotel zurückfuhr. Es war eine versöhnliche Botschaft.

Durch dich, die gemeinsamen Stunden und die Gespräche die wir führten, habe ich wieder gelernt, mich da zu finden wo ich tatsächlich bin, schrieb sie.

Und tatsächlich, so war es. Es war keine ganz neue Erkenntnis, ihr wurde aber wieder bewusst, dass das Glück manchmal ein sehr zerbrechliches Gut war. Es galt, die zahlreichen Herausforderungen, die das Glück streitig machten, möglichst geschickt zu meistern: Unglücke und Tragödien, List oder manchmal nur die Gleichgültigkeit der anderen. Es war ein unüberschaubares Puzzle, abhängig von unglaublich vielen kleinen Einzeleindrücken und Handlungen. Darum musste man unbedingt Geduld mitbringen. Und ein bisschen Hartnäckigkeit.

Deslehm gehdweida! So wie es bei ihr zuhause auf dem Kühlschrank auf einer Grußkarte aus Franken stand. Es ging in diesem Leben immer zuerst darum, sich wieder aufzurappeln, wenn es einen auf die Nase gehauen hatte. Danach war alles möglich.

Sie musste unwillkürlich an Inas Worte am Vormittag denken. Auch wenn sie nach wie vor für Natascha nicht ganz einfach einzuschätzen war, ihre Bemerkung, dass auch eine Frau manchmal durch die Versuchung von Außen den Weg zu sich und ihrer Partnerschaft zurückfinden könnte, stimmte sie zuversichtlich.

Verglichen mit ihrem ganzen Leben und ihrer Lebenserfahrung waren die Erlebnisse mit Stefano, so prägend die zwei oder drei Tage auch gewesen waren, irgendwie verschwindend klein. Wie ein einziges Mosaiksteinchen, das aber leider nicht passte in dem Bild das im Ganzen Natascha ergab. Aber es war trotzdem ein wertvolles Steinchen, das man schätzen und nicht einfach achtlos wegwerfen sollte, fand sie.

Man musste sich lediglich die Mühe machen, das richtige Muster zu finden, in das es sich nahtlos fügte.

„Wer weiß..." dachte sie sich. „Vielleicht würde sich Verena trauen, das passende Bild aufzuspüren?"

Beim Abendessen auf der schönen Restaurantterrasse schien es Torsten erst einmal die Sprache zu verschlagen als er das Tattoo sah.

„Und du weißt echt, was es heißt?" bohrte Natascha kokett nach. Ihre eigene Stimme klang dabei seltsam stolz in ihren Ohren.

„Na ja," stammelte er, immer noch sichtlich irritiert. „Eine Freundin von mir hatte damals beim Abi Leistungskurs Französisch..."

Natascha dachte nach: Ob er wohl die Tätowierung bei Ina gesehen hatte? Sie war sich hundertprozentig sicher. Und in der nächsten Sekunde wiederum überhaupt nicht mehr.

So oder so war das Tattoo eine unüberhörbare Ankündigung, ja, es war ein *Statement*, und änderte ganz bestimmt etwas an der Augenhöhe, mit der sie der Welt, und allen die darauf herumliefen, jetzt begegnete. So kam es ihr jedenfalls vor.

„Sind wir deiner Meinung nach noch gut miteinander?" wollte sie von ihm wissen während sie ein paar Trauben auf ihren Teller legte. „Oder wieder?"

„Na klar sind wir das!"

„O mein Gott..." dachte sich Torsten. Was machte sie gerade mit ihm? Woher kamen die Einfälle, die Fragen, die plötzlich aus ihr hervorsprudelten? Waren die letzten Tage nur eine Verkettung von blöden Zufällen gewesen, oder was sollte zum Beispiel die Sache mit der komischen Wahrsagerin? Oder jetzt auch noch die Tätowierung? Haargenau die gleiche wie Ina! Und sogar an der gleichen Stelle! Vielleicht kann der Tätowierer gar nichts andere, vielleicht ist er nur so einfallslos? Vielleicht darf er diesen Spruch gar nicht woanders hinritzen? EU-Gesetz oder so'n Scheiß! Oder tickten alle Frauen in seinem Leben mit der Zeit vielleicht irgendwie synchron? Lag es an ihm? Er konnte das alles noch nicht einmal mehr mt Carola besprechen.

„Keine Frage!" schob er nach. Er strengte sich an, auf keinen Fall verunschert zu klingen.

„Das ist schön zu hören!" sagte Natascha. „Ich habe schon bezweifelt, dass du mich überhaupt noch schätzt…"

„Wie kommst du darauf?" wollte Torsten wissen.

„Weil das, was du tust oder machst oder sagst, nie explizit etwas mit mir zu tun hatte. Ich bin sowieso da. So kam es mir jedenfalls immer häufiger vor."

Torsten verzog das Gesicht. Warum fragten Frauen immer sowas? Ist doch logisch, dass das, was die Männer tun, immer und permanent die Frauen mitberücksichtigt. Man muss doch nicht jede Handlung tagein, tagaus entsprechend etikettieren! Natascha war ja immer präsent. Na ja, außer wenn sie es mal ausnahmsweise nicht war. Aber meistens schon…

„Und hast du nicht mal daran gedacht, einfach alles hinzuschmeißen?" hakte sie nach. Sie wollte es heute einfach genau wissen.

„Klar. Du etwa nicht?" konterte er ehrlich.

Das war jetzt sowas wie der berühmte Kubakrisenmoment, der in jeder Beziehung jederzeit möglich ist. Mann und Frau stehen sich Auge in Auge gegenüber und keiner will der- oder diejenige sein, der zuerst blinzelt. Entweder man lässt nun alles gut sein, oder es gibt eben Krieg, ab sofort und mit allen Konsequenzen.

Natascha putzte sich die Mundwinkel und legte die Serviette langsam beiseite um etwas Zeit zu gewinnen. Zeit zum Nachdenken. Dann wechselte sie den Schauplatz. Sie verzichtete diplomatisch darauf, eine Antwort zu geben und fragte stattdessen:

„Macht dich das eigentlich traurig oder tut es dir leid, die Sache mit Carola? Dass sie mit Oliver angebändelt hat, meine ich..."

„Enttäuscht mich schon irgendwie. Ich dachte, sie hat mehr drauf!" gab er unumwunden zu.

Dann Pause. Keiner stand auf. Endlich brach Torsten die Stille zwischen den beiden wieder:

„Und wie geht es dir dabei? Bei der Vorstellung von Oliver und Carola. Zusammen?"

„Er ist voll der Arsch, meiner Meinung nach!" grummelte Natascha herzlich.

„Hab' ich dir ja immer gesagt!" grinste Torsten.

„Dich habe ich dazu nicht gefragt!" warf sie zurück und unterdrückte ein ironisches Lächeln.

„Ich hab' aber trotzdem geantwortet! Weil ich meine Aversion ausleben muss! Und weil es auch etwas mit dir zu tun hat. Wolltest du so, glaube ich..."

„Widersprich mir nicht andauernd!" lachte Natascha. „Überleg' mal kurz: Es wäre doch viel besser, wenn du mich stattdessen auf einen köstlichen Drink in der Bar einladen würdest. Ich denke wir müssen schließlich noch eine ganze Weile miteinander klarkommen!"

Dann standen sie auf und gingen. Die *Fortune Cookies* blieben ungeöffnet auf dem Tisch liegen.

Achtunddreißigstes Kapitel

Als die Heckklappe zugefallen war, setzte sich Torsten wieder ins Auto und zog die Fahrertür mit einem dumpfen Schlag zu. Anstatt sich anzuschnallen und den Motor anzulassen, drehte er sich halb in seinem Sitz und schaute Natascha fragend an.

„Sag´ mal, musst du am Montag unbedingt ins Büro?"

Natascha verstaute ihr Telefon wieder in der Handtasche und legte sie auf den Rücksitz hinter Torsten. Bei dem Gedanken an Arbeit verzog sie das Gesicht und seufzte leise.

„Nee…" antwortete sie, während die Kurklinik in ihrem Kopf unverhofft wieder Gestalt anzunehmen begann. „Nicht wirklich, ich glaube, ich könnte jederzeit eine Mail schicken, dass ich am Montag noch nicht komme. Momentan ist eh' ziemlich wenig los bei uns."

„Hmmm. Irgendwie will ich noch nicht nach Hause," gestand Torsten und knetete sich verlegen ein paar Sekunden den Nacken. „Du?"

„Nee. Überhaupt nicht!" stimmte Natascha zu. „Die Woche war sowieso viel zu schnell vorbei, finde ich…"

„Genau! He, ich hab' eine Idee: Sollen wir einfach nach Mailand fahren?" schlug Torsten plötzlich vor. „Was meinst du? Ist doch nicht mehr weit. Und vielleicht finden wir dort doch noch eine Tasche für dich?"

Natascha lehnte sich überrascht zurück und dachte kurz nach. Wow! Hatte sie richtig gehört? Sprach da gerade ihr Torsten?

„Ich weiß nicht so recht," lächelte sie Torsten unsicher an. „Ich glaub', ehrlich gesagt, ich brauche die Tasche nicht mehr wirklich."

Einen Augenblick lang war es absolut still um die beiden im Auto. In ihren Gedanken fing ein viel schönerer Wunsch an, sich herauszukristallisieren.

„Und wenn wir einfach so hinfahren?" wollte Torsten von ihr wissen „Einfach so?"

„Wenn ich mir so alles durch den Kopf gehen lasse..." sagte Natascha und biss sich fast schüchtern auf die Unterlippe als sie versuchte, ihre Idee zu formulieren. „Ich glaube, ich würde stattdessen viel lieber heute noch das Meer sehen. Ginge das, meinst du?"

„Klar!" erwiderte Torsten fröhlich. Er war richtig begeistert von der Idee. „Aber nur unter einer einzigen Bedingung."

„Und die wäre?"

„Wir besuchen kein Chinarestaurant mehr bevor wir wieder zuhause sind!"

Lachend griff er nach ihrer Hand.

Als sie sich ein paar Minuten danach auf der Schnellstrasse Richtung Süden in den aufkommenden Wochenendverkehr einfädelten, schaltete Torsten das Radio an. Der allererste Sender, der beim Suchlauf hängenblieb, war ein Lokalsender, der sich offenbar auf die alten Brüller aus den 70er und 80er Jahren spezialisiert hatte, voll analog sozusagen. Lange bevor es CDs oder MP3, geschweige denn iPods oder Streaming oder Spotify, gegeben hatte. Ein hyperaktiv anmutender Moderator brabbelte gerade euphorisch und ohne Punkt und Komma vor sich hin.

Wahrscheinlich war es einer dieser Typen im Rentenalter mit Nickelbrille und verfransten Dreadlocks und einem Gesicht mit so vielen Falten wie ein ungemachtes Bett, malte sich Torsten aus. Für ihn schien der Moderator seine Zuhörer förmlich plattzuwalzen mit seinem Redeschwall auf Turboitalienisch, in seiner Selbstüberzeugung gleichermaßen faszinierend und anstrengend anzuhören. Torsten war gerade im Begriff, ihn wegzudrücken als der Sprecher offenbar ein altes Stück von Pat Benatar ankündigte.

„He, lass´ mal!" sagte Natascha plötzlich als die Musik anfing. Sie wollte es hören.

Torsten nahm seinen Finger zurück vom Suchlaufknopf und drehte stattdessen die Lautstärke auf. Beide schwiegen während das Lied im Radio spielte.

You're beggin' me to go then makin' me stay
Why do you hurt me so bad?
It would help me to know
Do I stand in your way
Or am I the best thing you've had?
Believe me, believe me, I can't tell you why
But I'm trapped by your love
And I'm chained to your side
We are young
Heartache to heartache we stand
No promises, no demands
Love is a battlefield...

Draußen schien schon wieder die Sonne und eine liebliche Sommerlandschaft zog an ihnen vorbei, unten im Tal endlose Reihen Obstbäume und dahinter die steilen grauen Hänge der Berge. Natascha lauschte dabei der Musik und ließ ihren Gedanken einfach freien Lauf. Sie war sich noch nicht einmal sicher, ob Torsten die Texte kannte, oder ob er sie überhaupt zuhörte, so sehr war er damit beschäftigt, den Klang und Ton zu optimieren. Aber es war ihr einfach egal.

„Gut so?" wollte er nun von ihr wissen.

„Ja, fein," bestätigte sie und vernahm sein Lächeln. Sie überlegte wie sie ihm irgendwann eröffnen würde, dass sie das Auto, seinen großen Stolz, gar nicht mehr so schlecht fand.

Sie schaute aus dem Fenster und grinste verstohlen: Er würde sehr glücklich sein. Und sie bestimmt auch.

Zitaten- und Quellenhinweis

Eine Passage dieses Werkes ist angelehnt an einem Beitrag *Die eingebildete Trinkerin*, geschrieben von Else Buschheuer und erschienen im SZ-Magazin 02/2014.

Zitiert wird auch das Stück *Love is a Battlefield* von der amerikanische Sängerin Pat Benatar, erschienen im Jahre 1983.